LA COMPAÑERA PÁLIDA

Philip Gooden

Traducción y notas de
María Eugenia Piacentini

ediciones jaguar

Colección: «La Barca de Caronte»

Título original: *The Pale Companion*
Publicado por Constable & Robinson Ltd 2004

Laurel, 23. 28005 Madrid
jaguar@edicionesjaguar.com

Diseño de cubierta: Eduardo Cobo
Maquetación: Eduardo Cobo y Ascensión García
Ilustración de cubierta: Óscar Sacristán

ISBN: 84-96423-29-8
Depósito Legal: TO-933-2006

Impresión: Jovisal, S.L., Madrid
Impreso en España / *Printed in Spain*

Hágase melancolía dueña de funerales;
no yace la compañía pálida a
nuestro fausto.

Sueño de una noche de verano, I, i

CRECIENTE

El asesino se sentó a horcajadas sobre el cadáver tendido en el suelo. Observó detenidamente a su víctima, alerta al más mínimo signo de vida. Notó un temblor en uno de los brazos yacientes, un espasmo en la pierna extendida. El hombre que aún estaba de pie levantó el palo, listo para dejarlo caer otra vez sobre la cabeza de su víctima. Pero no era necesario; de hecho, muerto estaba. Aquellos ligeros movimientos y temblores no eran más que restos de vida que lo abandonaban. Un espeso charco rojo brotaba de aquel cráneo destrozado.

El asesino, quien había permanecido totalmente abocado a su tarea hasta entonces, ahora empezaba a asimilar lo que le rodeaba. Estaba oscureciendo. Los rincones comenzaban a cobijar sombra. Nervioso, echó un vistazo hacia su derecha, luego a su izquierda. ¡Allí! ¿Qué era aquello agazapándose en medio del bosque? ¿Qué eran aquellos ojos que brillaban? ¿Eran de alguna bestia del campo o de algún testigo humano? Inseguro, se dirigió en esa dirección antes de que algún otro sonido lo sorprendiera por el otro lado y tuviera que afrontar el peligro. Alzó el palo y volvió a dejarlo caer una vez más.

Aguardó. Lanzó otra mirada sobre aquel cuerpo. Empezó a darse cuenta de que era necesario esconderlo todo. Con torpeza y aún sujetando el palo lo suficientemente fuerte para estrangularlo, se agachó y con este empujó y arrastró el cuerpo a unos arbustos cercanos. No había tiempo de deshacerse mejor de él. Lo dejaría allí para que acabara por llenar los buches de milanos y cuervos, de osos y lobos. Ellos se encargarían de terminar con el trabajo sucio.

El asesino, tras ocultar el cuerpo a medias entre el follaje, se dio la vuelta y, algo encorvado, se dispuso a salir de la escena del crimen. Andaba de puntillas, como si temiera que la tierra fuese a tragárselo. De repente se detuvo.

"Despacio… despacio…" fijaba la mirada hacia arriba, como si hubiese comprendido algo. Sobre él, la bóveda del cielo se abría de un azul oscuro y profundo. El asesino había estado mirando en la dirección equivocada todo este tiempo. Su barbilla dejaba sobresalir una barba dorada. "Si tengo un enemigo, esa actitud me está diciendo que ese enemigo está observándome desde arriba. En este mismo momento, mientras pensaba que era invisible, él ha estado vigilando todos mis movimientos o, lo que es peor, ha leído cada uno de mis pensamientos e inspeccionado las moradas de mi corazón. Ha visto mi vacío, mi arrogancia y ansiedad." Todo recaía sobre los agarrotados hombros del asesino, acompañado por el inútil e impotente balanceo del palo que sostenía con sus rodillas. Parecía mirar arriba y abajo al mismo tiempo, inquieto, angustiado.

Entonces, el miedo y el temor sobrevinieron. Se volvió para mirar la evidencia del crimen, vagamente oculto. Un temblor recorrió el cuerpo del asesino. Intentó arrojar el palo, pero una parte parecía habérsele pegado a las manos. Intentó largarse de allí. Se sacudía cada vez más fuerte y daba movimientos bruscos. De un giro violento terminó cayendo al suelo. Solo entonces fue cuando el palo se desprendió de sus débiles dedos. Se agarró la cara con fuerza.

"¿Qué he hecho? Dios, líbrame de saber lo que he hecho, líbrame de mí mismo. Oh, escóndeme de Dios."

Pero fue en vano. En ese momento, Dios aparecía a su derecha.

El asesino, con las manos sobre la cara, no pudo ver a su Creador. Y al sentir que no estaba solo, espió entre sus dedos.

Dios habló.

Dijo: –¿Dónde está tu hermano?

El asesino se levantó con dificultad y miró a Dios sorprendido. ¿Qué hermano?, parecía decir la expresión de su cara.

Pero Dios, sabiendo la verdad, repitió su pregunta:

–¿Dónde está tu hermano?

–No sé –dijo el asesino–. ¿Acaso soy el guardián de mi hermano?

–¿Qué has hecho? –preguntó Dios.

Y el asesino siguió la mirada de Dios mientras este dirigía sus ojos hacia los arbustos que ocultaban aquel cuerpo vagamente.

–La voz de tu hermano Abel me llama. La voz de la sangre de tu hermano me llama desde la tierra.

El asesino sin decir nada se dejó caer sobre las rodillas. En el momento en que Dios pronunció esas palabras, Caín se desplomó hasta que su cabeza descansó sobre la tierra en ese cuerpo miserablemente encorvado.

–Ahora has de quedar condenado por la misma tierra que ha abierto su boca para recibir la sangre de tu hermano Abel. Ahora estás condenado entre los hombres, Caín, y la tierra no volverá a ser un sustento para ti. Serás un extraño para ella.

Todo el peso del cuerpo de Caín reposaba ahora sobre la tierra. Nuestro primer asesino parecía estar refugiándose en su madre, la tierra.

Pero Dios fue rígido.

–Serás un fugitivo y un vagabundo en esta tierra. Ningún lugar será hogar para ti.

–Todos los hombres se volverán contra mí –dijo con dolor el hombre tirado en el suelo–, todos me maldecirán y uno me matará.

Elevó su cabeza para mirar a su Creador en un gesto implorante. Su barba, de brillante dorado, el símbolo de Caín y de Judas Iscariote, parecía absorber los últimos rayos de una luz que iba desapareciendo.

–No –dijo Dios–, estás condenado a vagar por esta tierra por el resto de tus días, y ningún hombre podrá acabar contigo a menos que se haga mi voluntad. Aquel que mate a Caín sufrirá siete veces la venganza que conjura su muerte.

Y al llegar el anochecer Dios se aproximó y dejó en Caín la marca del pecado para que los hombres conocieran al primer asesino de todos los tiempos, y supieran que el castigo correspondía a Dios y tal decisión no podía ser usurpada por la humanidad.

Dios extendió su pulgar para marcar a Caín en su frente.

De repente se oyó una risa.

No era una risa agradable sino más bien una feroz risa socarrona. Me llegaba de algún lugar a mi izquierda, casi de frente. Dios detuvo sus pasos ante Caín, parecía ofendido. Oscurecía casi de golpe y la gente ya era una masa de formas y sombras obstaculizadoras. El escenario, frente a nosotros, no estaba iluminado. Obviamente, los Paradise Brothers pretendían llegar al final del drama de Caín y Abel antes de que la noche nos lo impidiera con su telón. Dudo que apenas contaran con una antorcha o tea. Estos tres actores eran tíos sencillos, poco sofisticados, aunque con algo de autoridad. Uno de los Paradise Brothers que interpretaba a Caín, por ejemplo, había creado una buena combinación de furia y mala conciencia. Dios también había estado bien representado, aunque la apariencia del actor ayudaba bastante. Lucía una tupida barba blanca y una dura expresión en la frente. Miraba en medio de aquella penumbra de la plaza del mercado cuando volvieron a oírse risas una vez más, risas escandalosas e inquietantes.

Al principio pensé que aquella risa socarrona era una señal de impaciencia por un drama que se desarrollaba sobre una rudimentaria plataforma que habían elevado en una de las esquinas de la plaza. Alguien que se habría cansado de esa historia de la Biblia que cuenta un arrebato entre hermanos y que estaría ansioso por ver alguna danza u oír algún comentario subido de tono. Desde luego, la audiencia londinense no habría dejado pasar tantos minutos sin ver alguna danza o broma tosca. Pero eso sucede en la ciudad, y nosotros estábamos en el campo.

Hubo un gran alboroto entre la audiencia cuando de repente se abalanzó por uno de los extremos de la plataforma y logró subir antes de girarse de cara al público. Dios seguía en el mismo sitio, con su mano a punto de poner la marca sobre Caín. Y aquel fraticida aún estaba de rodillas, con la frente alzada y en posición para recibir la marca del castigo.

Aún deseando ver qué iba a ocurrir después, me sorprendió la inexperiencia y la inmadurez dramática de esta pequeña compañía de actores por el hecho de que debieran interrumpir la escena por alguien que se subía a la plataforma, y que no indicaran claramente a ese individuo cómo debía comportarse. Nosotros, los de la compañía Chamberlain, a veces encontramos a ciertas personas, entre borrachos y pasados de rosca, que creen que nuestros espectadores en The Globe prefieren verlos a ellos antes que a los propios actores. Esa gente que quiere usurpar nuestro lugar en el escenario acaba siempre fuera de un manotazo, patada o comentario desfachatado.

Pero aquí en la plaza del mercado estos actores de pueblo se quedaron paralizados. Al igual que la audiencia, estos esperaban ver qué haría el intruso después. Hasta el actor que interpretaba a Abel muerto se había tumbado hacia un lado en un extremo de la plataforma para ver qué estaba ocurriendo. Jack Wilson, a mi lado, me dio un pequeño codazo en las costillas como diciéndome "esto va a estar bueno". El individuo que estaba justo en el centro del escenario se tambaleó levemente y sacó una botella de entre los pliegues de su atuendo.

Me sentí decepcionado. Un hombre interpretando a un borracho puede ser bastante divertido en un escenario, pero un borracho de verdad es harina de otro costal, peor aún cuando él mismo cree que lo que dice es de algún modo importante.

Es así.

–*Noezz* justo, *noztá* bien, *noezz* justo.

Hizo una pausa, quizá para permitirnos reflexionar sobre la sabiduría de sus palabras.

Él piensa que no es justo – me susurró Jack Wilson.

–Y no está bien, Jack.

Entonces, mirando hacia Dios, el recién llegado continuó.

–*Noez* justo. Respetas a Abel mientras que a Caín y a sus frutos no los respetas.

–Dice que Dios no tiene respeto –susurró Jack.

–Cállate –le dije–, puedo entender a un hombre borracho tan bien como tú.

–No respetas sus frutos –dijo el hombre amenazando con la botella en la mano a su Creador. Dios, de barba blanca, retrocedió unos pasos frunciendo el ceño. En ese momento Abel se incorporó nuevamente, con el rostro marcado por la sangre de cordero que daba color al primer asesino. El trío de actores, Dios, Caín y Abel, parecían ofendidos. Quizá me equivoqué juzgándolos de inmaduros. Parecía más bien que no estaban preparados para ningún tipo de interrupción. Obviamente estaban acostumbrados a ser vistos y escuchados con respetuoso silencio.

–¡Verdulero! –declamó el borracho, ya recuperando su postura y escupiendo a aquellos afortunados que estaban cerca del escenario–. ¡Verdulero!, él *ezun* hombre de *honestida graciassudor de sufrente.* Caín *ezun* hombre sencillo, Caín *ezun* campesino.

Arrimó su brazo al individuo que representaba a Caín y por un momento pensé que realmente estaba confundiendo al actor con el verdadero Caín.

–Yo, un hombre sencillo, campesino, como Caín.

–Eso es cierto, Tom –gritó alguien a mi derecha–. Te conocemos.

–¿Por qué Dios no guarda respeto a los campesinos? ¿Por qué ahora no tiene respeto a Caín? –inquirió nuestro lastimero borracho.

–Caín fue un asesino –susurró alguien a mi izquierda.

Se oyeron diferentes ruidos de gente dando gritos de aprobación o desaprobación.

–¿Os pregunto de qué modo nos falta al respeto?

Se oyeron más gritos y murmullos.

Ahora provenían de un grupo de campesinos en la plaza del mercado. Cualquier persona de fuera podría pensar que eran patanes y payasos. Yo sentí que estaban animando a nuestro amigo Tom para que ofreciera un buen espectáculo. Al menos en eso eran parecidos a nuestra audiencia londinense en The Globe.

–Esto es lo que hace; cuando queremos lluvia, *nozenvía* sequías. Y cuando *queremozol*… *¿quéz* lo que *nozenvía?* –Se detuvo como si esperara respuesta. Como no la hubo, dijo con satisfacción balbuceando entre las filas delanteras–: Tormentas, granizo y tempestades.

En este momento, la plaza estaba prácticamente a oscuras. Me equivoqué pensando que los actores no traían antorchas consigo, ya que un par de ellas aparecieron como un destello a ambos lados del escenario. No sé quién las encendió, y me preguntaba si habían querido iluminar aquella improvisación. Las antorchas humeantes proyectaban resplandores titilantes y espeluznantes sobre Caín, Abel y Dios, quienes se habían agrupado en torno al campesino Tom con cierta inquietud.

–Dios no se merece nuestras alabanzas.

Nada más decir esto, se sintió un profundo suspiro desde la multitud. Tom parecía estar rozando la blasfemia. Yo mismo me sentí un tanto incómodo. A mi lado, noté a Jack nervioso.

–No tanto nuestras alabanzas, diría yo, sino nuestra…

No pudo continuar porque Caín se lanzó sobre las espaldas del campesino Tom con el arma con la que había matado a su hermano en la representación (aunque esta vez no en broma); pero a pesar de no ser un verdadero garrote y ser más bien un objeto simbólico para el escenario, era lo suficientemente pesado como para reducir al campesino. Tom dejó caer su botella, tropezó hacia delante y por poco cae del escenario.

Hubo una gran conmoción en medio de aquella oscuridad.

–Dejadle en paz –gritó alguien, y añadieron–, dice la verdad.

–Habéis acabado con Tom.

Pero, por fortuna, no era así. Casi de inmediato, Tom se levantó y miró atontado a su alrededor como si no supiera dónde estaba o preguntándose cómo había ido a parar allí. Entonces, Dios, lamentándolo, intervino. Quizá sintiéndose ofendido por las palabras del campesino, se adelantó y puso su pulgar en la desdichada frente de Tom para dejarle la marca del hombre perdido y pecador. Pero Tom no le dio importancia y golpeó a Dios furiosamente con su puño, y de repente se armó una pelea sobre el escenario, mientras los Paradise Brothers se amontonaban en torno al campesino. Eran hombres grandes. Brazos y piernas sacudiéndose como aspas de molino, golpazos, gritos, insultos.

Este era el momento tan esperado por la multitud. El momento en el que las penas del drama se transforman en los placeres del caos. Una buena parte del público subió sobre el agitado escenario para participar de la confusión. Cuerpos luchando en la oscuridad, iluminados por las flameantes antorchas. La sencilla utilería, unos pocos troncos representando el bosque donde habían escondido el cuerpo de Abel y el lienzo pintado de rocas desde donde aparecía Dios, pasó a ser de inmediato arma en la pelea. Algunos de los que no se habían unido al revuelo ya lo estaban considerando, mientras unos intentaban detenerlo y otros montaban discusiones.

Tiré de la manga de Jack Wilson.

–Es hora de irse –le dije.

Había visto suficiente jaleo en las calles de Londres, con aprendices ahogados en licor y rancios veteranos que no saben hacer otra cosa que amotinarse, como para saber que no hay sitio mejor en una pelea que lejos de ella.

–Esperemos a ver qué pasa –dijo Jack.

–No, Jack –respondí.

–Se está poniendo interesante.

–No, Jack –repetí, antes de decir de una manera que podría resultar arrogante–, nada interesante va a pasar. Son paletos, no tienes más que mirarlos. Ahí tienes el gusto que tienen por el teatro. Mira cómo han reaccionado.

–¿Qué ha dicho, amigo mío?

La voz provenía de mi derecha. Una voz ruda. Una voz cateta y tosca.

–Nada –dije volviéndome hacia la izquierda y dejando a Jack allí solo, por si pretendía seguir el rollo. Pero entre esa multitud y esa oscuridad me fue muy difícil encontrar el camino para salir, y de repente sentí que me cogían del cuello de mi chaqueta.

–Repita sus palabras, amigo –dijo la voz detrás de mí.

–Suélteme primero.

–Claro, para que se pierda entre la gente. Repita sus palabras.

El apretón en el cuello se sentía más fuerte; podía sentir el aliento feroz de aquel hombre en la nuca. En ese momento, me di cuenta de que ambos éramos el centro de atención para los que no tenían su mirada puesta en el escenario.

–¿Qué palabras?

–Las que ha dicho sobre nosotros, la gente del campo.

–Si ya las ha oído, ¿por qué quiere que las repita?

–Porque así lo quiero.

Cada palabra que pronunciaba era un estruendo.

–Muy bien –dije tratando de parecer serio. Estaba a punto de darle alguna miserable disculpa a él y a todos los de su tipo cuando se me ocurrió una estúpida idea. Aunque al principio había querido alejarme lo más posible de aquel barullo en la plaza, ahora me sentía ofendido por el hecho de que mis palabras (admito que un tanto injuriosas) hubieran sido captadas por uno de esos palurdos fisgones. ¿Por qué tenía que disculparme ante ese patán, aunque estuviese ahorcándome de esa manera? ¿Por qué no dejar que tuviera la ventaja de oír mi verdadera opinión?

–Dije que mi amigo y yo estábamos rodeados de individuos de cierta calaña, por no decir…

–Le diré algo, amigo, si no habla en un inglés llano...

–…por no decir, patanes, palurdos, paletos… uff…

A todo esto, recibí un rodillazo en la espalda y caí sobre el adoquinado.

–No he terminado… patanes, cretinos… ¡ah!, ¡ah!

Y ahí es cuando me golpeó en las costillas.

Entonces, algunos de los que merodeaban por ahí se acercaron. No sé si habían oído lo que dije y estaban realmente ofendidos, o simplemente vieron a un hombre tirado en el suelo y no pudieron evitar lanzarse sobre él, no lo sé. Según recibía patadas, temí lo peor. Continuaron amontonándose hasta que sus pies se enredron y luego en la oscuridad me perdieron de vista y acabaron por golpearse unos a otros. Dos o tres eran mujeres, claramente igual de molestas que los hombres por mis palabras sobre su naturaleza tosca.

Hay algo más. Soy actor (Nick Revill, para servirle) y un actor tiene que saber cómo afrontar una dificultad tanto simulada como real. En cierta ocasión, yo me hallaba interpretando un breve papel en *El hombre del almirante,* y viendo el ensayo, mucho más pendiente aquellos días por aprender algún truco, me caí por las escaleras de la galería del teatro Rose y aterricé en el sector más económico entre el público. No sufrí más que unos pocos moratones y un estallido de aplausos. Y cuando hay algún aporreo entre actores con una espada o garrote, aunque los golpes no sean totalmente reales, tampoco son del todo inocentes. Por eso sabía que el secreto de una situación como esa, cuando uno no puede hacer nada por salvarse, era mantenerse pasivo pero ágil.

–¿Qué dice ahora? –rugió una voz que reconocí como la de mi primer agresor, de un aliento rudo.

No dije nada. Me noté sangre en la boca. Me pregunté qué habría sido de mi amigo Jack Wilson.

Mi silencio debió de haber dejado al pequeño grupo de hombres y mujeres satisfechos porque se dispersaron. El círculo se desarmó en cuanto uno o dos se fueron de allí, avergonzados quizá por haber participado, y queriendo evitar cualquier problema. Esta era mi oportunidad. Me dispuse a hacer mutis por el foro.

Nadie intentó detenerme. La plaza aún estaba llena de gente y se oían ruidos e insultos desde el escenario. Evidentemente la pelea entre los actores y la gente no había acabado. Me escapé por uno de los pasillos que conducían a la plaza.

No conocía Salisbury. La posada donde íbamos a alojarnos por la noche los de la Chamberlain estaba en algún lugar de la ciudad, pero no sabía exactamente dónde. Jack Wilson y yo habíamos llegado a la plaza del mercado a última hora del atardecer, y terminamos mirando los preparativos de un drama al aire libre en un rincón de la plaza. Nos habíamos quedado a mirar, aunque la acción que se desarrollara en aquel austero escenario era de lo más rancia, el mustio asunto de la moral, de la historia de Adán y Eva y de Caín y Abel. Para darnos una idea de lo que íbamos a ver, se hizo una especie de sermón introductorio con el personaje de barba y ceño fruncido que después actuaría como Dios (y cuyo nombre luego descubrí que sería Peter Paradise, líder de aquel fraternal trío). Nos intimidó y nos dio una perorata llamándonos "hermanos", como todo un puritano. Nos dijo que no éramos responsables ante nadie más que Dios, y que no debíamos tratar con el poder y la riqueza terrenal. Eso es estupendo, pensé, cargar tus pocas e insignificantes posesiones de un lugar a otro, y seguramente con apenas migas para comer en las puertas que encontrases por ahí, aunque algunos de nosotros hemos conseguido hacernos con algún dinero y satisfacer a los clientes…

Varias veces Jack y yo nos habíamos burlado del gusto chabacano de los habitantes de esta ciudad. Si no hubiese sido por la alta calidad de la obra, sorprendente en verdad, nos hubiésemos unido a nuestros compañeros en la posada del Ángel. Pero un profesional siempre obtiene cierto placer (a veces de envidiosa naturaleza) viendo a otro profesional, incluso cuando trabaja con un material de menor calidad, como en este caso.

Puesto que estábamos apenas llegando al verano, el oeste todavía resplandecía con algunos rayos de luz. Pero luego recordé que habíamos entrado en la ciudad por el este, donde estaba la posada del Ángel, así que cambié de dirección y continué por otra calle y luego otra hasta encontrarme nuevamente en la plaza del mercado. Por lo general tengo buen sentido de la orientación, sé dónde está el este y el oeste, pero los golpes que había recibido de manotazos y patadas de los habitantes de esta ciudad me habían atontado un poco. Con cautela, esquivé la plaza. La pelea parecía haber terminado pero todavía había gente dando vueltas en la oscuridad. Escupí para limpiar mi boca de sangre. Sentía parte de mi cara dolorida por haberme dado contra el adoquinado. No estaba herido, o no demasiado, pero me aliviaba pensar que pronto me reuniría con mis compañeros e iría directamente a la cama. Aunque antes hablaría seriamente con Wilson por aquel escaqueo de la plaza.

Solo había un modo de conocer mi crudo paradero en la ciudad. Hay una gran iglesia aquí en Salisbury, mucho más grande que cualquiera de las que hay en Londres, y era verdaderamente la catedral más grande que había visto en mi vida. Tan alta como la Torre de Babel, con suficiente espacio como para albergar a media ciudad. Su aguja apuntaba al cielo como una flecha, impaciente por zafarse de esta tierra. Esa misma tarde, avanzando calle abajo, nos habíamos quedado capturados mirando la aguja que brillaba por el sol y que nos guiaría hacia nuestro destino por la noche. Esta enorme iglesia se erguía en la parte sur de la ciudad. Deduje por tanto que si la mantenía a mi derecha sería capaz de encontrar el camino de vuelta a la calle de la posada del Ángel. Había gente paseando por las calles, pero a juzgar por mis más recientes experiencias de cómo trataban a los forasteros, bueno, gente de fuera que hubiese dicho algo irritante, no me daban ganas de preguntar a nadie.

Al final de la calle por la que venía andando pude vislumbrar sobre los tejados la aguja en forma de flecha, que alzaba su parte más esbelta a la luz del anochecer. Así que… si cruzo esta callejuela… y luego tomo la de la izquierda… no, la derecha… ¿tal vez cruzar y bajar por este callejón? De golpe sentí un dolor agudo que me quitó la respiración en un costado. No estaba herido; bueno, no muy herido, pero necesitaba descansar un momento para recuperarme de la insolente paliza que había recibido. Si le hubiese puesto las manos a aquel bruto que me dio ese rodillazo en la espalda animando a los curiosos a unirse a la paliza, se habría enterado de…

De repente me encontré de rodillas en medio de la carretera, con náuseas. Sentía un sabor a sangre en la boca, que tenía un color rojo y amarillo. Bilis y sangre. Pero no mucha. Ah, así estaba mejor. Aún así, necesitaba pararme un momento para ver cómo seguir, o quizá volver a la posada del Ángel, de otro modo me quedaría deambulando por Salisbury hasta el amanecer. Había un portal que parecía acogedor… sí, ese de allí, con una amplia entrada. Pude acceder a él y me escondí allí.

Estaba oscuro, parecía un lugar seguro. Debí de quedarme dormido unos instantes porque lo que luego sentí fue una luz suspendida frente a mí.

Protegí mis ojos de la luz. La lámpara se tambaleaba y de repente, sentí una mano que arrebató la mía y descubrió mi cara.

–Veamos.

Con los ojos entornados pude ver un rostro amenazante, alargado por la luz.

–Ah, sí –dijo.

–¿Qué? –dije yo.

–Usted no es de aquí.

–Oh Dios, ¿no va a pegarme usted también, no?

Para entonces ya había abierto los ojos completamente y me di cuenta de lo absurdo de mi pregunta. Frente a mí, agachado estaba un hombre de mediana edad con una larga barba grisácea y ojos claros. Llevaba un camisón. Podía verlo claramente porque además de la lámpara que había dejado en el suelo, la puerta de la casa estaba abierta y había otra figura en la entrada vestida de blanco que sostenía una vela.

–Me... dirigía a la posada del Ángel. Quizá usted pueda ayudarme.

Hice un gesto para incorporarme y el hombre me tomó por debajo del brazo para ayudarme.

–El Ángel está en Greencross Street. A unos cuantos pasos de aquí.

–Gracias, seguiré mi camino.

Pero ni me moví ni creo que el hombre de la barba gris lo esperara.

–¿Su compañía se preocupará si llega tarde? –preguntó.

–¿Compañía?

–Sus compañeros actores.

–Ellos, no –respondí–. Siempre y cuando mañana por la mañana esté en el ensayo no se preocuparán por mí esta noche. Pensarán que me he buscado una...

Por delicadeza me callé.

–En ese caso creo que será mejor que entre y tome algo fresco. ¿Puede caminar solo? –dijo el hombre de la barba.

–Gracias, creo que sí.

–Sígame entonces.

Me llevó a la casa, y por entonces aquella persona con la vela había desaparecido. Nos acomodamos en un salón, aunque se detuvo en el pasillo y gritó: "¡Martin!". Había velas encendidas en una mesa con papeles y lápices perfectamente apilados. Creo que había interrumpido de algún asunto a mi anfitrión. Me acercó una silla. Al sentarme, refunfuñé involuntariamente.

–Mi querido señor, está usted herido.

–En absoluto –dije–, o solo apenas. Un encontronazo con un bocazas.

–Tiene algo de sangre en su cara. Un poco.

–Mía solamente.

Un hombre robusto apareció por la puerta.

–Puedo ofrecerle sidra –dijo mi anfitrión–, o quizá una cerveza purificadora pueda ser mejor en su estado.

–Sidra –dije rápidamente. No estaba del todo seguro de qué era aquello de cerveza purificadora, y no me gustaba cómo sonaba.

El caballero de barba gris le dio alguna orden al criado y después se sentó en la mesa. Acercó un par de velas hacia mí, aparentemente por gentileza, pero en realidad, creo que era para observarme mejor.

–Estaba usted a punto de preguntar a quién tiene el honor de dirigirse –dijo.

Efectivamente, pero su rapidez me cogió por sorpresa y simplemente asentí con la cabeza.

–Mi nombre es Adam Fielding, ciudadano de Salisbury.

Esta vez asentí más lentamente.

–Nicholas Revill –dije formalmente–, soy…

Me detuve al ver que levantaba la mano.

–Aguarde.

Se inclinó hacia adelante y miró entrecerrando los ojos para ver entre el humo de la vela. Como me examinaba el rostro con esos ojos, me sentí un tanto incómodo. Quería quitarme la sangre de la cara donde fuera que estuviera, pero no me moví.

Entonces se sentó y sonrió.

–No se preocupe, maese Revill. Es solo una manía mía.

–¿El qué?

–Ah, observar cómo es alguien antes de que diga quién es.

–¿Y qué es lo que ve, señor? –respondí, preparado para corresponder su gentil confidencia.

En ese momento, Martin volvió con dos jarras de sidra para su señor y para mí. Me detuve un instante hasta que el criado se fue y di mi primer sorbo; al probar la sidra, me di cuenta de lo cansado y sediento que estaba.

–Está hecha con mis propias manzanas, una clase bien jugosa. Pero me estaba preguntando qué es lo que podía ver en usted.

Asentí, y entonces recordé de golpe que había mencionado a mi compañía en el portal. ¿Cómo sabía de ellos?

–Bien, señor Revill, usted es actor, uno de los del grupo de viaje que acaba de llegar de Londres que se está alojando en la posada del Ángel en Greencross Street.

Por poco me tiro la sidra encima.

–No se asuste –añadió mi anfitrión–. Ya lo sabía. Soy juez de paz en esta ciudad y una de nuestras obligaciones, como seguramente ya sabrá, es autorizar y supervisar las visitas que los actores realizan.

–No tenemos actuación aquí, Su Excelencia –dije para mostrarle que sabía cómo dirigirme a un caballero tan digno como él–. Solo estamos de paso.

–Exactamente. La única compañía que ha obtenido la licencia para actuar en estas últimas semanas ha sido la de los Paradise Brothers. Interpretan historias de la Biblia y antiguas obras moralizantes.

–Lo sé. Los vi en la plaza del mercado.

–Y usted pertenece a la Chamberlain, por lo que imagino que tendrá poco tiempo para ver el tipo de obra que presentan los Paradise Brothers.

–Ellos son… buenos profesionales –maticé–. ¿Cómo sabe usted que pertenezco a la Chamberlain?

–Nada relacionado con la magia, señor –respondió Fielding, y noté que disfrutaba al sorprenderme con eso–. En una ciudad como esta, probablemente pequeña para cualquier londinense, un juez de paz tiene la obligación de saber qué es lo que está sucediendo. Además, la hermana de mi criado Martin está casada con el patrón del Ángel.

–Ah –exclamé un tanto decepcionado–. Así que es eso.

Se abrió de nuevo la puerta del salón, esta vez para dar entrada a la persona que había estado en el portal con una vela en la mano. Atravesó la habitación y se aproximó a donde yo estaba sentado. Llevaba una fina bata blanca que ocultaba su figura, pero su rostro frente a la difusa luz irradiaba juventud y dulzura, una belleza serena. Llevaba una bandeja con un recipiente con agua y un pequeño cuenco, entre otros objetos.

Fielding estaba de espaldas pero sonrió al oírla venir.

–Querida –dijo–, este es Nicholas Revill, al que hemos encontrado en nuestro portal. Señor Revill, mi hija Kate.

Hice ademán de levantarme, pero ella me detuvo con la mano.

–Por favor, señor Revill, permanezca sentado. Veo que está usted cansado… y herido.

¡Ah, la suavidad y la comprensión de una mujer!

–Fue culpa mía –respondí–, lo de la herida, quiero decir.

Kate puso la bandeja sobre la mesa. Mojó un trozo de tela en el agua y limpió suavemente la sangre seca de mi cara. Aguanté valientemente, pero a decir verdad, habría soportado encantado sus cuidados por mucho, pero mucho más tiempo. Podía sentir su dulce aliento. En todo ese rato, su padre, Adam Fielding, observaba con aprobación mientras su hija me curaba. Cuando acabó con el trozo de tela se dio la vuelta una vez más sobre la mesa e introdujo los dedos en otro cuenco. Me pasó una pomada por todo la cara, explicándome que era buena para cardenales y cortes y que estaba hecha con hojas de plátano. Escocía un poco, pero creo que podría haber soportado por mucho, pero mucho más tiempo. Sus finos dedos parecían curar por sí solos. Podía sentir el calor de su cuerpo bajo la bata que la cubría.

Me pregunté si lo estaba haciendo por iniciativa propia o si su padre la había mandado hacerlo cuando me vieron en el portal. Me apeteció, o más bien así lo esperaba, que hubiese sido idea de ella.

–Ahí –indicó.

–Gracias –respondí pensando si comentar que había estado buscando alojamiento y que había encontrado finalmente el "ángel", pero con otro aspecto y en otro lugar. Al final decidí mantenerme callado, quizá porque su padre aún nos estaba observando, aunque sin decir nada. Ocurre también que algunas mujeres son inmunes a mis ocurrencias.

–Me voy a la cama ya, padre –dijo–. No te quedes hasta muy tarde hablando con nuestro visitante.

Este detalle, que en papel parece de lo más impúdico, incluso de un hijo adulto a su padre, fue recibido perfectamente y con una sonrisa indulgente por parte de Fielding.

Cuando Kate se fue, él continuó:

–¿Dónde estábamos? –sabiendo exactamente dónde nos habíamos quedado–. Ah, sí, estaba hablándole sobre usted. Haga caso a un hombre mayor. Sabrá más que usted.

–¿Más, señor?

–Más, señor Revill. Veamos. Usted no es originariamente de Londres pero vive allí desde hace un año, por ejemplo. Sus raíces son del oeste, más del oeste que de aquí…

–De un pueblecito cerca de Bristol. Llevo dos años en Londres –concreté un poco molesto ya que mi habla desvelaba mis orígenes. Fielding debía de tener muy buen oído. Y buen ojo y cerebro, como resultó ser.

–Lleva todo el día con su compañía –continuó–, acompañando al carro que lleva la utilería y el vestuario y traquetea por detrás, donde probablemente viajen los actores mayores. Usted, en cambio, ha debido de seguir el ritmo de un compañero de su misma edad.

–Siga –lo animé medio sonriendo y bebiendo mi sidra.

–También piensa ocasionalmente… y con cariño en una mujer a quien ha dejado.

Me erguí un poco más al escuchar esto.

–Y como ahora está usted fuera de la ciudad, también piensa bastante en sus padres…

¿Cómo podía saber eso?

–…particularmente en su padre, el párroco.

Cuando oí eso casi tiro mi copa al suelo.

No necesitaba hacer esa pregunta que ya reflejaba mi cara. Adam Fielding, el juez, se vio satisfecho por el efecto que causó en mí.

–Usted tiene algún informador –dije expectante–, no la hermana del criado, sino quizá algún primo o abuelo en la iglesia.

Negó con la cabeza.

–Entonces, ¿cómo es posible?

–Es sorprendente toda la información que ofrecemos sin darnos cuenta, señor Revill.

–No he dicho nada, o casi nada, Su Excelencia.

–No es cuestión de decir algo. Permítame explicarle. Ya sé que usted es miembro de la compañía Chamberlain y está hospedándose esta noche en el Ángel. Por tanto, usted ha debido de llegar a Salisbury hoy por la tarde. Conozco el modo de viajar de las compañías de teatro, cómo transportan el vestuario y todo en carros donde los pobres actores dan constantemente tropezones.

–¿Los actores? Eso es lo de menos –añadí–. Nuestro modista nos dice una y otra vez que la gente paga para ver su vestuario, no nuestros cuerpos.

–Por ser un miembro joven de la compañía, habrá ido más rápido de lo normal. Y es poco probable que lo haya hecho solo. Los actores son por naturaleza sociables. Todavía puedo ver el polvo del camino en sus zapatos, mientras que su chaqueta y pantalones tienen otro tipo de marcas… que ciertamente no tendrían si hubiese estado caminando por detrás del carro. Hubiera tenido que tragarse todo el polvo de los de delante.

–Muy bien –dije–. ¿Pero cómo supo mis pensamientos, o al menos alguno de ellos?

Fielding sonrió y le dio un buen sorbo a su copa de sidra.

–La mujer que ha dejado, ¿se refiere a eso?

–Ah, puede haber una –añadí pensando en mi prostituta Nell.

–Cualquier jovencito que lleve un año o así en Londres se consigue una aventura… a menos que haya algo extraño o innatural en él. Y no parece haber nada raro en usted, señor Revill. (¿Era eso un cumplido o un ligero desaire? No sabría decir.)

–En la mente de un joven que está de viaje, siempre, y de modo espontáneo, habrá un lugar para pensar en la chica que ha dejado. Por otra parte, y puesto que ha pasado con ella el último año y ahora está fuera de la ciudad, el joven también se mostrará deseoso de vivir alguna que otra aventura. La recordará con cariño… aunque no excesivamente, creo.

–Yo… sí, ha descrito prácticamente cómo me siento –dije recordando lo poco que había pensado en Nell en estos tres días de escapada de Londres, y sintiéndome casi avergonzado por ello.

–Claro, yo también he pasado por esas circunstancias –dijo Fielding–. También dejé a una mujer cuando abandoné la ciudad por primera vez.

–¿Qué le ocurrió?

–Ah… –fue todo lo que dijo.

–Dijo que mi padre era párroco.

–¿Acerté?

Era casi emocionante ver cómo estaba ansioso por demostrar que tenía razón.

–Sí, ha acertado. Fue párroco.

–¿Sí…?

–Mis padres murieron cuando la plaga invadió nuestro pequeño pueblo... Yo estaba fuera por entonces.

–Y por eso ha sobrevivido.

–Fue Dios quien me hizo sobrevivir, habría dicho mi padre. Pero, ¿cómo lo sabía? Hay que tener secretos de adivinación para ello.

–No es magia, ni ningún misterio. Usted confirmó mi hipótesis cuando reaccionó sorprendido al nombrarlo. Pero ya antes de eso dijo que venía de un pueblo cerca de Bristol. Usted es claramente un joven educado. En pueblos pequeños la educación solo puede permitírsela la descendencia del párroco, del hacendado o del profesor.

–¿Y por qué no podría ser yo el hijo de un hacendado... o de un profesor?

–Podría haber tenido a un profesor como padre. Pero no al hacendado, creo. Discúlpeme, señor Revill, si le digo que el hijo de un hombre con bienes, no se sentiría cómodo en compañía de actores.

–Realmente cierto –respondí–. No se respeta mucho la interpretación incluso hoy en día... ni se compensa al actor como para satisfacer al hijo de un hacendado.

–Entonces, ¿por qué lo hace? –me preguntó con una mirada perspicaz por encima de la copa de sidra.

–No estoy seguro. Quizá lo único que puedo decir al respecto es que para mí supuso algo similar a lo que sintió mi padre, fue una llamada.

Lamenté inmediatamente haber dicho eso y agradecí que no estuviera presente ninguno de los de la compañía para oírlo. Podía imaginarme el desprecio que habrían provocado mis más sinceras opiniones... y con razón.

–Aún así no tan clara llamada como la de su padre. No salvará almas de la hoguera eterna –añadió el juez–. Ni tampoco guiará los pasos por los senderos de la salvación.

–Eso se lo dejo a otros, como a los supuestos Brothers que actuaron esta noche en la plaza del mercado. Yo me contento sencillamente con entretener a la gente en las buenas y en las malas, cualquiera sea el destino, que no es asunto mío.

–Bueno, eso es lo que ahora cree –dijo Fielding.

–Y lo que también creo, excelencia, es que mañana temprano tengo un ensayo así que, con su permiso, debería volver a la posada con mis compañeros. No quisiera que se preocuparan por mi ausencia...

–Porque creerán que ha encontrado alguna de nuestras prostitutas para pasar la noche en Salisbury –dijo Fielding.

Me sonrojé un poco.

–Me abstuve de decírselo en el portal, pero sí, eso es lo que pensarían.

–Se lo agradezco, señor Revill, si lo hizo para que no lo escuchara mi hija, aunque creo que a ella solo le habría resultado divertido.

Guardé esa información para reflexiones futuras (y posibles usos) mientras me levantaba de la mesa. Adam Fielding me acompañó hasta la puerta, preguntándome si realmente me había sentido cómodo. Me dijo también cómo encontrar la posada del Ángel, y después me tendió la mano.

–Me sorprende que no me haya preguntado dónde vamos mañana –dije–. O quizá ya lo sabe.

–Ya lo sé –dijo–. De hecho yo mismo estaré a la hora acordada.

–¿La hora acordada?

–Espero verle pronto, señor Revill, en vísperas del verano.

–¿Y su hija? –pregunté con atrevimiento.

–Ah, estoy seguro de que a ella también le complacerá volver a verle.

Como había respondido la pregunta de modo indirecto, no añadí más. Le deseé buenas noches y comencé a caminar en la dirección indicada. La luz parece coquetear en el cielo incluso en medio de una noche de junio, y es por eso que pude encontrar fácilmente el camino al Ángel. La posada estaba cerrada y oscura y tuve que zarandear a uno de los muchachos que estaban durmiendo entre las pajas, junto a los caballos, peor acomodados que estos. A cambio de medio penique el chaval me enseñó cómo entrar por la ventana de atrás, que estaba abierta para que pudieran entrar los huéspedes trasnochadores.

Mi compañía estaba distribuida en dos habitaciones del piso superior, y con satisfacción logré llegar a la cama que compartía con Jack Wilson. En otras circunstancias le habría hecho saber lo que pensaba de su cobarde comportamiento en la plaza del mercado, pero estaba dormido o se lo hacía. En todo caso, me dije, si no hubiese sido por el desafortunado encuentro con un paleto que se sintió ofendida por mis comentarios sobre él y los suyos, nunca hubiese conocido a Adam Fielding, el juez, ni a su hija Kate.

A la mañana siguiente comenzamos nuestra primera rutina de la gira. Este era mi primer bolo fuera de Londres, pero después de unos días de camino, me acostumbré rápido. Nos levantábamos, nos vestíamos, nos clavábamos el pan y la cerveza y nos marchábamos antes del alba. Caminábamos casi toda la mañana, haciendo un alto hacia el mediodía para descansar en alguna taberna, si alguna nos convenía, y encontrábamos sitio para refugiarnos y hacernos con pequeñas provisiones para luego transportarlas. Tras un pequeño descanso, más por el desafortunado caballo que tiraba del carro que por nosotros mismos, continuábamos con la caminata hasta la media tarde, ya con ansias de llegar a nuestro destino a tiempo para cenar temprano. Después de comer, el tiempo era todo nuestro. Si estábamos en una ciudad o en un pueblo grande paseábamos, tratando de encontrar algo que nos distrajera. Eso es lo que había estado haciendo con Jack cuando nos topamos con la representación de los Paradise Brothers y su fábula de Caín y Abel en la plaza del mercado de Salisbury.

Mientras veía esta simple obra moralizante di gracias al cielo por estar en una compañía tan buena como la Chamberlain. No teníamos que andar errantes, soportando escenarios artesanales de precarios pilares y espectadores campesinos que no daban mucho de sí. No era así. Cuando la Chamberlain se iba de bolos, no era para montar nuestra escenografía en algún agujero viejo o rincón, sino que interpretábamos en las mejores ciudades, en las mejores casas, frente a las audiencias más exquisitas. Tampoco teníamos que soportar demoras burocráticas o la insolencia de instancias de la mano de jueces y alcaldes que imponían condiciones sobre el espectáculo que podíamos ofrecer, o no, a sus ciudadanos. Sin duda no todos eran iguales… mi reciente conocido Adam Fielding no cumplía con esta descripción en absoluto. Pero en el campo uno parece que espera que todo sea más lento y complicado. ¿Por qué incluso la lluvia en los campos no tenía ese brillo de la londinense?

De todo lo anterior puede deducirse claramente que nací y me crié en el campo.

Toda compañía de actores debe hacer bolos, en todo caso. ¿Por qué lo bueno ha de ser exclusivo de la ciudad? Por no añadir mayores consideraciones prácticas: puedes salirte algún tiempo de Londres, por una plaga o por el apestoso edicto de un alcalde. Cualquiera puede sustraerse incluso a la ávida mirada de un londinense, sabiendo que te dará la bienvenida con mayor avidez (sin evidenciarlo, por supuesto), tras un regreso victorioso. Otras veces la compañía contrae un compromiso muy particular que luego tenía que cumplir. Y esa era la razón por la que en este momento continuamos camino hacia el noroeste de Salisbury.

Me gustaba imaginar que nuestros bolos tenían algo en común con una caravana de naturaleza real. Sin séquito o carruajes, por supuesto. Pero aún así era un desfile ceremonial a través de los campos, la expectativa que pudieran tener las ciudades y pueblos y la gratificación de los ciudadanos, y saber que algo especial ha llegado para conmover sus vidas mundanas; o al menos eso me gustaba pensar.

Sin embargo, si nos hubieran visto en esta dificultosa caminata que atraviesa la amplia llanura del norte de Salisbury, habrían pensado que no éramos más que una banda de gitanos. En medio de todo el grupo, llevábamos el carro cargado con nuestras propiedades, la ropa de escenario y otros objetos de utilería que, como le había indicado a Adam Fielding, tenían más valor que los pobres actores, y hasta eran guardados con mucho cuidado y protegidos de la lluvia por lienzos de lona. Dirigiéndolo iba William Fall, el carretero y también uno de la compañía, que alcanzó tan alta posición por el hecho de que su padre se ganara la vida ya así. Solía decir que podría haber ganado más dinero llevando carros que siendo actor. El que llevaba el carro también tenía la responsabilidad de cuidar del caballo, excepto cuando llegábamos a una posada en la que los muchachos se hacían cargo. Nuestro jamelgo era llamado cariñosamente Flem…, creo que porque había sido un caballo de carga de barriles en Flanders. Pero el nombre le iba bien porque resollaba mucho y siempre se comportaba como si ese viaje fuese a ser el último.

Al lado de William Fall se sentaban los dos actores mayores. Cada uno hacía turnos a mitad del día para descansar de lo fatigoso del camino. Esta mañana, cuando salimos de Salisbury, era el reservado Richard Sincklo el que se sentaba junto a Fall, y era responsabilidad de este otro buen viajante asegurarse de que íbamos en la dirección correcta, lo cual no puede decirse que sea gran tarea en este caso porque la carretera de Londres a Salisbury estaba muy bien trazada, y además a esta altura del año muchos grupos se movían tanto para ir como para venir. En esta última etapa de nuestro viaje, cuando íbamos avanzando fuera de los caminos habituales, el señor Sincklo se encargó de estudiar la ruta exacta antes de que dejáramos el Ángel.

Nuestro grupo itinerante se dividía en dos, para cubrir la parte delantera y trasera del carro. Los más jóvenes solían tirar delante y los mayores y más experimentados detrás, al menos el primer día. Yo normalmente caminaba al frente con Jack Wilson.

Esta mañana soleada lo vacilé por abandonarme la noche anterior, y no se lo tomó a mal. Yo tampoco estaba molesto. A cambio de unos pocos cortes y moratones había conocido a un juez y a su morena hija, había sido curado por sus suaves manos, y se me había dado a entender que volvería a verla. Eso, junto con la idea de que iríamos a ofrecer una representación especial en unos días, le concedía un bello resplandor a esta mañana de verano. El paisaje se veía claramente. Puedo decir que me gusta volver a las viejas colinas y valles después de tanto tiempo en la ciudad. Eso sí, nunca lo habría admitido abiertamente…

Colinas y valles no era exactamente la descripción del terreno que estábamos atravesando. El campo del norte de Salisbury era plano y baldío. Estaba curiosamente cubierto de ondulaciones y depresiones del terreno, como si la planicie fuese una colcha verde extendida perezosamente sobre una cama. El cielo se extendía en toda su amplitud. Las alondras cantaban invisibles a la vista mientras nubes de mariposas y otras pequeñas criaturas de verano danzaban a nuestro alrededor.

Jack me dio un codazo y dijo: "Mira", en principio pensé que era una excusa para que no siguiera vacilándolo. Pero entonces seguí con la mirada hacia donde estaba señalando y me quedé paralizado. Frente a nosotros, hacia la derecha se alzaba una monumental pila de piedras. Con el sol de la mañana, parecían los pilares oscuros de la casa de un gigante, o como si el mismo gigante los hubiese dejado allí arbitrariamente porque no le sirviesen. Algunos estaban colocados sobre vigas y dinteles irregulares dejando ver el cielo entre ellos. Se erigían como si fuesen umbrales titánicos. Observando un poco más las piedras, noté que estaban dispuestas en círculo: no era cosa del azar, sino que estaban puestas así a propósito por alguna especie de seres mucho más poderosa que ninguna de las conocidas en este perdido mundo.

Sentí temor ante la enorme amplitud de la planicie cuando, de repente, llegó hasta Jack y hasta mí una risa que venía del carro.

–¿Sabéis lo que es eso?

Era Richard Sincklo sentado al lado de Will Fall. Serio y reservado, a Richard parecía divertirle mi asombro.

–No –le respondí–. No he visto nunca nada parecido.

–Hace mucho que pasé por aquí la primera vez –dijo maese Sincklo–. Y también quedé asombrado ante esas piedras alzadas.

Miró a su alrededor y para ese momento, la compañía entera, cerca de 20 personas, ya estaban dispuestas a escuchar la explicación del señor Sincklo.

–Dicen –comenzó– que esas piedras fueron traídas de Irlanda por Merlín, el mago en los tiempos del rey Arturo.

–¿Por qué? –preguntó alguien.

–Para homenajear a aquellos que habían caído en la batalla –dijo Sincklo.

–Y así es –dijo alguien más.

–Es un cuento tan verdadero como cualquier otro –dijo Richard Sincklo dándole una palmada a maese Fell en el hombro como señal para volver a ponernos en camino. Nuestra pequeña caravana continuó.

Me quedé rezagado un momento para mirar el círculo de piedras. No me creí del todo la explicación de Sincklo, pero tampoco me parecía falsa. En los tiempos del rey Arturo sucedieron muchas cosas extraordinarias en estas tierras. En ese momento una nube ocultó el sol y las piedras quedaron aún más oscuras. Ahora parecían dientes.

Me dio una especie de escalofrío y corrí a reunirme con mis compañeros.

Pero esa no fue la última vista extraña que tuvimos esa mañana. Caminamos un poco más descendiendo hacia el valle. Entramos en una zona de bosques y el camino se estrechaba tanto que tuvimos que ir agrupándonos. Después de haber visto aquel espacio tan vasto del valle, el bosque parecía encajonado y las ramas cargadas de hojas caían casi sobre nuestras cabezas. Los rayos de sol se colaban donde podían. Ahora me encontraba detrás de todo el grupo, y el hombre más cercano a mí caminaba a unos cuantos pasos. De repente, sintiendo como un pinchazo en la nuca, me di cuenta de que estaba siendo observado. Cuando uno es actor eso se siente en la piel, y normalmente es una sensación grata. O al menos no desagradable. Pero esta vez era algo incómodo. Miré disimuladamente sobre mi hombro y entonces, evitando escapar de la sospechosa sombra, me detuve y me volví para estar seguro de que realmente el último de esa desmembrada caravana era yo. Detrás de mí el sendero se curvaba inocentemente.

Pero no había nada, nadie.

Para cuando me giré de nuevo, ya no pude ver a uno o dos de los actores que estaban detrás del grupo entrando en la siguiente curva. En ese momento, estaba yo solo en el bosque.

Me apresuré un tanto para alcanzar a mi compañero que iba delante. Creo que era Laurence Savage. Como no quería parecer nervioso o alterado, caminé un poco más decidido, con la cabeza erguida, los hombros firmes y mirando al frente. Aquella sensación de picor aún continuaba. A pesar de que di unos pasos muy ligeros no pude alcanzarlo. El camino por el bosque de repente pasó a ser más sinuoso, cada vez con más curvas. Los árboles se veían mucho más agrupados, tratando de borrar ese pálido camino que los separaba. En cada curva, esperaba que se estrechara el camino para así lograr distinguir a mis amigos. Pero lo único que conseguía ver eran unos metros más del sendero rodeado de verde.

Fue entonces cuando me pregunté si habría ido errando el camino yendo por otro paralelo. Sí, debía de ser eso, claro. Me detuve, respiré profundamente y me puse a ver si oía algo. Traté de oír algún grito, palabra, risa, el ruido del carro o la ronca respiración del pobre Flem, los sonidos que seguramente oiría si la compañía estuviera cerca. Nada, solo hojas crujiendo y un ruido de algo que se movía entre la maleza. Debo de haber perdido el camino, pensé, aunque no podía recordar en qué parte se bifurcaba. Sin embargo, debería de ser muy simple retomar los pasos que dejé atrás...

Por alguna razón la imagen del oscuro círculo de piedra que habíamos visto en la planicie me vino a la mente. Y con ello pensé en los seres que podrían haberlo construido, y no eran hombres precisamente.

Entonces lo vi.

Por el rabillo del ojo advertí que algo se movía.

A mi izquierda, algo blancuzco se movió entre los árboles.

Intenté convencerme de que había sido un efecto de la luz y di unos pasos hacia atrás. La figura blanca se movía según me giraba.

Me detuve; la figura también lo hizo.

Con gran esfuerzo, giré bruscamente a la izquierda para encararla. La espié entre los troncos, de cuyas entrañas salían motas de luz que les llegaban del sol, y había infinitas sombras verdes entre los tonos más oscuros. ¿Era una de estas, o un grupo de ellas lo que había confundido con la figura?

Me aclaré la garganta sin llegar a decidirme si debía preguntar quién andaba por ahí. Me quedé en silencio porque no quería parecer un estúpido. Entonces, considerando que era estúpido preocuparse por parecerlo (después de todo, ¿quién podía comprobarlo?) dije: "¿Quién está ahí?". No me salió tan fuerte como quería. Pero no tuve respuesta, para alivio mío, y no volví a hacerlo.

Una vez más me apresuré, y una vez más la forma blanquecina se acercó por mi izquierda y se movió conmigo, volando y deslizándose por entre los árboles mientras seguía el camino cada vez más deprisa. Entonces comencé a correr olvidándome de mí mismo, de que había seguido el camino equivocado y que cada paso me iba alejando más de mis compañeros.

Lo único que me pedía el instinto era salir por algún claro del maldito bosque hacia el espacio abierto de la planicie. Pero tantas curvas me impedían coger más rapidez, y todo el tiempo podía ver, o más bien presentía, aquella pálida figura de los bosques deslizándose sigilosamente a mi lado. El sudor empezó a cubrirme los ojos, y esto, junto con lo sinuoso del camino, me dejó trabado varias veces entre los arbustos y ramas salientes.

Justo cuando el pánico estaba a punto de poseerme, llegué a un claro del bosque. Y allí estaban mis compañeros de la Chamberlain dispersos en diferentes grupos. ¡Había estado siguiendo el camino correcto todo el tiempo! El carro estaba en medio del claro y el pobre y cojo Flem tumbado por ahí. Como no habíamos encontrado una taberna en el camino, este era evidentemente el lugar en el que habían decidido parar para el descanso del mediodía. El almuerzo era simple, de hecho lo mismo que el desayuno: un trozo de pan y cerveza. El sol daba sobre el paisaje verde. Solo faltaba el canto de un bardo o el pastor con su flauta.

Y así de repente apareció Nicholas Revill, despeinado y enrojecido. Solo unos pocos se dieron la vuelta, porque el resto estaba demasiado ocupados masticando o charlando. Algunos ya se habían echado para dormir una pequeña siesta.

Me tropecé con un grupo en el que estaba Jack Wilson y Laurence Savage, quien se había mantenido igual de rezagado que yo.

–¿Nick, qué te pasa? –dijo Lawrence–. ¿Estás bien?

Jack hizo un gesto, quizá no de disgusto porque me vio alterado. (Me había pasado toda la mañana chinchándole con su huida de la plaza del mercado.)

–Sí –respondí sin aliento–. Estoy bien.

–Si no parecieras tan acalorado y preocupado, diría que acabas de ver a un fantasma –dijo Laurence Savage.

–Creo que… que había algo en el bosque.

Jack, Laurence y dos más se volvieron para mirar el lugar por el que entraba el claro del bosque. Las grandes masas verdes del bosque regresaron a su sitio. Una brisa agradable agitaba las ramas más altas. El cielo lucía claro y limpio. Aquel ojo celestial irradiaba su esplendor con benevolencia.

–¿Qué cosa? –dijo un tercero, Michael Donegrace, uno de los jóvenes.

–Ah, no lo sé –respondí un poco avergonzado–, imaginación mía, supongo.

Y en verdad en ese momento, sentado en el claro con mis amigos y compañeros, tomando pan y cerveza, y sintiendo el sol sobre mi sudorosa cara mientras mi corazón y pulmones recuperaban su ritmo normal, pensé que todo había sido imaginación mía. (Probablemente.) De hecho, cuando me fijé bien en los árboles no descubrí nada nuevo. Un hombre solo en medio de un bosque, incluso en una bella mañana de verano, puede ver y oír todo tipo de cosas.

–Espero que haya sido el caballero con el que tuviste la discusión anoche en la plaza –añadió Jack–. Un espíritu del bosque, si es que existe. Probablemente quería continuar su charla… con la ayuda de una rama arrancada de un árbol.

Se rieron con ganas y deduje que ya todos se habían enterado de mi pequeña escapada. De nuevo estaba Nick Revill liándola con su bocaza. Y ahora dice que ve cosas en los bosques. Decidí quedarme callado.

Me sumé a las carcajadas sobre mí, me encogí de hombros y me tumbé en la hierba. Sentía el calor del sol en mi cara mientras la brisa, por momentos, me refrescaba.

Poco después, el descanso terminó, así que nos levantamos y continuamos nuestro camino.

Richard Sincklo nos dirigía esta vez. Había cedido su asiento en el carro a Thomas Pope, otro de los mayores, para concluir los últimos pasos de nuestro viaje.

Llegamos un par de horas más tarde. El bosque era allí menos denso, pero no volvimos a la gran planicie durante el resto del día;

más bien habíamos tenido que atravesar unos pastizales y una pequeña villa llamada Rung Withers, según decían. No sabía cómo él la conocía. Algunas personas del lugar se acercaron curiosas y las saludamos con alegría. Un poco más tarde llegamos a las inmediaciones de una finca y supimos sin que nadie nos lo dijera que ese era nuestro destino.

En la distancia se veía Instede House. Estaba ubicada en una colina como diciendo, miradme; a un costado, un lago resplandecía.

–¿Crees que nuestra reina habrá dormido aquí? –me preguntó Laurence Savage, mientras caminábamos a la par detrás del carro.

–No lo sé. Supongo que sí. Dicen que ha dormido en todas las grandes mansiones del lugar.

–Es por eso que estos hombres construyen semejantes casas hoy en día –respondió Laurence–. Para que ella tenga un palacio allá donde vaya en su reino.

–Ya no viaja tanto, creo –añadí.

Recordé a aquella figura de edad avanzada que había conocido algunos meses antes. La más grande de las damas, aunque ahora también era una mujer mayor. En aquella ocasión me sentí sobrecogido estando en la misma habitación que nuestra soberana. Pero aunque la mayor parte del tiempo me mostraba tímido, pude ver que debajo de su piel plateada se translucía su esqueleto. No, nuestra reina Elizabeth no avanzaría mucho más en su reino. Por alguna razón me contuve de hablar de mi audiencia con la reina. Fue en parte por lo que pasó después, pero también porque… como supe por la reacción escéptica de mi amiga Nell… la gente se inclina a no creer que un simple actor haya podido asistir a un encuentro con la soberana, y menos, de todas las cosas que en nuestro breve encuentro hablamos la reina y yo.

–¿Perdón? –dije. Sumido en mis recuerdos, no había escuchado a Laurence.

–Dije, que es lo malo de tener tanta riqueza.

Movió su mano en dirección a Instede House, que por más que nos acercábamos, no se veía más grande y no porque pareciera ya grande de por sí. Brillaba como una joya en el horizonte. Estábamos atravesando el pequeño lago.

–No tengo tanta...

–Son palabras del maese Shakespeare, no mías. El mal de la riqueza y la paz. ¿Recuerdas *Hamlet?*

–¿Cómo voy a olvidarlo? –respondí. Y de repente recordé aquellas frases, algo que dijo el príncipe Hamlet casi al final de la escena en la que está a punto de zarpar para Inglaterra. Eran sobre Fortinbrás y sus motivos para ir a la guerra. Como si demasiadas posesiones y tranquilidad llevaran al hombre a anhelar lo opuesto. Preguntándome si alguna vez podría escapar de esa obra, cité los versos de nuestro propio guionista:

He aquí el tumor causado por el exceso de riqueza y paz que, reventando en el interior, y sin manifestarse, causa la muerte del hombre.

–¿Por qué, Nicholas? –dijo Laurence–. Te los sabes al dedillo.

–Un hinchazón muy digno –respondí mirando el gran edificio–. Sí, supongo que así lo describiría.

–Un monstruoso forúnculo –dijo Laurence.

–Sí, pero elegante –añadí.

–Sin duda –dijo–. Soberbio testimonio del orgullo y la vanidad. El orgullo de Elcombe.

Me eché para atrás al escuchar a Laurence Savage hablar de ese modo. A pesar de su apellido[1], solía ser un hombre muy agradable. Su rostro era redondo y de aspecto inofensivo, con un remolino irregular de color oscuro cayendo por su frente. Curiosamente, sus rasgos

---

[1] N. del T.: *Savage:* feroz.

no decían nada, una de las razones por las cuales era muy bueno en el escenario, supongo. Cuando hablaba, sus palabras eran siempre amables, hasta resultaban serenas. Hay que observar la manera en que me preguntó si estaba bien cuando salí atontado del bosque. Como una paradoja de todo actor, su serenidad le hacía ideal para interpretar los papeles más oscuros, como el de envenenador, el del que sonríe con el cuchillo o el del hombre del que jamás se sospecharía.

Así que su comentario sobre el sucio orgullo de lord Elcombe me cogió por sorpresa, porque Elcombe, el dueño de Instede House, era nuestro patrón en ese momento, y dependíamos de su hospitalidad y buena voluntad durante los días siguientes. Parecía de insensato, o al menos ingrato, hablar en términos tan críticos. Sentí curiosidad, sobre todo porque no sabía casi nada de nuestro anfitrión.

–¿Qué es lo que sabes de Elcombe? –dije según subíamos la cuesta que conducía hasta Instede House.

–¿Lo que sé? –replicó Laurence–. Sé que es un gran hombre, es decir, un hombre de orgullo. Posee este bonito edificio que tenemos en frente, que heredó de su padre, aunque creo que lo ha reformado bastante. Su padre era un joven de la corte del antiguo rey, cortado por las mismas tijeras que el elegante monarca.

–Eran otros tiempos –dije.

–Para que lo entiendas bien –observó Laurence–, el actual lord Elcombe tiene un hijo mayor llamado Harry y otro más joven. El mayor ha de casarse con una joven cuyo nombre no puedo recordar ahora, si es que alguna vez lo supe, y la boda tendrá lugar en pocos días, y una extraña compañía de actores llamada, déjame ver, los Chamberpots, ha sido invitada a participar en la boda, o más bien, en las celebraciones para engalanarlos, con una escena de la obra de Shakespeare o *Sceneshift*, ¿es así? –hizo una pausa para respirar–. ¿Te vale así?

–Es suficiente –asentí–, aunque te has olvidado de mencionar el nombre de la obra.

–Ah, *Sueño de una noche de verano* o algo parecido.

–Exactamente –dije–. ¿Pero dónde está el sucio orgullo y la vanidad? No veo nada de eso: el hijo de un hombre rico se va a casar. Habrá banquetes y festejos, y las migajas caerán de su mesa, y los pobres como nosotros, los actores, nos inclinaremos para recogerlas. Ahora dime, ¿sabes algo más de lord Elcombe, además de lo que es normal?

–No sé más de lo que ya sabe todo el mundo –dijo Laurence evitando responder–. Excepto una cosa, quizá.

Esperé, sabiendo que era el único modo de arrancarle un secreto a un hombre. Hubo una pausa, y luego Laurence hizo una rara pregunta.

–¿Sabes quién va a interpretar a tu Demetrio?

El papel que yo estaba haciendo en la obra *(Sueño de una noche de verano,* por supuesto) era el de Lisandro, uno de los jóvenes amantes que huyen a los bosques de Atenas. Hay un par de jóvenes, Lisandro y Demetrio, y también un par de jovencitas, Hermia y Helena, que se enamoran y desenamoran. El *Sueño* está lleno de amantes, pero se nos puede reconocer a ambas parejas por nuestra juventud y espontaneidad. No sabía quién interpretaría a Demetrio, pero supuse que lo haría uno de los cuatro o cinco actores de la compañía cuyo aspecto y destreza se adaptaban al papel.

Así que le dije a Laurence:

–No, no sé quién es Demetrio. No eres tú, ¿verdad?

Laurence casi suelta una carcajada, que tomé como un no. (No hubiese pegado en el papel de joven amante, la verdad.)

–¿Quién es entonces?

–Ah.

–Dime, maese Savage.

Lo que desconocía hacía tres minutos y lo que nunca me habría arrebatado el sueño me pareció de repente muy importante.

Olvidando mi vieja máxima de que el mejor medio de saber un secreto es no presionar, supliqué a Laurence que me lo dijera quién iba a interpretar a Demetrio, mi otro desdichado compañero y rival en el amor.

–Pregúntale a Richard Sincklo –dijo–. Él te lo dirá.

–Eso significa que tú podrías decírmelo también, así de simple.

–No, pregúntale a Sincklo, es su trabajo.

Y con eso tuve que conformarme, incluso aunque la pregunta siguiera dándome curiosidad.

Allí, como una colina por la que vienes caminando durante horas y parece que no creciera al aproximarte, de repente, se alza frente a ti ocupando toda tu visión la grandiosa Instede House. Entramos sin dilación en los grandiosos jardines que se extendían alrededor de la mansión. En otros tiempos, las grandes casas se levantaban como castillos, de hecho, alguna vez estas grandiosas mansiones fueron castillos y eso quizá habla de los ampulosos tiempos en los que vivimos, tiempos en los que los hombres poderosos viven ahora seguros sin sentir mayor necesidad de protegerse tras murallas y almenas. Lo oculto se sustituía por lo ostentoso. Quizá se me había contagiado la extraña irritación de Laurence Savage, su actitud despreciativa hacia Instede House y hacia su propietario, porque estos fueron los primeros pensamientos que me vinieron a la mente cuando llegábamos por fin a la casa.

La gran fachada oblonga parecía más de cristal que de ladrillo, aunque el frío brillo de las ventanas se compensaba con las cálidas piedras del frente. En las esquinas había pequeños torreones: elegantes toques que mi lady debe haber esbozado a los constructores luego de haberlos imaginado tumbada en la cama alguna mañana. Antes de que nos acercáramos a la puerta principal, una figura inquieta se aproximó a nuestra pequeña caravana y habló con maese Pope, que estaba sentado en el carro al lado de William Fall. Sin duda el criado preguntaba el motivo de nuestra presencia.

Cambiamos de dirección y avanzamos paralelamente a la casa para volver a bajar por uno de los costados. Era como realizar la circunvalación de una isla. Nos imagino buscando un lugar favorable para desembarcar. He estado en alguna de las grandes casas en Londres –incluso me he hospedado en una o dos– pero parecerían pequeñas y estrechas en comparación con este magnífico edificio. De hecho, tras dar la vuelta a una de las esquinas, dimos con una entrada que era la apropiada para actores y demás personajes por el estilo. Así es, la entrada era ligeramente menos grandiosa que el resto.

Fuimos a parar a un patio interior. Nuestros actores mayores, maeses Sincklo y Pope, entablaron una conversación seria con un individuo de expresión dura que pensé que era el mayordomo. Yo me quedé apartado con Laurence Savage, Jack Wilson y otros más, esperando recibir instrucciones. Todos sabíamos nuestros lugares.

Finalmente llegó el carro con la utilería que llevaba Flem y fue transportado por uno de los criados mientras el mayordomo nos indicó con un arrogante gesto que le siguiéramos. Sincklo y Pope avanzaron los primeros y nosotros detrás. Entramos por una puerta baja que nos obligó a ir en una sola fila, y casi de inmediato, comenzamos a subir escaleras. Creo que nunca he subido tantas escaleras en mi vida. Un tramo seguía a otro hasta que parecía que hubiésemos tocado el cielo. Por fin alcanzamos un grande y polvoriento dormitorio que con el techo inclinado, las paredes rústicas y las ventanas bizcas, ocupaba hasta los desvanes más altos de Instede. Varias filas de camas se extendían a ambos lados de la sala. Así supimos por nuestro guía, que ese era nuestro sitio. Su nombre era Oswald Eden y se notaba por sus palabras y modales que no tenía buena opinión sobre los actores.

–Bien, caballeros, acomodaos a vuestro gusto. Estáis generosamente hospedados aquí, por encima de lo que ameritáis.

Tenía una voz tan seca como el crujido de las hojas muertas en un campo. Según noté, sus brazos eran extremadamente largos. Hacían juego con esa rigidez de palo.

–Consideraos afortunados –añadió el magnánimo hombre.

Me sorprendió que nuestros actores mayores no se mostrasen disgustados por el trato. Si maese Shakespeare o Dick Burbage hubiesen estado entre nosotros, seguramente habrían puesto a ese tipo en su lugar. ¿Por qué?, pues solo tenían que decirle que habíamos actuado, y actuado con frecuencia, ante la reina y su corte, para que se hiciera una idea de nuestra calidad. Después de todo no éramos ningunos intrusos. Habíamos sido invitados a esta lejana (aunque enorme) morada. Pero Sicklo y Pope parecían aceptar indiferentes la altanería del mayordomo. Probablemente les divertía. Pero a mí me enfurecía, y así se lo dije a Laurence Savage.

–A veces el criado es más poderoso que el señor –replicó–. Aunque en el caso de Elcombe, el señor es aún más poderoso.

El mayordomo pronto nos dejó a solas para acomodarnos. En lo más alto de esta gran casa el aire se sentía caliente y pesado ya que se había estado calentando todo el día bajo el emplomado. Las motas de polvo flotaban entre los rayos de sol. Era la clase de tarde que parecía un ensayo para la eternidad. Dos o tres de los nuestros se tumbaron en aquellas estrechas camas para retomar su interrumpida siesta en el bosque. Pero Richard Sincklo no estaba por tal labor y pronto nos llamó para darnos indicaciones.

–Caballeros –dijo–, bienvenidos a Instede House. Sé que lord Elcombe es buen amigo de nosotros los actores y del teatro The Globe, así que os digo esto en su nombre.

–Dice más de lo que sabe –me dijo Laurence Savage disimuladamente.

–Debemos recordar –continuó Sincklo– que aunque estamos acostumbrados a ser el centro de atención, durante el tiempo que estemos aquí en Instede vamos a ser solo una parte de la atracción principal y no el punto de todas las miradas. Estamos en este lugar para asistir a la celebración de una boda y no podemos pretender figurar como escena central.

Me pregunté si estaba diciendo esto para disculpar el brusco trato con el que habíamos sido recibidos y que era, probablemente, una muestra de lo que nos esperaba. Richard era más bien formal, un hombre cauto que pensaba antes de hablar y que hablaba solo cuando era necesario. De repente me di cuenta de que alojarnos y actuar en la casa de un gran señor no era una cuestión tan sencilla. Debería haberlo imaginado. Dirigir una compañía de actores en otro lugar requería de las habilidades de un embajador; por eso quizá los hermanos Burbage habían elegido a Sincklo para que fuera nuestro director en este viaje.

–Sin embargo –continuó–, sé que puedo confiar en la Chamberlain para dar buena cuenta de nuestro valor en cualquier circunstancia. Estamos aquí para hacer lo que sabemos hacer y para ganarnos la vida. Estamos aquí para difundir nuestro buen nombre aún más lejos y satisfacer así la confianza que nuestros socios depositan en nosotros.

Al decir esto asintió en dirección al otro, Thomas Pope, que era precisamente uno de los socios, es decir, un individuo que había aportado parte de su dinero para comprar The Globe cuando nuestra compañía se trasladó al sur. Thomas sonrió y contestó a Richard asintiendo con la cabeza. Noté mi corazón enorgullecerse por pertenecer a esta exclusiva compañía en la que sus miembros podían hacer y recibir cumplidos con tal exquisitez.

A la vez me notaba algo preocupado porque continuaba preguntándome qué habría querido decir Laurence Savage con su críptico comentario de Demetrio en la obra. Además, este no era el momento adecuado para preguntarle a Richard Sincklo, quien seguidamente añadió:

–En la planta baja de esta grandiosa casa disponemos de una habitación para practicar y ensayar y, aunque estamos todos cansados y algo sucios después de este largo día de viaje, también nuestra labor apestará si no nos encargamos de ella. Después de todo, hace ya varios días que realizamos nuestro último ensayo. Así que os pido que reanudemos todo en media hora.

Tal era la disciplina y la buena voluntad de nuestra compañía que no hubo siquiera un solo murmullo de protesta, aunque sin duda, algunos de nosotros (como yo) interiormente lamentábamos que nos pusieran a trabajar tan pronto. Pero como a menudo ocurre en los ensayos, el cansancio desapareció gradualmente. Jack Horner interpretaba a Demetrio. Por su modo de ensayar y por las veces que recurría al guión supe efectivamente que ese no era su papel. Estaba reemplazando a alguien. Podría haberle preguntado a Jack, pero nuestra amistad se había enfriado mucho últimamente, y no quería dar muestras de que no sabía qué estaba pasando en mi propia compañía. Igualmente podría haberle preguntado a Richard Sincklo, pero estaba preocupado supervisándolo todo con el ceño fruncido. Decidí aplazar la pregunta ya que parecía evidente quién actuaría de Demetrio en los verdaderos ensayos. Para mí no era más que un pequeño misterio con el que tendría que vivir por el momento.

Al terminar el ensayo me di cuenta de que podría haber interpretado diez obras y unos cuantos bailes más para rematar; y eso, a pesar de que tenía un papel considerable en la obra. Hablaré más adelante tanto de la obra como del papel (realmente uno muy importante). Lo que quiero relatar ahora es lo que sucedió más tarde aquel día.

Como indicó maese Sincklo, nos habían dado una habitación en la planta baja de Instede House. Una vez concluido el ensayo, se nos sirvió comida y bebida, concretamente cerveza, todo en una habitación contigua. Tras el placer de un buen ensayo, con esa agradable sensación del cansacio bien ganado y pronto mitigado por un buen descanso nocturno, si tenemos en cuenta que la Chamberlain se alojaba en las dependencias de lord Elcombe, el día tampoco había estado mal del todo. Así pues, me vinieron ganas de tomar aire aquel atardecer de verano antes de subir las escaleras hacia el "cielo" y llegar a mi rudimentaria cama.

Pregunté a uno o dos de mis compañeros si querían acompañarme, pero, como lo que en verdad me apetecía era disfrutar de mi propia compañía, me sentí aliviado cuando me dijeron que no. Jack Wilson de todos modos prefería que me las arreglara solo después de la noche anterior en Salisbury.

–Dios sabe en lo que te meterás ahora, Nick –dijo.

–Bien, no te buscaré para que me ayudes –le respondí.

Salí en busca entonces de un poco de aire templado. Los jardines y las zonas de cultivo de la finca estaban, naturalmente, al otro lado de Instede House, porque en el patio donde estaba yo ahora, y por donde entramos primero, el terreno se extendía hacia la zona de bosques. Me encontraba hacia el oeste, donde el sol inundaba los cielos con su bendición, dejando escapar unos flecos dorados de las nubes como un rey huyendo en su exilio. (Esa era una figura bastante poética; quizá debería recitarla por si la oye alguien como maese W. S.[2].) Si me cubría los ojos podía distinguir más allá del bosque una línea baja de colinas. En algún lugar, y no a muchos kilómetros de distancia, se encontraba la aldea de Miching, donde mi padre había predicado desde su púlpito, donde yo había jugado de niño, donde mi madre me había llamado para ir a la cama a estas mismas horas de una tarde de verano. Ahora, arrebatados de mi vida por aquella plaga, ya no estarían allí nunca más, y nunca más volvería a verlos recibiéndome en casa de este lado del paraíso.

De repente, sentí caer unas lágrimas de mis ojos. Me las enjugué y caminé cuesta abajo por el camino que se alejaba de Instede House y que se adentraba en el bosque. Es extraño ver cómo incluso en momentos de satisfacción y de alegría o quizá particularmente

[2] William Shakespeare.

en esos momentos, los más oscuros pensamientos vienen a opacarnos. Para disiparlos, me forcé a pensar en otra cosa.

Por ejemplo, pensé en la excelencia de mi compañía, y en que todos eran como una familia para mí, sustituyendo lo que la plaga se había llevado. En la mujer que dejé en Londres. Me pregunté qué estaría haciendo mi Nell en este instante. En este preciso instante. No fue buena idea pensar en eso porque probablemente estaría a la caza de clientes en Holland's Leaguer, tal y como me buscó a mí en la sala de ensayos. A esto, me sobrevino una mezcla de celos, pensando en el cliente con el que estaría ahora y lamento, por no estar en su lugar con ella.

Bueno, *el negocio es el negocio*, como diría ella... solo negocio.

En lugar de pensar en Nell, me venían imágenes de la noche pasada. El amable juez suspicaz, Adam Fielding y Kate, su preciosa hija morena, con sus suaves manos y sus ungüentos. De modo instintivo llevé mi mano a la cara para sentir los cardenales y las costras, lo que me hizo recordar el revuelo en la plaza durante la obra de teatro de Caín y Abel de los Paradise Brothers. Una denominación adecuada para una compañía de ambulantes que ofrecían historias de la Biblia. Me pregunté si se habrían interesado en tales temas solo por aquel nombre.

Todo este tiempo había estado avanzando por pastizales hacia los bosques que cubrían uno de los lados de la mansión. Me detuve, di la vuelta y elevé la mirada hacia aquella grandiosa casa sobre la colina. Desde este ángulo parecía aún más grandiosa e imponente. El sol del ocaso irrumpía en las ventanas y estas a su vez daban un reflejo deslumbrante. A lo lejos veía una o dos siluetas que iban y venían por los alrededores del edificio. Mi atenuada sombra se extendía delante de mí de una manera increíble.

Volví en dirección a los bosques y me metí entre las largas sombras que proyectaban los árboles. Bueno, o mis ojos estaban aún deslumbrados por el reflejo del sol o de verdad había algo allí, porque vi o creí ver, y por segunda vez en ese día, un objeto que se movía en la oscuridad por entre los troncos. No era blanco sino más bien una tenebrosa y parpadeante sombra. Me detuve, parpadeé y volví a mirar. Quise volver hacia la gran casa con la excusa de que habíamos tenido un largo día de ensayo y de que no había ninguna necesidad de andar más lejos. También sentí que ya había tenido bastante de esta estupidez. Si un joven sensato y lleno de energía iba a tener miedo de cualquier bulto que se moviera entre los árboles, era digno de lástima.

Seguí andando, midiendo nuevamente el pánico que sentía aquel atardecer y decidido a afrontar mis temores.

El escabroso sendero me guió desde los campos hasta el bosque y era evidente que ese camino era frecuentado porque veía la hierba aplastada. Quizá era lugar de encuentro de aquellos muchachos y muchachas que se sentían agobiados en las habitaciones de servicio de Instede House. Me abrí paso a través de brezos y otros arbustos. Ya en el bosque, tardé en acostumbrar los ojos a tal penumbra. Se veía que llevaba allí muchos años, muchos más que la casa. Las ramas más bajas de los robles y los olmos se retorcían por encima de mi cabeza.

Troncos deformes y llenos de musgo se apiñaban por todas partes. Después del calor del día el aire soplaba fresco aquí. La brisa del atardecer se anunciaba trayendo el acre olor a ajo salvaje. Podía sentir el murmullo de algún arroyo escondido por ahí. Había zumbidos y crujidos de animales. Eran ruidos familiares para mí, para nada amenazantes. Ya en ese momento empecé a ver con más claridad. Me limpié el sudor en las manos con la camisa y respiré hondo. La mejor o la única manera de superar el miedo es seguir caminando hacia ese granuja y hacerle frente.

–¡Eh!

–¡Dios nos guarde!

Habría saltado dos metros si hubiese podido. Pero lo que sucedió es que caí de espaldas sobre una rama tirada en el suelo. Agotado, permanecí boca arriba mirando los rayos de sol que coqueteaban las ramas más altas. Una cara extraña apareció ante mis ojos, perturbada, con los pelos blancos, revueltos y una barba sucia y desaliñada, echando un apestoso aliento de una boca a la que le faltaban varios dientes.

Era una figura vestida con pieles de animal atadas a su cuerpo.

¡Un salvaje de los bosques!

Debí de chillar o gritar de terror incluso hasta cuando me levanté desesperadamente porque el extraño individuo se echó hacia atrás asustado protegiéndose la cara con sus manos. El miedo que demostró en ese instante ayudó a que me recuperara.

Por un momento me pregunté si después de todo era humano, pero su actitud aprehensiva y (para ser sincero) su olor perceptible incluso a distancia, me convencieron de que no estaba ante un espíritu del bosque o una especie de demonio.

Había oído hablar sobre estos seres salvajes, desafortunadas criaturas abandonadas al nacer, alimentadas por lobos y criadas entre las bestias, con apenas conciencia de humanos. Hombres que, cuando perecen en los fríos del invierno, carecen de una tumba que marque el lugar donde cayeron, y solo un manto de hojas les cubrirán.

Se descubrió la cara. Tenía las manos curiosamente curvadas, como las garras de un animal, con unas uñas tan largas como zarpas. Mantuvo la distancia entre nosotros.

–Bueno, *sñorrr*. ¿Qué está haciendo en mi territorio? ¿Ha venido a espiar? –dijo.

Bajo la penumbra del bosque observaba a aquel salvaje de cuyo morro, algo peludo, salían frases amenazantes.

Yo no abrí la boca, estaba demasiado sorprendido como para hablar.

–¿Entonces?

Dio unos pasos hacia mí mientras yo retrocedía. Realizaba movimientos extraños de balanceo. Yo tenía miedo de volver a caerme para atrás y tenerlo encima de mí. A él y a su apestoso aliento.

–Yo, yo soy…

–¡A la porra con eso!

Ese tono imperioso incongruente con aquella desmelenada y apestosa figura, me pareció absurdo. Casi largo una carcajada, pero me lo pensé mejor.

–Nicholas Revill es mi nombre –logré decir al fin.

–¿Y quién podría ser Nicholas Revill? ¿Un espía?

–Nada de espías. Soy actor de la compañía Chamberlain y acabamos de llegar de Londres a... a este lugar. Somos los invitados de lord Elcombe –señalé vagamente con mi pulgar en dirección a Instede House.

–¿Qué es lo que interpreta, *sñrrr?*

–Interpretamos lo que se escribe para nosotros.

Asintió con la cabeza al escuchar una respuesta deliberadamente poco clara, como si quisiera pensársela. Aproveché la pausa para hacerle una pregunta:

–Bueno como te he dicho mi nombre y oficio, como indica el refrán, ahora te toca a ti.

–¿Quién soy yo? –dijo con curiosidad, como si nunca le hubieran preguntado aquello–. ¿Yo? Algunos me llaman Robin.

Bien, aquel nombre[3] era adecuado para alguien que revoloteaba por el verde del bosque, pero la pechera de este estaba más que descolorida. También me vino a la mente el ladrón Robin Hood, y aquel personaje llamado Robin Goodfellow de la obra *Sueño,* de W. S., el que hace de bufón y asistente del rey Oberón.

–Pero no tengo oficio –añadió.

–Ah, yo diría que no –dije complaciendo a este individuo tan raro, mirándolo de arriba abajo.

–¿Y un lord necesita buscarse la vida?

–Así es.

–Soy el señor de todo este pequeño campo –dijo Robin, el hombre del bosque–. Mira a tu alrededor. Soy el señor de todo lo que ves.

---

[3] N. del T.: *Robin*: petirrojo.

En ese momento no era capaz de ver mucho, pero asentí con la cabeza y solté algunas frases gentiles. Me pregunté cuándo podría deshacerme de la compañía de este individuo.

–Maese… Revill, ¿no?

–*Sip,* Nick Revill.

–Puedo ver por tu mirada que no crees del todo lo que te digo. *[Este comentario, que era realmente cierto, me pilló despistado porque ni mis propios ojos eran capaces de leer su mirada. Este individuo debía de haberse acostumbrado a la oscuridad del bosque.]* Ya es tarde para que usted esté fuera, maese Revill, pero si vuelve mañana, le enseñaré mi reino.

–¿Mañana?

–Venga a verme cuando el sol caiga de pleno –dijo Robin–. Quiero mostrarle unas cosas.

–Muy bien.

–Ahora puede retirarse de mi reino, maese Revill –dijo este espantapájaros en la penumbra.

–Gracias, su majestad… Robin.

Por poco me inclino en reverencia al soberano de los bosques, parte en broma y parte impresionado por su formalidad.

Quizá volvería al día siguiente solo para entretenerme… y aprender. Es la tarea de un actor, estudiar a todos aquellos con los que se encuentra.

Cuando salí del bosque solo quedaban unos pocos jirones de día. La gran silueta de Instede House ocupaba la mitad del horizonte frente a mí, irradiando pequeños rayos de luz que reflejaban en las ventanas. Una luna creciente colgaba de aquella bóveda celestial, como si no tuviese ganas de esforzarse por subir más alto. Me apresuré para atravesar el espacio que separaba los bosques de la colina donde se encontraba la casa. En un momento dado creí oír una respiración muy cerca de mí, como si alguien suspirara, miré a mi alrededor y caminé un poco más rápido. Ya había tenido suficiente por hoy con esas sombras, ruidos y fantasmas.

A la mañana siguiente no me fue difícil confirmar la identidad de este extraño individuo del bosque. El frío recibimiento que nos dio Oswald Eden, el mayordomo, cuando llegamos, se compensó con los mejores modales de sirvientes más humildes. En una conversación con uno de ellos, Davy, dejé escapar que no hacía mucho acabábamos de actuar ante la reina y la corte real en Whitehall. Después de saber esto se mostró conmigo suave como la seda que parecía una seda, aunque Whitehall no fuera para él un lugar familiar y hubiera dado igual que hubiésemos actuado en la luna.

Lo que me contó era sencillo y corroboraba lo que el hombre del bosque me había dicho anoche. Robin era verdaderamente su nombre; el único que todo el mundo conocía.

–¿Cuánto tiempo ha vivido entre los árboles? –pregunté.

–Ah, desde tiempos inmemoriales, señor –respondió Davy–. Parecía un... ¿cómo se dice...?, ¿un *áncora...?*, ¿o era *ermita?* Esa gente que vive por sí misma y lejos del dominio de los hombres.

–Querrá decir un anacoreta o ermitaño –corregí cortesmente a Davy.

–Eso es lo que era, señor, ah, ¡qué bueno aprender de las personas adecuadas!

–¿Y qué hace Robin en los bosques?

–¿Hacer? Bueno, habla con ardillas, sapos y ochopatas.

–¿Ochopatas?

–Arañas, señor. ¿Acaso en Whitehall no conocen esa palabra, no la saben esos literatos con tanto conocimiento?

–Dijo que era el señor de los bosques.

–Llegó a ser señor y amo del bosque como Elcombe llegó a ser señor y amo de Instede House.

–¿Y a lord Elcombe no le importa que ese... salvaje vaya diciendo tales cosas?

–No hace daño a nadie, señor, Robin es bastante inofensivo. Y hay quien dice que él traía buena suerte a esta casa.

–Muy bien –respondí.

–Ha de ser protegido –dijo Davy–. Robin estaba protegido.

–Sin duda –añadí.

Todavía pensaba volver y visitar a Robin durante la jornada. Sentía esa curiosidad y esa manía de los actores de observar todas las especies que se nos cruzan, en todas sus manifestaciones. Y qué peligrosa resultaba ser aquella manía.

Aunque la obra no era en absoluto una novedad para nosotros, los de la compañía Chamberlain ahora en el campo teníamos más ensayos del *Sueño de una noche de verano* para ocupar nuestras mañanas. A decir verdad, yo era de los pocos que no había actuado en la representación anterior y solo la había visto cuando la Chamberlain todavía se encontraba al norte del río en Finsbury. Podría decirse que los ensayos eran casi innecesarios y si se hubiese tratado del típico *Sueño* en The Globe, no habría recibido mucha atención. Pero esta era una representación especial, no tanto como una actuación ante nuestra lady soberana pero quizá algo aproximado. Lord Elcombe era un cliente valorado de la Chamberlain y amigo personal de alguno de nuestros actores mayores. Los actores y sus compañías no suelen tener demasiados amigos, simplemente porque tenemos varios enemigos potenciales, como los supervisores del municipio o los puritanos, o lo peor de todo, la plaga, que avanza medio galope con el pálido caballo para que nos cierren.

Por eso, necesitamos amigos, y cuanto más poderosos mejor. Y solo había unos pocos más poderosos que Elcombe, amo de un buen pedazo de Whiltshire y de la gran mansión Whitefriars en Londres. Cuando un individuo así te invita a actuar en la boda de su hijo y te paga tan generosamente por el privilegio, no hay que dudarlo ni un instante.

Sin embargo, como ya he dicho, conocíamos el *Sueño* bastante bien. Hasta yo me lo sabía. Así que quizá no era extraño que mi mente estuviese divagando en pleno ensayo cuando no era llamado para decir mis versos y hacer los movimientos de Lisandro.

Algo de mi papel como uno de los jóvenes amantes, me hacía recordar, en los largos intervalos, que solo unos días antes había estado en Londres y hablando con Nell, mi puta y buena amiga, acerca de esta extraña y fantástica obra del maese Shakespeare.

Estábamos en mi habitación, al sur del río. No en ese agujero por cuatro peniques a la semana que parecía embrujado y donde me había muerto de frío el invierno pasado, sino un lugar más espacioso y cercano al teatro The Globe. Mi habitación estaba en la segunda planta de una casa en una calle llamada Dead Man's Place[4]. Ignoraba por qué se llamaba así. Quizá por su lamentable nombre, las habitaciones eran tan fáciles de alquilar. Y además yo le atraía al casero, un tal señor Benwell. En nuestro primer encuentro me miró de arriba abajo y no una vez sino varias. Cuando le dije que era actor –cosa que muchas veces no es garantía para impresionar– se relamió los labios. Supe de inmediato que se trataba, con toda probabilidad, de un caballero que prefería el género masculino y la puerta trasera. Y por supuesto le encantaba hablar de ello. Me lanzaba preguntas insinuándome que la Chamberlain debía de ser un nido de sodomía. Estuve a punto de frenarle el carro, pero me di cuenta de que su indiscreta curiosidad podía ser favorable. Comenzamos con un chelín y tres peniques, y regateé hasta conseguir rebajarlo a un chelín a la semana.

Eso era más de lo que había estado pagando en Broadwall, pero la habitación en Dead Man's Place, aunque no era amplia, era mucho mejor que la de Coven. A cambio de ese precio razonable yo le tiraría unas puntas del cotilleo sobre la compañía Chamberlain.

Así que en esta habitación era donde estaba tumbado con Nell aquel atardecer de junio. Una vez que nuestras más urgentes necesidades quedaron satisfechas, empezó a preguntarme

---

[4] N. del T.: Lugar del hombre muerto.

dónde iríamos de bolos, qué era lo que iríamos a hacer allí y para quién, cuánto ganaríamos con ello y si tenía un papel chulo esta vez ("¿Qué quieres decir con esta vez?") y miles de preguntas más que soltaba todas a la vez.

–Una por una –dije–. Solo puedo responder una cada vez.

Me encontraba sometido a un catecismo riguroso del que fingí estar cansado pero que, a decir verdad, me encantaba responder. ¿Acaso no todos disfrutamos de hablar de los misterios que encierra nuestro oficio? Y si alguno no lo hace es porque no tiene nada que hacer en esto.

–¿Eso es todo? –dije después de unos cuantos minutos–. Me vas a dejar sin energía para nada más.

–Sí, ya termino, Nick. Oye dime, ¿vais todos al campo… o alguno de vosotros os quedáis aquí en la ciudad?

–No, no vamos todos –respondí algo molesto. ¿En qué estaba pensando? ¿En sus negocios?– Shakespeare, Burbage y Heminges y la mayoría de los actores mayores se quedan aquí.

–Así que los niños pueden salir a jugar… ¿Y cómo lo van a hacer?

Curiosamente, a mí se me había ocurrido lo mismo, pero oír la pregunta en boca de Nell me irritaba.

–Si quieres decir con eso que no somos capaces de…

–Era broma, Nick.

–Estaremos en Instede House por invitación personal de lord Elcombe, para tu información.

–Eh, guarda tus pasiones para después.

–Estás a punto de apagarlas.

–Entonces háblame de la obra, esa *Pesadilla de verano.*

–*Sueño.*

–*Sueño.* Fíjate qué de cosas tienes que contarme todavía. Y hablarme de tu papel en la obra…

Aunque en ese momento solo se estaba mostrando conciliadora, a Nell le gustaba escucharme hablar sobre las obras de teatro en las que participaba. Era inevitable que paseara por los teatros por motivos laborales como también lo era la poca atención que prestaba a lo que sucedía en el escenario. Traté de decirle que no frecuentara The Globe cuando yo actuaba, pero en definitiva me respondió que yo no tenía más derecho que ella a controlar su negocio.

Así que me acomodé tranquilamente boca arriba, fijando la mirada en los surcos de escayola del techo, y empecé a narrar la historia del *Sueño*. Nell se acurrucó a mi lado. De hecho, mi cama era tan estrecha que no permitía otro tipo de relación más que la del acurrucarse.

Le hablé de Hermia y Lisandro, los jóvenes atenienses de la Antigüedad que se enamoran. Le dije que interpretaba a Lisandro mientras que el joven Michael Donegrace hacía de Hermia. Y que todo iría bien si no fuese por Egeo, el despiadado padre de Hermia, que obliga a su hija a casarse con otro hombre, un tal Demetrio. Le conté que ese mismo Demetrio ya tenía otra pretendiente, Helena. Le conté sobre la fuga de Hermia y Lisandro (Donegrace y Revill) a un bosque cercano; la persecución de ambos por parte de Demetrio y Helena. Ah, y le conté todos los enredos amorosos que se producen y que, además, en este bosque encantado vagaban Oberón y Titania, los esposos inmortales y reyes de las hadas, quienes, como los mortales, se ven enredados en una disputa amorosa.

–No es fácil de entender –dijo Nell.

–No se busca que sea fácil –respondí, aunque consideré que mi resumen era bastante bueno, en su conjunto–. Es un enredo amoroso y si no llegas a la confusión, nunca alcanzarás la claridad.

Nell se escurrió de la cama y pensé que quería usar el lavabo del rincón. En lugar de oír el tintineo del agua, sin embargo, la oí hurgando en la mesa donde tengo mis pocas cosillas desordenadas. Miré hacia el techo irregular con ojos somnolientos, y al rato volvió a recostarse a mi lado, moviendo algo blanco delante de mi cara.

–Escríbelo.

–¿Qué?

Ahora sí abrí los ojos. Estaba sosteniendo una hoja de papel y un lápiz.

–Será más fácil de entender si lo escribes, Nick.

–Pero no sabes leer.

–No soy del todo analfabeta –me respondió con algo de indignación–. Alguien me está enseñando.

Eso era una novedad para mí. Y ahora sí me desperté completamente.

–¿Alguien?

–Una de... las chicas.

Quería decir una de sus colegas en ese mercado de carne que era Hollands's Leaguer. Dios nos salve, una puta pedagoga, pensé, y luego olvidé rápidamente aquel pensamiento por ser indigno.

–Podría haberte enseñado yo –dije–. Te lo ofrecí.

–Pero tú prefieres que sea como soy.

–Por supuesto.

–¿Ignorante y analfabeta?

–Bueno, no exactamente... de ningún modo, si lo dices así.

–¿Entonces te gustaría que fuera diferente?

–Un poco, supongo.

–¿Ves? –dijo Nell alegremente–. Ahora escribe los nombres de los personajes de tu *Pesadilla.*

No estaba muy seguro de por qué se había montado toda esta especie de discusión, pero era evidente que ella se consideraba la ganadora, mientras yo estaba confundido en los enredos de su lógica. Para evitar más discusiones, me senté en la cama y escribí rápidamente los nombres de los personajes, garabateando pequeñas flechas como un Cupido demente o dibujándolas con pequeños corazones para mostrarle quién se liaba con quién. Luego, para completarlo, añadí algunos de los otros personajes, los rudos mecánicos, etc.

Cuando terminé, me arrebató el papel y lo estudió minuciosamente.

–Ahí. Ele… iii… esee... Lisandro. Ese es tu papel; y has dibujado un corazón que va hacia…eeee… ¡Hermia! Así que esa es a quien amas. Y aquí está deee… meee… trio… y… eh, Helena. Y la flecha muestra que está detrás de Demetrio. Y… ¡Nick! ¿Qué palabra es esta? ¿Es lo que creo que es?

No estaba de broma. Miré donde estaba apuntando con el dedo.

–Nell, deberías leer un libro de primaria en vez de juntarte con tus colegas del mercado de carne. No encontrarás palabras soeces en un manual para niños. No, ese es Puck, no lo que tú piensas que es.[5]

–¡Ah! –exclamó mostrándose algo decepcionada–. ¿Quién es Puck?

Y ahí le hablé sobre Robin Goodfellow y concluí esa parte de la lección. Luego nos gastamos un par de bromas a costa de Bottom antes de terminar con nuestros asuntillos.

Después de lo de Puck, la acompañé por la calle Dead Man's Place. Todavía había luz aquel bonito atardecer de junio. No me gustaba demasiado andar con Nell por las calles , sobre todo cuando, como en esa ocasión, iba vestida con lo que podría calificarse como los colores de su gremio (o sea, rojo). Por un lado era porque me daba cierto reparo que me tomasen como uno de sus clientes y por el otro, porque quizá le impedía hacer su negocio. Si no tenía derecho a impedir su trabajo de puta en el teatro, tampoco tenía derecho a impedírselo en las calles.

Igualmente, ella se mostró excepcionalmente cariñosa y melosa cuando nos despedimos. Probablemente porque no nos volveríamos a ver hasta que volviese de Wiltshire. Era la primera vez que me iba de Londres desde que llegué en la primavera de

---

[5] Nell confunde Puck con *fuck,* por su similitud fonética.

1599. Nell era del campo, como yo, y también había venido a probar suerte a la gran ciudad. Ese aspecto en común era una de las cosas que nos había unido.

–Ya tengo tu papel –dijo picoteándome varias veces la mejilla. Durante un momento no supe de qué me estaba hablando.

–Cuando quiera recordar qué estás haciendo, tomaré esto y veré que estás persiguiendo a ese chico llamado Hermia.

–No aprenderás a leer mucho con eso –respondí.

–Que tengas un buen *Sueño* –dijo despidiéndose–. Ves, ya recuerdo el título.

En fin, *Pesadilla* hubiese sido un término más apropiado.

La imagen de Nell caminando por Dead Man's Place, con su traje de tafetán parpadeando como una vela ardiente aquella tarde de verano, recorrió mi mente al sentarme en la sala de ensayos de Instede House. El sol se colaba intensamente por las ventanas altas y hacía brillar la pulida madera del suelo. En el centro de la habitación, Thomas Pope intercambiaba algunas palabras con Laurence Savage y con los otros que interpretaban a los "rudos mecánicos", Nick Bottom el tejedor, Snug el carpintero, etc. En este momento, Pope discutía con Laurence y el resto sobre el tono exacto o el sabor con el que debían dotar la última escena, a pesar de haberla repasado ya miles de veces. Thomas no era tan solemne como el actor mayor Richard Sincklo, él era más bien alguien que decía lo que pensaba sin reservas. Se había ganado una merecida reputación como actor cómico (y en esta obra interpretaba a Puck, el bufón de Oberón y el diablillo que gastaba todas las bromas). Por eso, sus palabras eran muestra de autoridad, y tenía la habilidad exclusiva de dar sugerencias y hasta hacer críticas sin llegar a ofender. Esto le hacía ser el más apropiado como "guía" de nuestro *Sueño.*

Habíamos llegado a la escena en la que los payasos salen para interpretar la trágica historia de Píramo y Tisbe para diversión de la corte de Atenas, y en la que yo como Lisandro estaba definitivamente en segundo plano. Son tan buenos cómicos estos pobres payasos que convierten en mofa lo que es serio en el amor, y al mismo tiempo dan instrucciones espontáneamente sobre cómo no se debía actuar. Cualquier imbécil puede actuar mal y normalmente es así. Pero actuar estupendamente bien... ah... es todo un arte.

Laurence se puso en cuclillas para espiar entre los dedos de Sam Smith, quien, en el *Sueño,* interpretaba el papel de Tom Scout el tunante, que a su vez (en esa diversión de Píramo y Tisbe) interpretaba el papel de Wall, tumbado en el suelo con los brazos elevados y extrañamente torcidos. Era una escena terriblemente grotesca. Pero no en esta ocasión.

En ese momento Laurence se agacharía en un gesto torpe y cómico para mirar por el espacio creado entre los dedos de Sam. Pero antes de que pudiera arrancar con el movimiento, su atención quedó de repente acaparada por un grupo que entraba en la sala. Se incorporó de inmediato y por encima de su gran e inexpresiva figura se vio pasar una sombra, como cuando una nube atraviesa los campos en verano. Más tarde recordé aquello.

Me volví para mirar la puerta. Cuatro individuos, tres hombres y una mujer, estaban justo en la entrada. La compañía entera se había parado. Algunos de nosotros no sabíamos quiénes eran, pero lo adivinamos después.

–Por favor, continúen –dijo lord Elcombe.

El intermedio cómico siguió con Laurence Savage espiando entre los dedos de Sam Smith y lamentando no poder ver a su Tisbe. Varios de nosotros, sin embargo, en lugar de estar viendo lo que era ya una escena familiar, nos permitimos analizar a nuestros anfitriones. Tendría muchas oportunidades en los días siguientes para conocer más en profundidad a lord Elcombe y a su familia, pero describiré más o menos la impresión que tuve de ellos.

Elcombe era un hombre alto y delgado, de mediana edad, vestido de modo solemne con ropa oscura que, a pesar de ser de calidad, carecía de ostentación. Su rostro era estrecho, con los ojos bastante juntos y tenía boca una pequeña sobre la cual se alzaba una nariz aguileña. Estaba bien afeitado. Su mujer, que estaba a su lado, o la que yo supuse que sería su mujer, era tan alta como él. Había algo de demacrado en su bella cara, y aunque compartía con su marido la elegancia, sus rasgos eran más suaves que los de él, los labios más gruesos y la nariz menos imperiosa.

A un lado había dos jóvenes que entendí que serían sus hijos. Pensé que el que parecía mayor o más "quemado" era el novio. Este era el primer hijo de Elcombe, heredero, lord Harry Ascre (pronunciado *Ascray),* quien recibiría el nombre de familia. Algunos primogénitos parecen un tosco bosquejo del padre o de la madre, como si paradójicamente fuera el niño el que hubiese llegado primero a este mundo; algunos parecen una versión más refinada de sus padres. Pero este parecía como una pálida sombra de ambos; tan alto y de rostro tan estrecho como ellos. Calculé que tendría mi edad, aunque rogaba no llegar nunca a tener una apariencia así de perturbada. Su complexión era de un blanco tiza y sus ojos albergaban unas oscurísimas ojeras, signo indiscutible de noches sin dormir. El otro hijo, Cuthbert, parecía haber venido de otro lugar completamente diferente. Tenía un aspecto saludable y estaba bien alimentado, y aunque no tenía la cara regordeta, tampoco tenía ese aspecto demacrado de los otros.

Este cuarteto, padre, madre e hijos, presenció la triste escena de Píramo y Tisbe que llegaba a su fin, con Píramo apuñalándose al creer, equivocadamente, que su Tisbe había sido devorada por un león hambriento, y Tisbe apuñalándose a sí misma al ver a Píramo apuñalarse al creer, equivocadamente, que... Bien, imagina el cuadro. Es una tragedia de jóvenes amantes condenados por el azar, la mala suerte y la oposición de sus padres. Al final del intermedio, los de la Chamberlain teníamos que enjuagarnos las lágrimas de la risa que nos daba todo aquello. No importaba cuántas veces habíamos visto esa escena en ensayo o actuando, siempre nos superaba el talento de maese Savage y maese Smith y los otros "mecánicos", y el ingenio de la obra escrita. Y aún iría más lejos: es la brillantez, sí, no hay otra palabra, la brillantez de maese W. S. al descubrirnos que el lenguaje del amor se diferencia del lenguaje del absurdo por un muro considerablemente más fino del que dividió a los dos potenciales amantes. De hecho, algunas veces es lo mismo. El amante se convierte en un adorable estúpido, lo cual acaba siendo una diversión para sus amigos.

Lo que quiero decir es que aquello era una escena cómica. Precisamente para que la gente se ría. Obviamente, los que no estábamos recitando nuestras versos en ese momento escrutábamos furtivamente a lord y a lady Elcombe y a sus hijos para ver cómo reaccionaban frente a la obra. Y a juzgar por el clima que percibíamos de nuestros anfitriones, nuestra visita en Instede iba a ser bastante dura. El único que parecía estar apreciando nuestros esfuerzos era Cuthbert. Casi aplaudía sobre sus muslos de la risa. Incluso me pareció que susurraba los versos al mismo tiempo que Laurence y los demás. Se sabía bien la obra. Y justo en ese momento sentí una leve sospecha.

Repasemos el ambiente del clan de Elcombe: una leve sonrisa parecía dibujarse en la pequeña boca de lord Elcombe, como si reconociera nuestros esfuerzos, pero sin querer traicionarse a sí mismo manifestando algún signo excesivo de aprobación. Su mujer estaba erguida, mostrándose un tanto rígida. Y en cuanto a Harry, su hijo… he visto a gente aburrirse con la comedia, he visto a gente que le resultaba imposible no mearse, literalmente, de la risa, pero creo que nunca he visto a nadie llegar a lagrimear (verdaderas lágrimas, y no de risa) por contemplar ese absurdo de dos amantes interpretados por un tejedor y un reparador de fuelles. Con esto el joven parecía bastante tocado. De pie y un poco detrás de sus padres y hermano, llevó varias veces su mano a los ojos para enjugarlos, sobre todo cuando Píramo o Tisbe se ponían a lamentar la desgracia del otro o a lanzar diatribas contra la malevolencia del destino.

Es una comedia, ¡por Dios!, quería decirle.

Después de interpretar la muerte de Píramo y Tisbe con profusión de delirios y convulsiones, los actores se levantaron otra vez y se inclinaron para saludar. Lord Elcombe aplaudió cortésmente mientras su mujer se mantenía un tanto indiferente y su hijo mayor parecía que estaba a punto de salir huyendo por la puerta en cualquier momento. Cuthbert fue el único en mostrar un total reconocimiento. Déjame una audiencia llena de Cuthberts, pensé (aunque en aquel momento no sabía su nombre). Thomas Pope y Richard Sincklo se adelantaron para presentarse ante el anfitrión. Me agradó ver algunas sonrisas en ese momento, ya que de otro modo me habría preguntado qué hacíamos allí. Se observó un ambiente cálido en el grupo y tras un instante, el mismo lord Elcombe se adelantó y, con un curioso movimiento circular de su brazo para llamar nuestra atención, se dirigió a nosotros:

–Caballeros, bienvenidos a Instede House. Debéis perdonar si estamos algo distraídos con las preparaciones de los desposorios de nuestro hijo y que no concedamos a los actores la distinción que se merecen. Pero sabemos contar con el honor de vuestra presencia. Uno o dos de vosotros me sois conocidos de tiempos pasados, pero observo que hay muchas caras nuevas en la compañía. Para vosotros especialmente, una bienvenida de corazón.

Era difícil imaginar a este caballero ofreciendo su corazón en este acto, pero igualmente se aproximó a nosotros para estrechar la mano a algunos y para intercambiar cumplidos con otros. Lady Elcombe se quedó hablando con Richard Sincklo y Thomas Pope. El hijo de aspecto lúgubre había desaparecido mientras que el alegre Cuthbert se mezclaba encantado entre los actores.

Yo estaba al lado de Laurence Savage y, refiriéndome a Elcombe:

–Ahí tienes, ahora ya no puedes decir que sus modales no son gratos –dije.

–No lo conoces.

Y esa expresión sombría que había matizado su cara reapareció.

–¿Y tú sí?

Sentí curiosidad por saber qué había de Elcombe que a Savage no le gustaba.

–No lo conozco como piensas, Nicholas. No es un compañero de copas o mi amigo. ¿Cómo podría un simple actor como yo a aspirar a ello? Aunque sí lo conozco en otros aspectos.

Esperé un poco, pero era obvio que no iba a añadir nada más.

Antes de que Elcombe llegara a la parte de la sala donde estábamos, Laurence se escurrió de allí para evitar hablar con el noble.

Me di la vuelta para mirar por la ventana y vi que hacía una gloriosa mañana de verano. Me giré hacia un lado y me encontré de golpe, frente a frente, con nuestro anfitrión. Alguien cercano, posiblemente a Jack Horner, dijo a modo de presentación:

–Nicholas Revill, mi lord –haciendo un gesto de reverencia.

–A su servicio, señor Revill.

–Mi lord.

–Es usted nuevo en la compañía, ¿no es así?

–Desde el otoño pasado, mi lord. La primera obra en la que participé fue en *Hamlet,* de maese Shakespeare.

–¿Y qué papel interpretaba? –dijo Elcombe. Tenía los ojos celestes, los cuales, ya sea por el color, por su cara estrecha o por ambos, desmentían de algún modo la calidez de su pregunta. O quizá era que yo había escuchado demasiado a Laurence Savage.

–Papeles pequeños. Un envenenador, un embajador.

–¿Pero ha conseguido algo más importante en este *Sueño de una noche de verano*?

–Lisandro. Uno de los amantes.

–Entre muchos –añadió con un movimiento en la boca que podía describirse como una sonrisa.

–Voluntarios o no –respondí.

–¿Qué quiere decir con eso, mmm...? –preguntó Elcombe.

No había querido decir nada, o nada relevante al menos, pero ahora estaba forzado a buscar una justificación.

–La obra está repleta de amantes tanto voluntarios como involuntarios –expliqué, viendo cómo me pegaba una dura mirada el amo de Instede House, ahora sin esbozar siquiera una sonrisa–. Como... como Titania y Bottom. La reina de las hadas no elige enamorarse de un imbécil. O el caso del propio Lisandro, donde se ve cómo del modo más macabro Puck deja caer pociones mágicas sobre mis párpados. Así que cuando despierto, me enamoro repentinamente de la primera persona que veo. Eso es lo que quise decir por amor involuntario.

–Así que provocado por una poción mágica, mmm...

Tenía la extraña manía de interrogar poniendo un "mmm" al final. Quizá era eso lo que me incitaba a continuar.

–Ah, mi lord, yo creo que...

–¿Sí?

Dudé porque estaba a punto de decir lo que creo que maese Shakespeare quería expresar con esto de los venenos y pociones mágicas, cuando de pronto la idea de explicar la obra de teatro a alguien más (y siendo este amo del reino) me pareció presuntuosa. Sin embargo, como la opinión es libre y W. S. no estaba allí para contradecirme, me lancé.

–Creo que maese Shakespeare nos quiere mostrar que es humano cambiar continuamente en el amor, de modo que hoy amamos a Hermia y al siguiente día, o quizá a la siguiente hora, amamos a Helena en su lugar. Y que el amor puede incluso hacernos amar hasta a un imbécil como Bottom...

–Siga –me animó Elcombe, fingiendo estar interesado por la opinión de un insignificante actor.

–Pero a veces como somos infelices en nuestra inconstancia... *[Dios ayúdame, ¿de qué estoy hablando?]*... para, eh, mantener limpia nuestra conciencia debemos inventarnos las pociones que nos provocan esa inconstancia. Y solo después podemos conjurar a las hadas y a los duendecillos para que nos ayuden a realizar nuestros deseos… y todo eso para procurar que hagamos lo que de todos modos haríamos.

Me quedé como un jinete tras una dura carrera.

–No sé si me he explicado bien –añadí.

Lord Elcombe se mostraba pensativo. No me sorprendió. Quizá hasta yo me mostraba pensativo al intentar analizar qué había querido decir con mi explicación. A veces no sabes qué tienes en mente hasta que lo dices en voz alta.

–¿Así que piensa que el amor es más fuerte que la voluntad? –dijo–. ¿Eso puede ir en contra de lo que realmente queremos o intentamos hacer, mmm?

–Desde luego, señor.

–Vamos, maese Revill. Eso es ficción y la ficción está muy bien para poetas y obras como esta, la que tiene ahora mismo en la mano. Pero dígame la verdad, ¿se ha sentido usted arrebatado por amor, lo es o ha sido débil al respecto?

–Bueno…

–¿Ha sentido usted el flechazo de Cupido, mmm?

Sí lo sentí, realmente, una vez. Quise responder: sí, cuando tenía ocho años y me enamoré locamente de la hija de un terrateniente que tenía unos dos años más que yo. Pero el miedo a quedar en ridículo me detuvo.

–Bueno, eh –murmuré–, no exactamente en ese sentido…

¿Qué había dicho para merecer semejante examen que hizo sobre mí? Toda la espontaneidad que tenía hacía unos minutos me había abandonado. Sentí un poco de calor en la cara.

–Tendrá usted que hablar con mi hijo –dijo Elcombe.

–¿Es un… eh… filósofo?

Estuve al borde de decir "amante", pero me contuve en el último momento. Y de todos modos, ¿a qué hijo se refería?

–No, pero es actor además de ser un caballero.

Miré hacia donde estaba el elegante Cuthbert, riéndose y charlando con mis compañeros. Ah, sí. Mi sospecha se confirmaba.

–¿Conoce la obra, mi lord? –dije, más que nada para cambiar de conversación.

–Lo bastante como para pensar que será un regalo muy adecuado para la boda de mi hijo mayor, señor Revill.

Y dicho esto, inclinando ligeramente la cabeza, apartó su fría mirada azul y se retiró para charlar con alguno de mis compañeros. Mientras estábamos manteniendo el diálogo previo, por momentos mis compañeros me habían estado observando con curiosidad. Me sentí aliviado al ver la espalda de Elcombe. Pero al mismo tiempo sentí una misteriosa satisfacción de que me hubiera escogido a mí de esa manera para conversar.

Tuve que enfrentarme a una especie de interrogatorio durante la cena y a algunas bromas sobre codearse con las figuras poderosas e importantes. Pero era meramente cuestión de forma. En realidad, los de la Chamberlain estábamos acostumbrados a compañías aristocráticas. De hecho, aquí en el campo, éramos privilegiados por tener la presencia de los superiores en el propio escenario. Pronto el misterio de quién sería Demetrio, mi rival, quedó resuelto. Había medio adivinado que Cuthbert, el hijo más joven de Elcombe, no andaba en vano deambulando por nuestra sala de ensayos. Era bastante probable que en breve me sería presentado como el más reciente, aunque provisorio, miembro de la Chamberlain. Como teníamos que compartir varias escenas, Cuthbert caería en las sabias manos del "tío Nicholas".

Bueno, no guardo prejuicios con aristócratas disfrazándose de actores y recitando versos, siempre que no se tropiecen con nosotros o nos hagan perder nuestra audiencia. Y en este caso, no creo que estuviéramos en condiciones de rechazar a este joven. Ese tal Cuthbert tenía que interpretar el papel de Demetrio en *Sueño de una noche de verano* y esto había sido amañado entre la familia Elcombe y nuestros actores mayores antes de que dejáramos Londres. Mis primeras impresiones eran bastante favorables. Aunque era hijo de un noble, y por tanto alguien que probablemente no tendrá que romperse el lomo buscándose la vida, y por supuesto ni hablar del deshonrado negocio del teatro, Cuthbert parecía lo suficientemente modesto y dispuesto como para aprender. Era el más humilde de los aprendices. De hecho, parecía creer que a los actores nos rodeaba una especie de nube de misterio, que nuestras bromas eran las más divertidas, nuestras opiniones las más acertadas y nuestros pedos más perfumados que los de los demás mortales.

En resumen, pensaba que nos llevaríamos bien. Me pregunté, sin embargo, si le iban a pagar lo que a nosotros, un chelín por día, por su actuación. ¿O era él quien nos debía algo por tener ese privilegio?

Los ensayos matutinos suelen abrir bastante el apetito. La cena de hoy, como la cena de la noche anterior, que estaba calculada para satisfacer a todos, (menos a Cuthbert, que se retiró a los salones más delicados) incluía empanadas de paloma y carne de cordero. No había rastro de Oswald, el mayordomo altanero que nos "dio la bienvenida" el día anterior. Quizá estaba evitando que lo relacionaran con los actores de medio pelo si se mantenía cerca de nosotros. Al menos su amo mostró una actitud más complaciente.

Teníamos trabajo más tarde, pero sin prisa: debíamos salir e inspeccionar el lugar donde sería representado el *Sueño*, porque en esta ocasión iba a ser una representación al aire libre, con el prado como escenario, los árboles y los campos como decorados y las estrellas como bambalinas. Richard Sincklo nos indicó que debíamos encontrarnos en el lado sur de la casa a las tres de la tarde. Una vez allí, marcaríamos el espacio y lo rodearíamos con lazos cercando lo que vendría a ser un efímero reino de actores. Thomas Pope estudiaría cómo utilizar lo que encontráramos, senderos, setos y pequeñas irregularidades del suelo, para que nos sirvieran. Pero rápidamente llegó el momento de nuestro descanso después de la cena y recordé que había medio prometido a Robin, el individuo del bosque, una visita que le permitiera mostrarme su "reino" entre los árboles.

Bueno, no hay nada de malo en ello, pensé. Como actor, tenía que estar interesado por la humanidad en todas sus formas. Demasiado pensar, pensé.

Entonces, una vez más atravesé la zona verde que separaba el lateral de la casa del bosque donde vivía Robin. El brillo del sol acariciaba mi cabeza y una gran paz invadía todo el paisaje de aquella tarde. Era algo para contemplar toda la vida. Me acordé de aquel campesino borracho que trepó al rudimentario escenario en Salisbury. ¿Qué diría él ante este clima templado? Seguramente le encontraría algo malo. Lo que es muy pequeño para una cosa, es demasiado grande para otra. Los campesinos son así. Entonces, como si quisiera confirmar que los campesinos no están solos en cuanto a sus arranques sentimentales, de repente eché de menos los olores, las señales y los sonidos de la capital; la dulce pestilencia del río que es particularmente matadora en los cálidos días de verano como este; las agobiantes multitudes de aprendices, moviéndose como jaurías de perros por las calles; el eterno repique de las campanas de la iglesia y el vulgar bullicio de los vendedores de naranjas y otros vendedores ambulantes. Y me sentía encantado de estar echando de menos todas esas cosas porque significaba que estaba a punto de convertirme en un verdadero londinense. Incluso echaba de menos las astutas insinuaciones del señor Benwell, mi casero. También extrañaba a Nell y nuestras sesiones en Dead Man's Place o en cualquier otro lugar. Pero aún así, no podía ponerme la mano en el corazón y responder que sí cuando Elcombe me preguntaba acerca del flechazo de Cupido, al menos no en mi relación con ella.

Sin darme cuenta me había adentrado en el bosque y un profundo silencio me invadió totalmente. Me detuve. Me sentía curiosamente a gusto, como si de repente me pareciera que ese bosque no guardaba ningún peligro.

–Maese Revill.

–Robin –respondí.

Aparentemente apareció de entre los árboles, pero en realidad, yo ya había notado su presencia.

–Ha venido.

Me incliné ligeramente.

–Para que pudiera mostrarme su reino –dije–, como prometió.

De pronto tomó esa extraña postura en cuclillas con la que lo descubrí por primera vez y me animó a acercarme haciendo un gesto con su mano curvada. Parecía tener la actitud de un perro. Con luz más clara pude observar que estaba cubierto no tanto con cueros de animal sino con retales de pieles, que estaban más o menos cocidos de una manera muy tosca. Parte de su cuerpo que con la penumbra del atardecer parecía cubierta, como brazos y rodillas, en realidad estaba desnuda, pero también curtida y sucia. De su barba colgaban hojas y una pluma sobresalía sobre su cabeza andrajosa, como por estilo o accidente.

Robin volvió a llamarme con su mano curvada antes de darse la vuelta y dirigirse hacia una parte más densa del bosque. Miré hacia atrás para echar un vistazo a la tranquilizadora silueta de Instede House a través de una hilera exterior de árboles. Alguien gritó desde la distancia y retumbó en aquella quietud de la tarde. Seguí a Robin. Se abrió camino entre la maleza por un camino que solo era visible para él. En un momento dado llegamos a un terreno pantanoso y de allí a un arroyo. Robin estaba descalzo, aunque si alguien echara un ligero vistazo hacia abajo podría engañarse creyendo que llevaba calzado, porque sus pies estaban negros y endurecidos si los observabas detenidamente. En condiciones normales hubiera pisado con cuidado, al modo urbano, pero estaba forzado a seguir a mi guía por el barro y el suelo húmedo. Hice algún ruido involuntario porque el agua me llegaba hasta los tobillos, pero Robin avanzaba silencioso. De vez en cuando miraba hacia atrás para asegurarse de que todavía lo seguía.

Creo que debimos de estar en marcha unos cinco minutos, que había pasado mirando al suelo, tratando de evitar los lugares empantanados y los pequeños hoyos y huecos del suelo que la naturaleza siembra por todos lados para los desprevenidos. Cuando levanté la mirada nuevamente, la figura gris oscura de Robin había desaparecido. Suspiré íntimamente. Empezaba a ser una costumbre lo de perderme en los bosques.

–¡Tchas!

El sonido provenía cerca de mis pies. Miré hacia abajo y distinguí una figura oscura en el suelo del bosque. La pluma todavía se erguía recta sobre su cabeza. Entonces esta desapareció de mi vista, reemplazada por la mano curvada que me indicaba el camino. Dondequiera que fuera, era evidente que esperaba que lo siguiera.

Me agaché. Había un agujero grande e irregular que se extendía bajo un banco de tierra y unas hojas caídas. Algunos rayos de sol rodeaban los bordes del hueco, pero dentro, la oscuridad era total. Del mismo modo que una zorra tiene su guarida y los conejos sus conejeras, así Robin, el hombre del bosque, tenía su casa bajo tierra. Bueno, ¿y qué esperaba? ¿Una gran mansión ubicada entre los árboles con vistas a todas las direcciones? ¿Una casa de campo acogedora con la señora Robin atendiéndome como una dama? Solo en los cuentos.

Lo que tenía delante era un agujero. Y una decisión. ¿Seguiría a este extraño hombre hasta su madriguera? ¿Qué pasaría si tenía por costumbre seducir a jóvenes actores y a otros caminantes hasta su antro para aporrearlos ahí hasta la muerte y preparar con los restos mortales su cena? ¿Y qué si los embalsamaba y los mantenía para proveerse en el invierno?

Solo en los cuentos, me dije a mí mismo. El cuento ideal para asustar a los niños en las noches de invierno.

Recordé lo que Davy, el criado, me había dicho también. Robin era bastante inofensivo. Alguien dijo que había traído buena suerte a la casa.

Me deslicé finalmente en el agujero, algunas veces en cuclillas, otras arrastrándome con brazos y rodillas, sintiendo que el camino bajaba en forma de túnel estrecho. La humedad penetraba hasta las piernas. De repente vi un leve rayo de luz unos pocos metros más adelante. El pasadizo apestaba, aunque no estaba seguro de si era un olor natural o el olor de su ocupante.

–Eh, maese Revill –oí desde arriba.

Me adentré en el túnel y de repente tuve miedo de que el techo húmedo se viniera abajo y me enterrara. De ahí emergí a un pequeño habitáculo que, como luego aprecié cuando mis ojos se acostumbraron gradualmente a la luz (o a su ausencia), había sido excavado debajo de una de las enredadas raíces de varios árboles grandes. La tierra debía de haber cedido de manera natural o haber sido removida por Robin hasta formar este escondite. Los espacios entre los recodos y las raíces se habían reforzado con ramas trenzadas cubiertas por una espesa mata de hojas. Sin embargo, se colaba una pequeña cantidad de luz, lo suficiente, al menos para mí, para ver que mi anfitrión estaba furtivamente instalado en un rincón frente a mí.

–Bienvenido a mi casa –dijo.

Habría hecho una reverencia pero ya estaba inclinado.

–Muchas gracias.

–Puedo ofrecerle agua –dijo sin moverse de aquel rincón furtivo con sus brazos apoyados en las rodillas.

–No bebo agua, gracias –respondí.

No la hubiera bebido, de todos modos, o no demasiada, y obviamente no de la piscina verdosa de donde probablemente la extraía.

–No puedo ofrecerle carne –dijo solemnemente–. Yo no como carne.

¡Y yo con miedos infantiles de ser asesinado y asado! Me senté en un montón de hojas que hacían de alfombra.

–Matar a la más pequeña de las criaturas –continuó–, es ofender a nuestros compañeros.

Debí de mirar de inmediato las tiras de ardilla y conejo y Dios sabe qué otras pieles que tapaban vagamente su cuerpo, porque, al ver mi mirada (tenía una vista aguda) dijo:

–No he herido a ninguna criatura viviente. Solo cojo de aquellos que no tienen ya más la necesidad de cubrirse en este frío mundo. No es pecado pedir prestado a un ser muerto.

Seguramente fue por el aire húmedo de la guarida, pero empecé a temblar. Algo se tensaba en mi nuca.

–No, no, yo no como carne. Ellos lo saben.

–¿Ellos?

–Los que dependen de mí.

Movió un desaliñado brazo hacia la izquierda y por un momento me pregunté qué quería decir, hasta que me di cuenta de que debía referirse a Instede.

–Así que solo me traen nabos, lechugas verdes, grosellas y frambuesas...

Es lo que había dicho Davy de este hombre, que debían cuidarlo. Quizá eso es lo que quería decir.

–... en bandejas de plata.

Tenían que cuidarlo porque estaba loco, sin ninguna duda.

–No es más que lo que merece –dije.

–Un rey no va hurgando –dijo este hombre de barro.

Para entonces mis ojos se habían acostumbrado a aquellas tinieblas y pude estudiar a mi anfitrión. Mi intención era llevar esta conversación a algo más íntimo. El pobre Robin estaba francamente fuera de sus cabales, y aunque un hombre puede aprender algo de un loco, la enseñanza es limitada. Había sido alguna vez un hombre atractivo, con un rostro alargado y de expresión fuerte. El hambre y la vida habían endurecido sus facciones, de modo

¡Y yo con miedos infantiles de ser asesinado y asado! Me senté en un montón de hojas que hacían de alfombra.

–Matar a la más pequeña de las criaturas –continuó–, es ofender a nuestros compañeros.

Debí de mirar de inmediato las tiras de ardilla y conejo y Dios sabe qué otras pieles que tapaban vagamente su cuerpo, porque, al ver mi mirada (tenía una vista aguda) dijo:

–No he herido a ninguna criatura viviente. Solo cojo de aquellos que no tienen ya más la necesidad de cubrirse en este frío mundo. No es pecado pedir prestado a un ser muerto.

Seguramente fue por el aire húmedo de la guarida, pero empecé a temblar. Algo se tensaba en mi nuca.

–No, no, yo no como carne. Ellos lo saben.

–¿Ellos?

–Los que dependen de mí.

Movió un desaliñado brazo hacia la izquierda y por un momento me pregunté qué quería decir, hasta que me di cuenta de que debía referirse a Instede.

–Así que solo me traen nabos, lechugas verdes, grosellas y frambuesas…

Es lo que había dicho Davy de este hombre, que debían cuidarlo. Quizá eso es lo que quería decir.

–… en bandejas de plata.

Tenían que cuidarlo porque estaba loco, sin ninguna duda.

–No es más que lo que merece –dije.

–Un rey no va hurgando –dijo este hombre de barro.

Para entonces mis ojos se habían acostumbrado a aquellas tinieblas y pude estudiar a mi anfitrión. Mi intención era llevar esta conversación a algo más íntimo. El pobre Robin estaba francamente fuera de sus cabales, y aunque un hombre puede aprender algo de un loco, la enseñanza es limitada. Había sido alguna vez un hombre atractivo, con un rostro alargado y de expresión fuerte. El hambre y la vida habían endurecido sus facciones, de modo uñas la superficie. Finalmente abrió la tapa. No pude ver lo que contenía. Alternando miradas hacia mí y hacia abajo para ver la caja, empezó a revolver de modo extraño dentro de ella. Imaginé que acabaría extrayendo un trozo de ala seca de murciélago o un ramo de flores marchitas, pero en su lugar sacó un crujiente papel. Sus ojos iban de arriba abajo, con el blanco de sus ojos brillando de modo casi sobrenatural en la oscuridad.

Por fin sacó de la caja cuatro o cinco hojas de papel descolorido. Acercándolas a su cara, parecía escrutarlas en busca de algo en particular. Entonces, eligiendo una, me la extendió sin dejarla de coger por un lado. Parecía haber algo escrito en la hoja, pero el interior de este agujero bajo tierra estaba tan oscuro que no pude distinguir o ver qué tipo de escrito podía ser.

–Sí –dije asintiendo despacio (y todo el tiempo pensando furioso el modo de zafarme de esa ridícula escena)–, sí, veo lo que quieres decir.

¿Cuál sería el privilegio de saber lo que tiene este individuo en su cabeza de chorlito? ¿Había ofendido a Genesio, santo patrón de los oradores? ¿Se trataba de un modo de pagar mi exceso de curiosidad en cualquier situación?

–Hay más, maese Revill –dijo Robin volviendo a colocar cuidadosamente la hoja de papel ilegible en la caja.

–Le creo sin dudarlo.

–No es usted el único que ha visto mis tesoros.

–Espero que no.

–Él también los ha visto.

–¿Quién? –dije mecánicamente.

–Ah, ya sabe –dijo–. Seguro que le es familiar.

–No sé de quién me está hablando.

–Es usted listo –dijo Robin–. No lleva el distintivo de su tribu.

Permanecí en silencio por la simple razón de que no podía pensar en algo que decir y también porque no quería provocarlo a que siguiera con aquella ridiculez.

Él tampoco dijo nada por un momento, y entonces empezó a cantar una cancioncilla alegremente.

Cuando subió el diablo
y caminó por el prado
¿A quién estaba buscando?
¿A ti o a mí?

No podía permanecer más en ese húmedo y maloliente agujero, así que traté de irme, ayudándome con las manos y rodillas, hacia el pasadizo de tierra por el que había entrado. Ya había tenido suficiente con el olor, la charla ridícula, los papeles y ahora aquella cancioncilla. Pero no fui lo suficientemente rápido. Robin disparó su brazo de repente y agarró el mío. Sentí el hueso de sus dedos agarrar la carne de mi brazo, pero no tenía tanto control de su mano como para aferrarse firmemente. Se echó hacia atrás y su aliento me dio directo.

–Ese es a quien me refiero –dijo–. Usted lo conoce. Usted lo ha visto.

No tenía intención de herirme, estoy seguro de ello. No estaba en él hacer daño. No suponía ninguna amenaza con un cuerpo tan débil. Aún así, intenté soltarme de la mano que sostenía con fuerza mi brazo y tiré hacia mí. Después de esto lo debí de empujar o golpear, no estoy seguro, estaba muy ansioso por salir de ese agujero apestoso. La desesperación me dio fuerza y oí un grito después de que un empujón mío le dejara sin aliento. Me dirigí hacia el pequeño túnel y salí fuera.

Una vez en el exterior, no me paré sino que me marché chocándome contra todo lo que estaba en mi camino hasta salir del bosque. Según corría llevaba el brazo a mi cara y sentía aquel olor, como si Robin me lo hubiese pegado al intentar sujetarme.

Sin darme cuenta salí del bosque hacia un lugar no muy distante del sitio por donde había entrado. Todo estaba en calma. El sol incidía directamente sobre Instede House y sus verdes campos. Por el ángulo de la luz natural adiviné que serían cerca de las tres en punto. Rápidamente regresé por el camino sur de la casa, donde esperaba encontrar a mis amigos reunidos ya para inspeccionar la zona que serviría de escenario para nuestro *Sueño*. Estaba bastante seguro de que los encontraría, y Revill volvería a ser el impuntual una vez más.

Dos o tres de ellos se dieron la vuelta y me miraron. Me di cuenta demasiado tarde de que probablemente estaría apestoso y manchado por mi visita al agujero de Robin. Richard Sincklo estaba reuniendo a todos a su alrededor. Corrí a tiempo para escuchar sus primeras palabras y luego traté de sacudirme la tierra de la ropa. Cuthbert, el hijo pequeño de lord Elcombe, estaba un poco alejado del grupo. Se había tomado en serio la actuación.

–Este es nuestro lugar. Este terreno verde será nuestro escenario –dijo Sincklo, extendiendo sus brazos. Todo el mundo sonrió acatándolo.

–¿Y las matas de espinas nos servirán de camerinos? –dijo otro.

–Estaremos mejor en la casa –dijo Sincklo–. Elcombe me prometió que solucionaría eso.

Sincklo y Thomas Pope utilizaron pequeñas pinzas de madera para marcar la extensión del escenario. Puesto que ellos se dedicaban a eso y nosotros los actores merodeábamos sin hacer mucho (un estado bastante frecuente en los ensayos), intentaré ofrecer ahora una descripción de los campos de Instede House, ya que son esenciales en esta historia.

Las partes operativas de la finca como los establos para los caballos, la granja y las caballerizas, estaban alejadas al menos media milla o más de la parte norte, tal y como una gran dama despediría con desdén a un apestoso pretendiente. En ese lado también, pero más cerca de la casa, estaba la huerta de la cocina y el terreno de madera. En el lado oeste de Instede había una cuesta con matas de plantas y el bosque salvaje desde donde el salvaje Robin observaba, y más allá de esto se alzaban las bajas colinas que me traían el recuerdo de mi casa. El aspecto del lado este, por el que habíamos llegado el día anterior, y el del sur, donde ahora estábamos junto a Sincklo y Pope preparando el espacio, eran lo que se podría denominar los alrededores ornamentados del edificio. Para continuar con la analogía de la gran dama, los jardines que lo rodeaban eran como las joyas y broches que esta luciría y que estaban exclusivamente diseñados para evidenciar su superioridad.

En esta parte ornamental había matas y arbustos, lechos y cenadores, incluso algunos arroyos con puentes para cruzarlos, sin que necesariamente llevaran a ningún lugar. También estaba el jardín de descanso, rodeado de altos setos de carpe. A menudo los setos se cortaban al ras de ventanas y arcos para que todas reflejaran los íntimos resplandores de su interior. A primera vista pensé que en ese momento había alguien dentro viéndonos ensayar, pero al dar un vistazo me di cuenta de que era solamente una estatua o madera pintada, mostrándose blancuzca bajo el sol de la tarde. Justo cuando el ojo se cansó de toda esta ostentación, se nos dijo que era la hora del descanso y allí nos tumbamos, en una zona de césped como la que nos servía de escenario.

Nada parecía avanzar. Me eché en la hierba para descansar la cabeza sobre los brazos. Cerré los ojos. De algún lugar cercano venía el dulce tintineo del agua. El sol acariciaba mi cara con sus rayos y me ayudaba a olvidar el olor a humedad y el hedor que seguía atrapado en mis fosas nasales por aquella breve estancia en la guarida de Robin. Qué extraño individuo. Con sus pieles de animales, su caja de cuero con papeles y esa cancioncilla del demonio. Sentí también un inquietante recuerdo: aún latía el tacto de su mano huesuda y curvada en mi brazo. Decidí no volver a visitar a lord Robin. No era una decisión difícil de tomar (o mantener).

En el futuro dedicaría mi tiempo a Instede House y a los asuntos de la compañía.

Así que manos a la obra, pensé, sintiendo la pereza de la media tarde estando tumbado allí en ese gran espacio verde de lord Elcombe. Noté unas sombras detrás de mis párpados que algo decían y oí suspiros de relajación de otros que, siguiendo mi ejemplo, también se regalaban un descanso sobre la hierba. Mis compañeros estaban en medio de una discusión.

–Te lo aseguro, ellos dicen que no quiere –dijo una voz que identifiqué como la de Will Fall, conductor del carruaje y actor ocasional.

–¿Dicen quiénes? –vino otra voz (mi amigo Jack Wilson).

–Sí, ¿cómo lo sabes? –preguntó Michael Donegrace, el muchacho que interpretaba a Hermia.

–Ah, hay una muchacha en la cocina... –dijo Will, y cortó para que los otros dos pudieran compartir con él unas risotadas. A Will se le conocía bien por su gran afición a satisfacer sus deseos, o eso era al menos lo que daba a entender.

–Una muchacha de la cocina –coreó Michael Donegrace–. ¿Le has enseñado ya tu asador, Will?

–Fuera de broma –respondió Jack Wilson–. Y no debemos hablar tan alto acerca del novio. Su hermano, ¿cómo se llama?, Cuthbert, está ahí.

–Audrey de la cocina dice...

–¡Audrey! –farfulló Michael Donegrace–. Ah, mira cómo interpreto a una Audrey.

–¿Quieres escucharme o no?

–Dinos, Will –dijo Jack–. Me disculpo por mi joven amigo. Está todavía en una edad en la que ciertos términos le causan risilla como si estuviera en el fondo de una clase.

–No, es sencillamente que abomino lo rústico –dijo el joven Michael en tono agudo y urbano–. Audrey, un nombre tan campesino.

–Vete a abominar a otra parte, si quieres. No hay nada de malo en Audrey –dijo Will Fall con un toque de indignación exagerado.

–Un nombre bueno y sencillo… para una buena muchacha sencilla.

–Aunque no es realmente demasiado buena, ¿eh?

Pude visualizar el codazo que Donegrace le dio a Fall en ese momento.

–Pronto la pondré a prueba bajo ese nombre. Mientras tanto, oiréis lo que me contó os guste o no. Porque está relacionado con nuestra suerte como actores.

Los otros dos no hicieron ningún comentario. Mis propios oídos, adormecidos por las bromas de mis compañeros, se pusieron en alerta.

–La historia de Audrey se resume así: la boda por la que estamos aquí no estaría llevándose a cabo si los deseos del joven fuesen consultados. Y esto es todo obra de Elcombe. Elcombe es un padre prepotente que ha encontrado una esposa para su hijo, le encomendó desposarla y lo llevará ante un sacerdote si es necesario; incluso lo llevaría hasta sus aposentos nupciales. Es decir, haría todo lo quc fuera necesario menos cumplir con ese último deber que corresponde solo al novio.

–Prepotente no –dijo Jack Wilson–. Eso es normal. Solo los pobres tienen la libertad de escoger.

–¿Por qué el padre tiene que obligar a su hijo a casarse, en todo caso? –preguntó Michael–. ¿La novia es fea? ¿Cómo se llama?

–No sé qué tiene que ver el nombre con todo esto, pero se llama Marianne. Si Marianne es fea o guapa o algo intermedio, me quedo sin saberlo ya que aún no la he visto.

–Pregunta a Audrey, la muchacha de la cocina.

–Ah, joven Michael, tu inexperiencia te traiciona –dijo Fall, que solo le llevaba unos años de ventaja a Donegrace.

–No se le puede preguntar a una mujer sobre la apariencia de otra. Todas están predispuestas a decir lo feas que son las otras en ese sentido.

–Tomo nota de ello, estoy dispuesto a besarte el culo por todo lo que sabes del asunto. He interpretado a miles de mujeres, pero evidentemente no puedo hablar por mi sexo. Y tú todavía no nos has contado nada.

–Escuchad entonces –continuó la voz de Fall–. El motivo de esta boda no es difícil de imaginar. Marianne Morland proviene de una familia rica. Su padre es un gran mercader en Bristol y su dinero llega con cada marea. Pensad en el fabuloso dote, pensad en todo lo que su padre estaría encantado de ofrecer para establecer la alianza de su hija con una de las más grandes familias de Inglaterra.

–Así que solo es por dinero.

Michael Donegrace pareció decepcionado. Obviamente él era demasiado joven aún para creer en el verdadero amor.

–Siempre es el dinero –dijo Jack Wilson, maduro y cínico.

–Pero mirad... –dijo Michael, y cerrando los ojos podía imaginar perfectamente al muchacho abrazando la gran casa, los bellos campos y todo el esplendor que nos rodeaba.

–Hace un par de años nuestro anfitrión perdió unos viñedos –explicó Jack–. Eso significa que el pequeño pago que él recibía por cada barril que se bebía aquí, (y si los juntas todos es un buen fluido de dinero) se recibía en algún otro sitio. La reina estaba disgustada con Elcombe por alguna razón, o quizá solo era que quería recompensar a algún otro en su lugar. En todo caso sucedió que había perdido las ganancias de esos viñedos y de todo lo que producían.

–Estás bien informado, Jack –dijo Will Fall, haciendo eco de mis propios pensamientos.

–Mantengo mis oídos bien puestos sobre la tierra –dijo Jack–, mejor que Nicholas Revill, recostado allí, haciéndose el dormido mientras está escuchando todo lo que decimos. Precisamente tiene los oídos muy cerca de la tierra. De hecho, parece como si hubiese estado un buen rato bajo tierra.

Sentí que miraban en mi dirección y me quedé muy quieto, tratando de no reírme.

–Y otra cosa, como estamos hablando de Elcombe y de sus rentas –dijo Jack, demostrando su conocimiento de la terminología económica de manera arrogante– un gran lugar como este es un gran devorador de ingresos. Si corto algo de hierba aquí es como si estuviera robando dos peniques. Las piedras de esta gran casa bien podrían ser de oro.

–Ahí tienes la respuesta –dijo Will–. Esa es la razón por la que Elcombe está tan ansioso por acompañar a su hijo a sus aposentos nupciales. Necesita ingresos desesperadamente.

–Debería también animar al tal Cuthbert a subirse a un escenario –dijo Jack–. Seguro que ganaría su peso en oro de esa manera, creo. Pero en serio, en todo esto hay algo raro. ¿Por qué su hijo mayor se muestra tan reacio al matrimonio? Seguramente si esta muchacha, la tal Marianne, es rica, o si su padre lo es, lo cual viene a ser lo mismo, y teniendo en cuenta que no es terriblemente fea o totalmente un ogro, ¿por qué no se muestra tan impaciente con el matrimonio como su padre? Si se me propusiera casarme con una mujer rica, yo no tendría demasiado problema sobre su apariencia. Y si es muy rica, ningún problema en absoluto.

–Dicen…

–¿Dicen?

–No Audrey esta vez, sino una de las otras mujeres que trabajan con ella…

–Has estado muy ocupado, maese Fall –dijo Michael Donegrace, parte en broma y parte por virulenta envidia–. Picoteando sabrosos trozos en la cocina.

–Ten por seguro que te dejaré los restos para cuando seas lo suficientemente hombre como para disfrutar de tu asador.

–Dinos, Will, ¿qué es lo que dicen?

–Dicen... que no saben por qué el hijo del amo no está dispuesto a saltar sobre esta cama tan rica.

Los otros dos refunfuñaron en cólera y yo, tumbado sobre mis espaldas y con el sol dándome de lleno en la cara y el cuerpo, me uní a la charla en espíritu. De todos modos, Will Fall solo estaba bromeando.

–Pero cuentan historias. Por ejemplo, que al joven Harry no le gustan las mujeres y prefiere a los hombres. Michael, deberías desfilar frente a él con tu puño cerrado.

–Y con otro puño también para ti, Fall. Pero directo a tu morro.

–También dicen –continuó Will–, que lord Harry odia tanto a su padre que haría lo que fuera por fastidiarlo, y si no fuera porque también le teme, habría renunciado hace tiempo a casarse con la novia que su padre eligió.

–Debe de ser un hombre terrible –dijo Jack–. Elcombe, quiero decir. Alguien a quien mejor no enfadar. Y si no, mirad a maese Nicholas cómo asiente levemente aprobando lo que digo, o quizá sea solo la brisa balanceando su cabeza.

A todo esto, no me había dado cuenta de que estuviera asintiendo con la cabeza cuando Jack calificaba de terrible a lord Elcombe. Esos ojos claros tan juntos. Una cara alargada con una mirada dura y fría. Sí, un hombre al que es mejor no enfadar. Como no había necesidad de seguir haciéndome el dormido, me desperté a la vida y me levanté. Mis camaradas estaban holgazaneando a unos pasos de mí.

–Has estado espiándonos, Nick –dijo Will Fall.

–¿Qué ha preguntado Robin, el hombre del bosque, sobre mí? ¿Es un espía?

–Ah, Will –dije–, sabemos que no guardas secretos en este mundo, pero que estás deseando destapar tus investigaciones y cosas por el estilo. Si todos fueran como tú, no habría necesidad de espías. Por eso me he puesto a escuchar cotilleos de cocina.

–Más que cotilleos, Nick. ¿Te imaginas que la boda se suspendiera y nosotros los actores fuéramos enviados a casa con unas pocas monedas y el rabo entre las piernas?

–No sucederá –dijo Jack–. No con todos los preparativos hechos. Porque, además, dejarían a ese tal Cuthbert sin nadie con quien actuar.

–¿No hay ninguna otro motivo para el hijo de Elcombe? –pregunté–. Además de lo de los jóvenes apetecibles o lo de odiar a su padre.

–¿Cuál?

–Que ame a otra mujer muy distinta de la que su padre ha escogido para él.

–Esto no es teatro –dijo Will–. Esto no es el *Sueño*.

–Te lo prometo –dije–, hay otra mujer en este asunto. Los he visto muy cerca conversando.

Ante esto, los otros tres se sentaron un poco más atentos, esperando oír el resto.

–No es de su clase, creo. De hecho, es de clase inferior a él. Tiene la complexión muy enrojecida, modales bastos y labios gruesos, pero todo esto le favorece.

–¿Una lavandera? –inquirió Fall.

–No, trabaja entre altos calores y olores y el tintineo del metal.

–¿En una forja? –disparó Donegrace curioso.

–No –dije–. En una cocina…

–Ah, veo por dónde van los tiros –dijo Jack Wilson.

–… y su nombre es… déjame ver… lo tengo en la punta de la lengua… ah, sí, Audrey.

Hubiese continuado añadiendo una o dos características sobre esta "pieza" de cocina, pero Will Fall se lanzó contra mí y empezó a darme golpes. Después de quitármelo por fin de encima, quedamos tumbados uno al lado del otro, dando suspiros violentos bajo el sol. Will dijo:

–Hablando en serio, Nick, ¿sabes algo?

–¿Acerca de vuestra Audrey?

–Acerca de la mujer que ama realmente.

–Nada de nada –dije–. Pero reconozco que es tan probable como cualquiera de los otros cuentos que fuisteis a buscar a la cocina.

En este punto los cotilleos fueron interrumpidos porque comenzaba el ensayo. Richard Sincklo y Thomas Pope habían terminado de marcar y encuadrar nuestro escenario y ahora se nos convocaba a todos para practicar el *Sueño* de W. S. en el césped. O más bien para fijar nuestras salidas y entradas previamente a nuestro primer ensayo in situ. En el teatro, o en todo escenario cubierto (como el Whitehall Palace, donde actuamos el último invierno), es necesario saber cuáles son tus límites, y los puntos de entrada y de salida. También dentro, tiene que haber espacio para zafarse de la mirada de la audiencia. Pero en un campo abierto como el de Instede no hay que preocuparse por ese asunto. La desnudez del actor, que se puede apreciar hasta en un cómodo escenario de teatro, se magnifica enormemente cuando los únicos márgenes son los del follaje y el cielo. Tres o cuatro únicos árboles, sobre los cuales se podían colgar los decorados, bordeaban la escena, y a uno de los lados, unos arbustos hacían las veces de camerino.

En todo caso, esta conversación de Jack con los otros me había inducido a pensar sobre la inminente boda, y sobre si algunas de las especulaciones acerca del joven Harry Ascre podían ser ciertas. En realidad, el joven no parecía feliz cuando lo vimos en la sala de ensayos con sus padres. ¿Era su cara pálida la señal de un insomne o acaso las marcas del amor? ¿Había observado la farsa de Píramo y Tisbe con ojos llorosos porque le afectó la muerte de aquellos dos payasos enamorados? No me podía poner en su lugar. No tanto porque yo nunca hubiera sufrido realmente tal enamoramiento (esa pregunta de lord Elcombe: *¿Ha recibido usted el flechazo de Cupido?)* sino porque no podía imaginar cómo sería aquello de ser heredero de una gran casa, de un vasto territorio de campos y de un título; o de ser forzado por mi padre a casarme con alguien contra mi propia voluntad, si ese era realmente el caso del joven Harry. Lo que había dicho Jack Wilson era verdad, también. En una familia rica, el hijo mayor cuenta poco.

Aquella extraña situación se confirmó esa misma tarde. Thomas Pope nos dejó libres tras practicar varias veces las entradas y salidas sobre el césped. Una vez más teníamos una hora o dos para ocuparlas en lo que quisiéramos, ya persiguiendo a las rústicas muchachas de la cocina, ya a los hombres salvajes de los bosques, u holgazaneando en nuestras camas del piso superior, memorizando los versos de nuestros personajes... lo que fuera. Disponer de varios días para preparar *Sueño de una noche de verano* significaba para nosotros unas vacaciones en junio, y empecé a comprender por qué a las compañías les gustaba tanto dejar la ciudad a mitad de año. Las prisas en las obras de teatro de Londres, donde se ensaya una obra por la mañana, se interpreta otra por la tarde y se estudia una tercera para la semana siguiente, te dejan sin aliento. Aquí en Instede teníamos tiempo para sentarnos y mirar, pasear y hablar.

Y hablando de pasear. La mayoría de mis compañeros se esfumaron después del ensayo pero yo me quedé atrás, en el jardín. Tenía intención de explorar algunos de los caminos de por ahí. Quizá estaba tratando de imaginar cómo sería ser el heredero de una gran casa. Mi curiosidad se acuciaba más en el jardín flanqueado por unos altos setos de carpe.

Deambulé por la entrada más cercana. Paré varias veces, jadeando. Dentro del jardín rodeado de setos, había una cornucopia de fragancias y formas. Me protegí los ojos del resplandor y, aunque no había nadie que me advirtiese de que yo no debía estar ahí, sentía la sensación de incomodidad por entrar sin autorización. Justo delante había una fuente de mármol blanco con figuras de ninfas y monstruos marinos enlazados en torno a su base. Encima de un pedestal en el centro de la pila, se erguía Neptuno, recién salido de las olas, con su tridente aún soltando gotas de piedra. Me arrimé a los gruesos bordes de aquella fuente y observé en el fondo pequeñas figuras con aletas, carpas quizá. Montones de criaturas celestiales se revolvían en las aguas. Paseé alrededor de la fuente, posando mis dedos sobre el frío borde. A ambos lados había caminos estrechos rodeados de lavanda y tomillo. Un camino de arena conducía a una pequeña pendiente en la que yacía una casa de verano, que era lo suficientemente grande como para acomodar a un granjero y a su familia. Justo en frente había un pequeño reloj de sol cuya afilada aguja me indicó que eran más de las cinco de la tarde. Alrededor del reloj de sol se apreciaba la inscripción latina *tempus edax rerum* y asentí levemente con la cabeza recordando las palabras del poeta Ovidio, el tiempo es realmente el devorador de todas las cosas.

Este jardín de descanso estaba situado en áreas precisas marcadas por senderos y pequeños caminos. Había asientos de piedra dispuestos en rincones apartados y delicadamente cubiertos. Los obeliscos negros estaban agrupados en pares como centinelas impasibles. Estatuas de ninfas y faunos y más criaturas mágicas se hallaban por doquier. Con el sol del crepúsculo, la sombra se hacía cada vez más espesa en la base de los setos. Me pregunté qué parte del servicio venía de descanso a este jardín. El lugar estaba cuidado con manos inmaculadas pero también acusaba ausencia humana.

Y mientras estaba mirando alrededor, mi nariz y mis ojos embargados por aromas y resplandores, capté un ruido, diferente al sonido de la fuente y al zumbido de las abejas. Era como si alguien estuviera hablando consigo mismo en voz baja, un continuo y bajo farfullo que se cortaba levemente por unos tonos más agudos. Recordando que primeramente había decidido que lo que fuera que pasara en Instede House no interesaba en absoluto a N. Revill, mi primer impulso fue salir del jardín. Di la vuelta a la casa de verano y volví sobre mis pasos hasta la fuente de Neptuno. Pero mientras pasaba por uno de los pequeños árboles de laurel plantados sobre los setos que atravesaban una y otra vez el jardín, noté una figura sentada en el banco de piedra. Estaba bajo la sombra, y debía de haber estado muy quieta porque no lo había notado antes. Lo observé encorvado hacia delante, con las manos cubriéndose la cara. Su postura entera denotaba tristeza, hasta desesperación. A través de sus manos entrelazadas se oían unas palabras, que expresaban ansiedad y lamento, no podía estar seguro. A veces su voz derivaba en un pequeño gruñido, posiblemente alguna maldición o protesta. Lo reconocí casi inmediatamente como Harry Ascre, el hijo de lord Elcombe, objeto de nuestras especulaciones y cotilleos en el césped. Verlo en ese estado me hizo sentir por un momento avergonzado por la frivolidad con la que habíamos hablado de su tristeza. Porque su tristeza era realmente palpable.

Me agaché. De algún modo sintió mi presencia, porque lord Harry justo levantó la mirada de entre sus manos. Su cara resaltaba cierta palidez, incluso desesperación. Me miró indiferente y volvió a enterrarse entre sus manos. No esperé a oír si reanudaba sus quejas y lamentos. Me preocupé más bien por abandonar el jardín cuanto antes.

Pensando sobre ello más tarde, lo más inquietante e inexplicable de su melancolía era el hecho de que no me hubiera llamado la atención por estar en el jardín; o que no intentara esconder lo que estaba sintiendo. ¡Ese era el hombre que iba a casarse en pocos días!

Dos cosas pasaron al día siguiente, además de continuar con los preparativos de la obra (nosotros) y los de la boda (el resto de la casa). Era viernes y aquellos que tomaban el día como funesto confirmarían sus miedos cuando cuente lo que ocurrió.

En algún momento de la mañana oímos que los Paradise Brothers, la pequeña y sagrada trinidad que Jack Wilson y yo vimos representar en Salisbury, habían llegado a Instede con la intención de interpretar sus cuentos bíblicos a cualquiera que se acercara y mirara. Los Brothers no estaban hospedados en el edificio principal. Y me alegro de decirlo; lo hubiésemos tomado a mal. Más bien fueron alojados en alguna de las dependencias pertenecientes a las caballerizas. Tampoco se esperaba que tuviesen algo que ver con las celebraciones de boda, porque nos lo habríamos tomado realmente a mal. Pero los criados de la casa y algunos de los trabajadores del campo podían ir a verlos, si tenían tiempo libre cuando cayera la tarde, podían escaparse y entretenerse con la historia de Caín y Abel o de Noé y su arca. No entendí por qué a esa gente se le permitía estar en la propiedad hasta que oí que estaban allí por deseo de lady Penélope, la mujer de Elcombe. Al parecer consideraba enriquecedor que el servicio de la casa disfrutara de estos benditos dramas.

Quizá estaba un poco sensible por este asunto, aunque la rivalidad entre compañías de actores es natural e inevitable. Era cierto que las representaciones de los Paradise Brothers tenían un poder y una efectividad sobre la gente, aunque de naturaleza cruel. ¿Dónde, en su tremendo diálogo y en sus honrados cuentos, podía encontrarse alguna similitud que pudiera sustituir la belleza de maese Shakespeare o incluso la de nuestros escritores menores como Edgar Boscombe y Richard Milford? ¿Por qué los Paradise Brothers no representaban a gente normal, real, con reyes y duques y payasos, en lugar de a Abraham e Isaac? ¿No se daban cuenta de que estábamos viviendo en el siglo XVII? En todo caso, no había razón alguna para que los caminos de nuestras dos compañías se cruzaran mientras los Brothers se mantuviesen en las dependencias, retuvieran a sus rústicas audiencias y nos dejaran los palacios y los nobles a nosotros.

El otro acontecimiento del viernes fue más serio que la llegada de ese grupo de actores beatos. De hecho, era el verdadero principio de un catálogo de desgracias.

Teniendo en cuenta lo que había dicho mi informante en la casa, Davy, supuse que a Robin, el salvaje hombre del bosque, se le tenía como a una especie de amuleto, aunque un tanto desgreñado y oloroso. Se pensaba que su permanente presencia en los bosques de Instede era para traer la buena suerte a la casa. Robin era considerado como un espíritu o deidad del bosque por algunos de los miembros menos educados de la finca. Le dejaban ofrendas una o dos veces al día, esos pequeños regalos de los que me había hablado, los nabos, las lechugas y las grosellas, según la estación del año.

En la cocina se turnaban para llevarle la comida a la entrada del bosque, y no la dejaban en una bandeja de plata, como Robin me había dicho, sino en una simple bandeja de madera. Todos los días colocaban la comida en el hueco de un árbol caído, y de paso retiraban la bandeja vacía del día anterior. Sucedió que ese viernes por la tarde era el turno de Audrey, la cocinera a la que había echado el ojo Will Fall. Caminó bajando la cuesta de la casa con su bandeja llena de frutas y verduras y cruzó el pisoteado césped bajo la oscuridad que regalaban los árboles. Ella era una de las más intrépidas del servicio, y alguna vez se quedaba a mirar cómo el hombre del bosque cogía su comida. Hoy, en este viernes, se preguntó si sería muy atrevido gritar "Robin", o mejor, susurrarlo. No quería alarmarlo. Era inofensivo, como decía todo el mundo. Y si no lo era... bueno, confiaba en un buen par de taconazos. ¿Pero reaccionaría a eso? Incluso un perro responde cuando lo llaman por su nombre. Con eso tendría para cotillear un rato en las estancias de los criados. Podría incluso contarle la historia a maese Will Fall, aquel caballero actor proveniente de algún lado del este.

Pero Audrey no tuvo la oportunidad de ver si Robin respondía como un perro cuando se le llama. Después de haber colocado la bandeja con frutas en el hueco del árbol y de coger la anterior bajo el brazo, se volvió hacia los espinos donde se había podido esconder las últimas veces. Y entonces pegó un grito. Balanceándose ante sus ojos vio dos objetos que le resultó difícil identificar. Solo sabía que eran muy desagradables. Había un fuerte y repulsivo olor en el lugar. De repente los objetos comenzaron a tener algo familiar: un par de pies mugrientos, curvados y endurecidos. Aterrada, levantó la vista. Los pies pertenecían a Robin, que estaba colgado de la rama de un olmo con una cuerda. Su cara se veía más oscura de lo normal y su boca hinchada dejaba salir una lengua estrangulada.

GIBOSA CRECIENTE

La muerte de Robin fue un golpe duro para la familia de Instede. Podría haber dicho que esto ensombrecía los preparativos de la boda, aunque tampoco se habían notado grandes signos de alegría en estos preludios y todo continuó sin interrupción. Pero no, más bien digo que, con todo esto la sala del servicio se convirtió en un hervidero de cotilleos, con todo tipo de historias y rumores que se desparramaban por toda la finca. Como habíamos llegado hacía muy poco, a nosotros, los de la Chamberlain no nos afectó en lo más mínimo. (Por alguna razón no revelé mis dos encuentros con el individuo.) Aunque un episodio como este deja un mal sabor de boca durante uno o dos días. Y se suponía que esos días debían ser el estallido del verano. Desde que habíamos llegado a Instede las mañanas habían amanecido claras, cálidas y con mucho sol. A lo largo de la jornada raramente se veía alguna nube pincelada en el cielo y, cuando se aproximaba el atardecer, el dorado resplandor del día parecía concentrarse del todo para coronar la gran casa y colarse en cada rincón. La muerte del hombre del bosque había sentado muy mal en medio de esa calidez y tranquilidad.

Hablé con el criado Davy acerca de las historias que rodeaban la muerte de Robin, o más bien hizo él por buscarme para contármelas.

–Algunos dicen que se ahorcó porque se volvió loco en el bosque.

Al ponerme a recordar el comportamiento medio desequilibrado que tenía y sus extrañas conversaciones, tuve que reconocer que era la explicación más acertada. ¿Cuánto tiempo habría estado en tales circunstancias sin estar fuera de mis cabales? Sin embargo, una explicación sencilla como esa no era suficiente.

–Algunos dicen que lo colgaron, señor, porque vio cosas que no debía.

–¿Quién lo colgó, Davy?

–Las hadas, los faunos y otras criaturas del bosque.

Pensé en las hadas del *Sueño* de W. S. Criaturas etéreas cuyos nombres (Cobweb, Mustarseed[6]) daban a entender su pequeñísimo tamaño y fragilidad.

–No creo, Davy.

–Con todo el debido respeto, señor, ¿qué saben ustedes los refinados de Whitehall sobre las cosas de campo?

Finalmente reconocí aquello y le pregunté sobre las otras historias que circulaban.

–Hay uno entre nuestros compañeros, se llama Kit, y dice que… Robin era el mismo diablo en persona y que ese caballero vino a buscar lo que le pertenecía. Nosotros no le hacemos mucho caso porque Kit dice eso de todo aquel que no le cae bien, pero a nadie le cae bien él. Dice a todo el mundo… "ve y observa al caballero ese con tus propios ojos". Aún así…

–Sí –insté a Davy, intuyendo que había algo que evitaba decir.

–Aún así, señor, Audrey, la de nuestra cocina, dice que echó un fugaz vistazo a los pies de Robin que estaba colgado del árbol. Y tenía uno de sus pies como en forma de pezuña, según dice ella.

En ese momento Davy miró alrededor un tanto aprehensivo. Sus hombros se encogieron y sentí que un escalofrío recorría su pequeño cuerpo.

–Mira, Davy, debes calmarte y también Audrey. Yo mismo vi los pies de Robin y aunque estaban mugrientos y endurecidos, eran pies humanos.

---

[6] N. del T.: "Tela de araña", "semilla de mostaza".

–¿Está usted seguro, señor? La... persona a la que me refiero es... un astuto caballero.

–Robin era tan humano como tú o yo, o bueno, casi –dije, pensando a su vez que eso no era precisamente algo complementario o tranquilizador–. De todos modos, tú me dijiste que era inofensivo y todo eso. Que traería buena suerte a la casa siempre que permaneciera en el bosque.

–No sé qué pensar, señor. Lo dejo para los que están en la ciudad de Whitehall.

–Muy bien –dije.

Pero no estaba bien. Algo en torno a la muerte de Robin me inquietaba, de modo diferente a como afectaba a gente como Davy, y me llevó algo de tiempo darme cuenta de qué se trataba. El individuo salvaje del bosque de Instede fue enterrado inmediatamente, en cuestión de horas, tras bajarlo del árbol del que colgaba, y no fue en tierra sagrada de la iglesia de Rung Withers, la más cercana a la finca, sino que lo hicieron en un lugar que pasaba desapercibido en la zona más alejada de los bosques en los que había pasado su extraña vida. Como suicidio era afortunado, si puede decirse que la muerte es una suerte, por evitar ser inhumado en una vía pública en la noche. Y afortunado por evitar la estaca en el corazón que era lo que, como dicen, algunas veces es el último obsequio de los que deciden darse muerte.

Algunos de los trabajadores de la granja, bajo las órdenes de su administrador, bajaron el cadáver, lo amortajaron en una sábana, cavaron una fosa profunda y lo cubrieron con tierra húmeda. Creo que el párroco de Rung Withers dijo algunas palabras ante la rudimentaria tumba. No se de qué trataban, no se podía oficiar de manera habitual porque Robin había dejado este mundo de tal manera que aseguró su condenación eterna, aunque seguramente aquellas palabras debían de ser un alivio para el alma de Robin, como así también un testamento para el espíritu cristiano del párroco.

Por un momento recordé cuando mi propio padre enterró a un hombre que había sido rescatado de nuestro río. La gente de Miching dijo que él mismo se había arrojado, pero mi padre no atendió a eso e insistió en que el joven había resbalado y que la corriente lo arrastró aunque era verano y las riberas estaban secas y el río bajo y lento. "Sin embargo –dijo mi padre–, puesto que ninguno de nosotros estaba allí cuando cayó y puesto que él no ha dejado huellas de sus intenciones, merece un entierro cristiano y continuaré haciéndolo mientras sea el párroco de aquí." Pues así, parecía que el señor de esta iglesia estaba cortado por las mismas tijeras que mi padre.

Igualmente, el pobre Robin fue enterrado como Dios manda, pero no olvidado. De hecho su presencia parecía romper la gran ausencia de su cuerpo.

Las historias continuaron circulando por el lugar y el tipo de cosas que Davy había repetido, que a Robin lo habían colgado los espíritus del bosque, que Satán había venido a reclamar lo suyo, etc. Lo que rondaba en mi mente, sin embargo, tenía que ver con un pensamiento más práctico que no se me habría ocurrido si no hubiera descubierto por casualidad que el dogal con el que estaba colgado se había conservado. El jefe de la granja, un individuo empalagoso con el nombre de Sam, había soltado la cuerda del cuello de Robin, la enrolló y se la quedó como si se tratara de un premio.

Había oído que la cuerda del árbol de los tribunales de Tyburn en Londres a menudo se cortaba en pequeños trozos que luego vendía el verdugo por algunos chelines cada trozo, ya que se suponía que el sudor y la grasa de un hombre en el patíbulo tenían propiedades extraordinarias. Había oído incluso que aquellos que habían perdido toda esperanza por curarse en manos de un médico pagaban algunas veces, y mucho, por permitirles rozar sus partes infectadas contra el rapado y sangriento cuello del hombre recién colgado. Había oído ese tipo de cosas, pero esta era la primera vez que veía que se practicaba.

Parece ser que Sam, el jefe de la granja, no era todavía tan sofisticado como sus colegas londinenses. Conservó la cuerda con la que Robin había muerto, sí, pero no con el propósito de aprovecharse de la miseria de otro, o al menos no para lucrarse inescrupulosamente. En todo caso, solo pedía a los campesinos de su propia granja y también a otros de la finca, medio penique por echar un vistazo a la cuerda y un penique por tocarla. Por qué pedía aquello, no lo sé. Quizá con solo tocarla podía hacer que los ciegos vieran y los inválidos andarán sin cojear; o quizá estaba simplemente alimentando ese indescriptible secreto que todos sentimos al ver (y algunos al tocar) aquellos objetos que están asociados con la muerte. Yo diría que incluso consiguió algún beso y varios sobeteos de algunas mujeres por ello. Qué hombre más empalagoso era ese Sam. Esto lo supe por Audrey, la de la cocina, por medio de Will Fall, su amado.

Cuando oí que el jefe de la granja había conservado la cuerda con la que Robin había muerto, le fui a ver. Vivía en una pequeña casa de dos plantas a unos pasos de la granja, desde donde vigilaba muy de cerca el trabajo de sus empleados. Se mantenía un poco distante de ellos, para crear más misterio, en una casa construida sobre unos bajos setos. Se sorprendió al ver a un actor de Londres mostrarse interesado en examinar la soga de un suicidio. A lo mejor pensó que en la capital estábamos rodeados las herramientas del verdugo todo el tiempo, tropezando sobre cadalsos y cuerdas, y que no nos sorprendía en absoluto ver un ahorcado en el campo. Así pues, Sam, el jefe, no dudó cuando le enseñé mi penique y, después de cerrar bien la puerta exterior de la habitación de abajo y de meterse la moneda en el bolsillo, fue directamente a un cofre de un rincón, lo abrió de espaldas a mí, impidiéndome echar ni un vistazo. Y del cofre extrajo, haciendo un gesto ceremonial, un objeto envuelto en unos lienzos. Se inclinó hacia adelante para dejarlo caer sobre el suelo bajo un rayo de sol y, respirando con dificultad, desplegó la cubierta para dejar ver una mugrienta cuerda enredada. Después de esto se inclinó hacia atrás, mostrándose tan orgulloso como si acabara de dar a luz esa lazada mortal.

–Puede tocarla, maese…

–Nicholas.

–Ha pagado su penique, puede tocarla.

No tenía muchas ganas de manosear la cuerda, pero me agaché hasta ponerme de rodillas y la observé detenidamente. Sentí que se me erizaba ligeramente la piel y mi cuello empezó a temblar al ver la cuerda. Sin extenderla, estimé que su largo sería de cinco o seis pies. Uno de los extremos había sido cortado, pero no cuidadosamente. Tenía algunas fibras deshilachadas. Había un nudo más o menos hecho pero efectivo que aseguraba el lazo en el otro extremo. No parecía que fuera a romperse ni con el peso de dos hombres. Me imaginé la delgada y desgastada figura de Robin, balanceándose con las brisas del verano. Al incorporarme, intenté sacar una grandiosa moneda de seis peniques y la sostuve de modo que pudiera darle la luz que entraba desde la pequeña y descuidada ventana. La habitación estaba totalmente cerrada, casi sin aire. Sam estaba esperando conocer mis intenciones.

–Tengo una o dos preguntas.

Aunque dije aquello, me pregunté por qué lo estaba diciendo, por qué me iba a gastar dinero en conocer cómo Robin había encontrado su fin. Seis peniques no eran gran cosa, pero era la paga de medio día. Puse la moneda en la mano sucia de Sam, mientras nos quedamos en medio de esa maraña de cuerda.

–¿Cortó la cuerda para bajarlo?

–No personalmente, maese Nicholas. Fue uno de mis trabajadores.

–¿Puede describir cómo lo hizo? ¿Cómo lo hicieron?

–Cortaron la cuerda para bajarlo, eso es todo.

–¿Pero cómo? Merece la pena saberlo por seis peniques.

Sam hizo una pausa y frunció el ceño. Me atrevo a decir que este individuo pensaba que yo disfrutaba de algún extraño placer con aquella descripción.

–Oliver trepó el árbol y después subió por la rama de la que colgaba el cuerpo. Tuvo que volver a bajar para coger un cuchillo.

–¿Por qué?

–La cuerda estaba atada a la rama con un nudo y este estaba muy apretado como para desatarlo. Oliver intentó tirar con toda su fuerza pero no pudo soltarlo y a la vez intentaba mantener el equilibrio en la rama. Vi que la cuerda debía cortarse y le dije a Oliver que lo hiciera.

–Usó un cuchillo.

Sam asintió con la cabeza, como si estuviera imitando a un niño pequeño.

–¿El de quién?

–¿Por qué? El suyo –respondió Sam mirándome asombrado (verdaderamente no podría explicar por qué le estaba preguntando todo esto)–. Lo sacó del cinturón cuando subió al árbol. A veces puede que uno caiga sobre el propio cuchillo.

–¿Le resultó fácil trepar al árbol?

–No demasiado, pero es joven y ágil. Le gustan estos desafíos.

–¿Y entonces?

–Entonces Oliver cortó la cuerda, aunque le llevó algún tiempo porque su cuchillo necesitaba un buen afilado.

Sam gesticuló en dirección a la cuerda iluminada por unos rayos de sol, intentando mostrar el extremo deshilachado.

–¿Quién más estaba presente?

–Había dos más que sostenían… sostenían las piernas de Robin.

–¿Por qué?

–No queríamos que se cayera sobre la tierra.

–Desde luego –dije–. Fueron muy atentos con eso.

–No por mí. Estaba Brown con nosotros. Brown nos lo indicó.

–Ah –dije, preguntándome cuántas personas habían asistido como testigos– ¿Brown?

–El párroco de Rung Withers.

–¿El mismo que estaba presente cuando enterrásteis a Robin y dijo unas pocas palabras?

–Es un tipo raro –dijo Sam–. Preocuparse por un cuerpo así.

–Solo una cosa más, Sam, por mis seis peniques. Entonces estáis diciendo que fueron los espíritus del bosque quienes hicieron esto o... fue alguien más.

–La imaginación es libre –dijo Sam.

–Sí –respondí–. Pero supongamos que el mismo Robin lo hizo. ¿Cómo piensa que lo hizo? ¿Cómo se colgó a sí mismo?

–Trepó al árbol, maese Nicholas. Ató uno de los extremos de la cuerda en la rama y el otro extremo a su cuello y entonces se dejó caer al vacío.

Admiré el toque poético de la respuesta de mi amigo, pero el resto no me dejaba tranquilo. Sin embargo, no pregunté más al respecto.

Cuando estaba por irme, Sam dijo:

–Vaya y eche un vistazo en el granero antes de volver a la casa.

–¿Por qué?

Como respuesta, Sam se tapó la pequeña protuberancia que tenía por nariz.

–¿Cree en eso? –dije mirando hacia la sucia cuerda en el suelo. Cada vez que la miraba parecía aumentar de tamaño y retorcerse. Se sentía aún más calor en aquella habitación.

–Hay cosas en el bosque que podrían volver loco a un hombre.

–No –dije reacio a darme a entender–, quiero decir… que tocar esta cuerda traerá suerte y todo eso.

–La imaginación es libre –repitió–. Hágalo, ha pagado.

Me agaché y toqué la cuerda con las yemas de mis dedos, luego me di la vuelta rápido e intenté torpemente abrir la puerta, hasta salir al aire fresco. Mis dedos ardían.

Al margen de todo, estaba tranquilo. El atardecer estaba limpio de nubes. Las construcciones de la granja se encontraban dispersas entre grupos de olmos y sicomoros. Me pregunté por qué Sam me había dicho que fuera al granero, que podía identificar fácilmente como la construcción más grande de los alrededores. El camino que conducía hasta allí estaba desgastado y surcado. A medida que me aproximaba se oía la voz de alguien dentro, hasta los tonos, pero no pude saber qué se decía. La puerta doble del granero estaba completamente abierta. Al fondo entre la oscuridad, alcanzaba a ver una figura pálida. Me quedé sorprendido de notar que existiera un hombre tan alto. Entonces empecé a sentir un nudo en la garganta al ver que la figura no estaba de pie sino levitando suavemente de un lado a otro. Parpadeé y me froté los ojos pero la imagen seguía allí. Sentí la garganta aún más irritada. Aún así continué andando hacia la oscuridad, tanteando la entrada y dando pasos casi mecánicos.

Me detuve en el umbral. No era el único que estaba atraído por el espectáculo. Había varias personas en el interior del granero que miraban a un hombre colgado de una viga. El cuerpo, vestido con un blusón blanco, se balanceaba suavemente de lado a lado. El nudo de la viga crujía por el peso.

–Bien –dijo Will Fall–, pensé que era casi tan bueno como el hecho real.

–Yo nunca he visto uno –dije–, y no estoy seguro de que quiera verlo tampoco.

–Entonces no eres un verdadero londinense, Nicholas, hasta que no hayas estado en Tyburn y hayas visto a alguien ejecutado. Mi padre solía llevarme kilómetros para ver aquel espectáculo.

Me lo habían dicho antes: que no sería un verdadero londinense hasta que no hubiera hecho o visto algo… normalmente desagradable, aunque fuera emocionante. Solía responder encogiéndome de hombros o haciendo alguna broma. Pero esa tarde no me sentía como para reírme. La visita a Sam, el jefe, me había dejado un tanto preocupado. Todavía sentía el hormigueo en los dedos por haber tocado la cuerda con la que Robin se había colgado. Y luego, inmediatamente después, ser testigo del cuerpo de un hombre balanceándose de la viga de un granero, observado por una multitud agradecida como si hubiese sido un ahorcamiento de Tyburn, era algo que no me parecía nada digno de aplaudirse.

–Lo que tienes que hacer –dijo Will Fall en voz baja y mirando detrás de él–, es llevarte a una moza, mejor a una que no lo haya visto aún, y advertirás que no hay nada que le guste más que ver un hombre colgado. Y mejor si el condenado se resiste de algún modo. Es más eficaz que una pócima de amor, te lo aseguro.

–Lo tendré en cuenta –respondí, curioso por saber si Nell habría presenciado alguna vez una ejecución.

Will volvió a mirar detrás de él. Audrey, su "moza" de la cocina de Instede, sabía cómo comportarse y nos siguió manteniendo una distancia respetable. Su cara bajo el sol se veía enrojecida. Ella era la que había descubierto el cuerpo de Robin, el hombre del bosque, y con ello había ganado cierta fama, en particular por el cuento de que uno de los pies de Robin parecía una pezuña. Me pregunté si ella tendría deseos de ver una reproducción de la escena en teatro. Sobre gustos no hay nada escrito y, más que nada, sobre las inclinaciones de la parte femenina. Como Will Fall demostró en su siguiente comentario (era incapaz de abandonar el tema de las mujeres o las ejecuciones):

–Y el efecto que tiene un ahorcamiento o un descuartizamiento en una mujer… solo piensa en ello.

–¿Lo has visto alguna vez?

–Vivo en la esperanza.

–Necesitamos más traidores –añadí.

–Ah, es verdad –dijo Will contento, mostrándose ajeno a mi ironía–. Más traidores comunes. Estos hombres nobles como el duque de Essex no son buenos. Solo pierden la cabeza, no las entrañas y todo eso.

Observé los campos que se extendían ante mis ojos. Estábamos regresando hacia la gran casa que, mirándola desde cualquier ángulo, dominaba la escena. Dentro del granero había encontrado, además del hombre colgado, a Will Fall, nuestro carretero-actor, que estaba de espectador y a quien acompañaba su insulsa Audrey. Si era buena o no, no se sabía. De vez en cuando lanzaba unas miradas de cordero degollado en dirección a su amado. Si aún así era buena, se suponía que no disfrutaría de ello por más tiempo.

Como cabe adivinar, lo que yo había presenciado detrás de las puertas del enorme granero no era un ahorcamiento de verdad sino una simulación, aunque lo suficientemente buena como para engañar al ojo humano a unos cuantos metros de distancia y más si estaba en la oscuridad. La "víctima" estaba sujeta por cinturones y arneses atados alrededor de su pecho y debajo de sus brazos, con el cuerpo entero cubierto por el blusón blanco y amarrado en la espalda por una cuerda que colgaba de las vigas. La lazada que rodeaba su cuello no era real, más bien un cordel, probablemente hecho de lino por obtener el efecto deseado (que se rompiera al soportar un mínimo peso), también porque el color de la luz contrastaba con el interior oscuro del granero, como así también pasaba con el camisón. Todo lo que se necesitaba para crear este cuadro desolador era que alguien tirara de la cuerda y que se oyeran los gritos del hombre estrangulado, es decir, el tipo de efecto que adora todo actor –hay un niño en todos nosotros–. Después de todo eso, solo tenía que balancearse ligeramente. No habría tenido que ser cómodo mantener esa posición a unos seis pies del suelo durante mucho tiempo, pero se puede resistir un poco para divertir y asombrar a la multitud.

Esta escena fue el cierre de otro drama escrito e interpretado por los Paradise Brothers, los actores que acababan de llegar a

Instede y a los que se les permitió quedarse a regañadientes, quizá incluso por encima del activo apoyo de lady Penélope Elcombe. Esta vez los hermanos, que eran realmente tres, bien llamados Peter, Paul y Philip, habían seleccionado para interpretar la historia de la traición de Judas Iscariote a nuestro Salvador. Por tanto, para el crecimiento interior de los trabajadores de Instede, contaron la triste historia de las treinta monedas de plata, el traicionero beso en el jardín, la desesperación del renegado y su ahorcamiento en un saúco. Había sido impactante aquel ahorcamiento, pensé. Como Will Fall había dicho, era casi tan bueno como el suceso real. Y los trabajadores de Instede lo agradecieron mucho más porque no tenían la oportunidad de disfrutar del entretenimiento que aprecian los londinenses: ahorcamientos periódicos y flagelaciones o incluso algún descuartizamiento.

Al final del ahorcamiento, esto es, después de que Paul "Iscariote" Paradise, nuevamente luciendo aquella barba dorada que utilizó en el papel de Caín, hubiera estado colgado el tiempo suficiente, el líder de esta sagrada trinidad, Peter Paradise, se adelantó, sermoneó un poco a la rústica audiencia, tal y como había hecho para los ciudadanos de Salisbury noches anteriores. Una vez más nos trató de hermanos al estilo puritano, aunque los verdaderos puritanos no tienen nada que ver con el drama, incluso aunque sean beatos de tipo bíblico. No quedó muy claro de qué hablaba el actor que hacía de Dios, pero parecía ir en contra de la avaricia y el dinero, la codicia y la lujuria y por si no se había entendido bien, la avaricia y las monedas. Judas Iscariote fue tentado con treinta monedas de plata. Observa hasta qué punto su desesperación lo había llevado a la avaricia. ¡Afuera la codicia! ¡Y la avaricia! Llegará el día en el que el hombre rico será expulsado de su castillo y el hombre pobre entre en el suyo propio.

Me quedé sorprendido al escuchar todo eso. Como en el sermón de Salisbury, aquello sonaba ligeramente sedicioso. ¿Sabía Elcombe que en su palacio, o mejor dicho, sabía su mujer que una compañía de actores-predicadores estaba sembrando herejías sobre el dinero y la propiedad dentro de los confines de su gran finca? Quizá por fortuna, la mayor parte de lo que dijeron parecía estar por encima de la compresión de aquella audiencia, que solo estaba allí para presenciar el ahorcamiento, después de todo. Y sin importarle si se le entendía o no, Peter Paradise, con su barba blanca natural y el ceño fruncido, era un buen fanfarrón. Su voz era como un trueno. También era un hombre poderoso. Como grupo, el trío era realmente capaz de cuidar de sí mismo: recordé que Caín había golpeado a Tom el campesino y el jaleo que se montó después.

Sentía curiosidad por saber si los santos hermanos habían oído los escandalosos comentarios de toda la finca sobre el ahorcamiento de Robin y si lo estaban utilizando en beneficio propio. Si lo hacían, no los culpaba en absoluto por ello… simplemente estaban comportándose como actores en todo momento y en todo lugar, intentando mantenerse a flote, claramente, con la corriente que pasaba por sus puertas. De otro modo parecía demasiada coincidencia que hubieran elegido la historia de Iscariote en el mismo momento en el que un hombre se había ahorcado.

Si es que se había ahorcado a sí mismo.

Esta era la duda que tras mi visita a Sam, el jefe de la granja, no había quedado del todo clara. Mi visita, en todo caso, había acrecentado mis dudas. Pensando en ello bajé a examinar el lugar en el que habían descubierto el cuerpo de Robin. Rápidamente identifiqué el olmo, no por alguna marca en el árbol, sino por la tierra revuelta alrededor del tronco. La rama fue fácil de identificar también; era larga, recta y relativamente baja. Aún colgaba de ella el pequeño trozo de cuerda cortado por un trabajador de Sam cuando vio que no podía desatar el nudo. El aire era cálido, pero me estremecía.

Nada de lo que vi allí convirtió mis dudas en certezas; pero tampoco las despejó. El problema era que no podía hacer nada práctico con mis sospechas. Nuestros actores mayores, Richard Sincklo o Thomas Pope se habrían mostrado abiertos si les hubiera contado esto, pero tampoco habrían podido hacer nada, incluso aunque pusieran todo su empeño. No pisábamos fuerte en este lugar. Éramos invitados de lord Elcombe, pero invitados pagados, poco importantes por tener que realizar una representación. Nada de lo que ocurría en su finca tenía que ver con nosotros. Y por más extraño e inquietante que parezca, el suicidio de un excéntrico que vivía en los bosques sería pronto olvidado, especialmente cuando había una boda que atender.

Lo que ocurrió es que tal desgracia no parecía caer en el olvido. Las historias acerca de Robin colgado por espíritus y fantasmas del bosque o capturado por Satán no amainaron sino que llegaron a ser una distracción en un momento en el que todos en Instede debían tener su mente y corazón puestos en las nupcias de Harry y Marianne. Alguien de autoridad, seguramente el mismo Elcombe, decidió que ya era suficiente y buscó ayuda para tratar de esclarecer este asunto.

De esto me enteré de casualidad a la mañana siguiente durante un ensayo. Estaba deambulando por el lado este de la finca, cerca de la orilla del pequeño lago que estaba a unos pasos de la gran casa. El sol brillaba intensamente en el agua. Me pregunté si Elcombe había mandado crear aquel lago o si ya estaba allí de manera natural, cómodamente cerca de donde la casa fue construida. Imaginarme por pura diversión que todos esos acres eran míos, aunque nunca del todo convencido, no duró más que unos segundos, liberé mi mente *(videlicet*[7], holgazana). Había sido tan generosa la preparación de todo aquello que necesitábamos para la actuación de la Chamberlain y el tiempo de ensayo en Instede, que de repente contábamos con muchas horas libres; el *Sueño* y la boda todavía podían esperar. Así que allí me

[7] En latín, "evidentemente".

encontraba paseando sin ánimo por aquellos campos iluminados, libro en mano y pensando en Hamlet del maese W. S., quien también se pasea por las recámaras y campos del gran palacio, libro en mano, y un tanto más apesadumbrado. Me sabía perfectamente mi papel como Lisandro, el amante. En Londres estaría frenético aprendiendo mis versos para la obra del día siguiente, la del siguiente y la de las siguientes semanas también. Pero aquí en el campo no había prisa alguna.

Como no tenía trabajo que hacer, mis pensamientos vagaban como el polvo que flota en la neblina. No tenía ninguna "pieza" de cocina que atender, aunque estaba empezando a preguntarme si debía encontrar alguna ocupación de ese tipo, como lo habían hecho dos o tres de mis compañeros.

Asuntos de campo.

–Maese Revill.

Me di vuelta. Una mujer se acercaba cruzando el campo.

Mi corazón empezó a latir más rápido y mi estómago a danzar. Después de todo, no podía jurar que no había estado pensando en ella en ese mismo instante y, casualmente, la vi llegar.

–Maese Revill –dijo otra vez, con tono delicado. Llevaba un pequeño sombrero de ala corta que movía haciendo sombra sobre su cara para ver mejor.

Sonreí cuando se acercó; o esperé haberlo hecho. Para ser sincero, estaba un poco nervioso.

A la luz del día era aún más bonita que bajo la luz de las velas en casa de su padre. Su sombrero resguardaba su cara del sol, pero me permitía estudiar tímidamente su rostro. Su tez era de una natural palidez que solo una mujer joven puede llegar a tener sin artificio. Tenía los ojos de su padre, grises y de mirada penetrante, pero en su caso, su mirada estaba suavizada con un matiz de regocijo, incluso llegaba a la picardía. Sus labios eran sólidos y rojos. Su nariz lucía más orgullosa que tímida, pero aún lo suficientemente delicada, dándole incluso la actitud de una mujer decidida; o al menos eso me parecía a mí. No me había siquiera fijado en su fino cuello, excepto en un vistazo general y fugaz. Si la observaba mucho se lo habría tomado a mal. No quería encontrar su mirada al intentar inclinarme ante ella.

Claramente, ya estaba medio enamorado, ¡y todavía no había pronunciado palabra!

–Señorita… Fielding –solté de repente.

–¿Cómo están sus cicatrices y moratones?

Intentó apoyar la mano en mi cara, en el lugar donde solo hace unos días me había tocado con sus suaves dedos y pomadas aliviantes. Pero para pena mía sacó la mano rápidamente, considerando que eso sería un gesto demasiado familiar a plena luz del día.

–Mucho mejor –dije–. De hecho ya las había olvidado… gracias por sus cuidados.

–Mi padre me dijo lo que le había sucedido.

–Ah, no merece la pena preocuparse por ello –dije avergonzado al recordar mis necias palabras en el mercado de Salisbury, y sorprendido de que Adam Fielding supiera lo sucedido. Creo que tuve sumo cuidado de no contárselo. Sin embargo, él era el tipo de hombre que se enteraba de todo.

–¿Le apetecería bajar hasta allí?

–Vengo de allí o no de muy lejos.

Sin duda ella ya lo sabía tanto como su padre. La idea de que habían estado hablando de mí me daba cierta satisfacción.

–De todos modos, he visto cosas peores en Londres –dije despreocupado–. Por allí, montones de aprendices llenan las calles como lobos buscando insultar a los ciudadanos honestos y herir a los extranjeros.

De repente abrió aún más sus ojos grises y yo, contento con el efecto que le había causado, me sumergí en ello.

–Hay soldados y marineros abandonados, hombres desesperados que no saben hacer otra cosa en la vida que pelear o amenazar. Hay lugares en los que tendría miedo de poner un pie durante el día y ni hablar durante la noche.

Sus ojos se abrieron aún más. Noté demasiado tarde que brillaban con sorna.

–Es curioso, maese Revill, que viera tan poco de eso cuando fui a Londres hace unas semanas.

–Probablemente no visitó los lugares que debía –dije vagamente.

–Los sitios equivocados, quiere decir. Igualmente, mi tía vive bastante cerca de las murallas de la ciudad.

–No tengo tanta suerte como para conocer a alguien del otro lado.

–¿Otro lado? Habla como si se tratara del Estigia, el río infernal.

–Claro –dije. No solo era bonita, sino que también era rápida y ocurrente en la conversación–. Hay muchos barqueros allí que te transportan al lado sur, donde yo vivo y está mi compañía también.

–¿Donde los soldados luchan y los aprendices mangan?

–Se lo toma a broma, señorita Fielding, pero hay lugares donde me incomodaría verla paseando en la noche. Aunque no fuera usted una extraña en Londres.

–Es muy considerado de su parte preocuparse por mi bienestar, maese Revill.

–Nicholas, por favor, si usted accede a que la llame Kate. Solo estoy compensándola por los cuidados que procuró para mi bienestar cuando me curó las heridas.

No dio una respuesta directamente sino que se dio vuelta para un costado, como indicando que deseaba continuar su camino. Adelanté un paso a su lado y luego nos dirigimos tranquilamente en dirección al lago de Instede. El sol resplandecía en el agua. Mientras caminábamos se me escapaban furtivas miradas hacia ella, pero (de verdad) no de naturaleza lasciva. Su escote estaba lo suficientemente bajo como para atraer mi interés, pero no tanto como para sobreexcitarme. Llevaba una especie de pequeño cinturón que marcaba su delicada cintura.

–¿Qué está leyendo? –dijo mirando el libro en mi mano.

Podría haber respondido con las palabras que el señor Hamlet utiliza cuando Polonio le pregunta; es decir, palabras, palabras, palabras. Pero dije:

–Un volumen de versos de uno de nuestros guionistas.

–¿Nuestros?

–De The Globe, una sala de teatro de Londres.

–¿Se refiere a maese Shakespeare?

–No, Kate –dije, un poco sorprendido por sus conocimientos–, no es Shakespeare, sino uno más terrenal. Un nuevo escritor, de hecho. Un tal Richard Milford que ha tenido algo de suerte a principios de año con una obra llamada *La puta veneciana.* El éxito que tuvo en el teatro le ha impulsado a volver a la poesía, con una obra que ha titulado *Una guirnalda.*

Richard Milford me había dado el libro recientemente publicado justo antes de que nos viniéramos al campo. Me lo entregó con la tinta aún sin secar de la imprenta. Podría haber jurado que tenía los ojos llorosos. Era evidentemente un momento solemne y merecedor para él, aunque debo confesar que estos pequeños misterios y sentimientos de todo autor están por encima de mí. De todos modos Milford confió en mi criterio y quería mi opinión, a pesar de las diferencias que teníamos de vez en cuando.

–Un título directo, el de la *Puta* –dijo Kate–. Un título londinense. No estoy segura de cómo se tomaría aquí. ¿De qué trata?

–De lo que todo poeta trata con sus primeros libros –dije.

–¿Amor?

–Justo eso.

–¿Es bueno?

–Tiene algo –dije con precaución–. Algo.

–Léame un poco entonces –dijo–, algo...

–Sentémonos. No puedo caminar y leer en voz alta.

Alcanzamos la orilla del lago. Había bancos de piedra colocados de manera irregular cerca de la orilla. Al tacto, la piedra estaba caliente. Nos sentamos cada uno en un extremo del banco. Hojeé el libro, aunque ya tenía una idea de lo que iba a leerle. Y al encontrar la página, comencé a leer sin aclararme previamente la garganta.

Cuando el sol se ponga por última vez,
y las estrellas no brillen en su fuero interno,
la luna misma abstraída de la noche,
y la oscuridad universal se apodere de nosotros,
no te lamentes, oh mundo, que aún queda una antorcha.
Aquella, vista una vez, reestablecer lo perdido,
su curso cambia la naturaleza, cadenas rompen en la noche,
haya luz para siempre en esta tierra.
Mi proeza no puede alcanzar tu belleza,
y, maravilloso, aquel esfuerzo desde la tumba,
para esta fétida muerte hemos de callar,
bien resta una gloria salvadora.
Los que lean mis palabras como alabanza a ti,
no querrán luz para ver jamás.

Levanté la mirada tímida y lentamente para ver cómo recibía este soneto de maese Milford. No es que estuviera atento a las palabras de Richard Milford, pero a todos los lectores les gusta recibir un cumplido, como a los actores, pero no tanto por el tema (que no es suyo) sino por el acto de transmitir el mensaje. Kate estaba mirándome intensamente. Era incapaz de leer en sus ojos pero noté una sonrisa que nació en la comisura de sus labios.

–Es muy típico, creo –opinó.

–¿Conoce su trabajo? El libro acaba de salir.

–Típico de poetas. Que le dan la bienvenida al fin del mundo y a la oscuridad universal… siempre que les provea de la sabiduría de una única luz que permanece.

–La extravagancia es natural en los poetas que escriben sobre el amor –dije sintiéndome a la defensiva en honor al joven Milford–. Lo maman con la leche materna. No hay que tomar tan seriamente lo que dicen.

–Ah, creo que usted lo hace.

–¿Y usted?

–Esta seriedad no se refiere a la persona que este ama, solo se preocupa por sí mismo.

Empecé a sentir que me había equivocado al haberle leído eso. Lo que intentaba hacer era crear un ambiente, un ambiente un tanto más suave, y no iniciar una discusión sobre los principios de la lírica del amor. Sin embargo, ella insistió.

–Mire al final donde dice… ¿Cómo es?… *Los que lean mis palabras como alabanza a ti,/ no querrán luz para ver jamás.* Si no hay ninguna luz en el mundo, ¿cómo podría la gente leer sus palabras, a pesar de que fueran brillantes? En todo caso no está alabando la belleza de ella, sino sus propios versos. ¿No es así, Nicholas?

–Bueno, sí, supongo que sí –dije impresionado por cómo había memorizado los dos últimos versos con solo oírlos una vez y por expresar de algún modo la visión masculina aplicando el sentido común al frágil mundo de la lírica del amor. Obviamente había heredado el intelecto de su padre–. Pero recuerde lo que inspiró estos versos: su belleza. Causa y efecto.

–Ah –dijo Kate muy segura–, no creo que exista una mujer en aquellos versos. Estaba escribiendo el poema al aire.

–Eso no quiere decir que no sea auténtico –dije.

–No –dijo–, pero tampoco quiere decir que lo sea.

–Si usted lo dice –dije viendo que no íbamos a ningún lado y cerrando el libro. –Conozco al caballero, pero no lo suficiente como para preguntarle sobre estas cosas.

–Ahí –dijo Kate, y me recordó la pequeña sonrisa de satisfacción de mi amiga Nell cuando me ganaba en las discusiones.

–Una cosa he aprendido de esto, Kate.

–¿Sí?

–Que nunca le escribiré un poema de amor.

Para sorpresa mía no dijo nada a lo que realmente fue una leve provocación, aunque algo matizada. Rápidamente cambié de tema.

–¿Está en Instede House por la boda?

–Estoy con mi padre. Está atendiendo otro asunto ahora. Un hombre murió hace unos días.

–El viernes pasado. Se ahorcó en un árbol.

–Pero creo que rondan muchas historias sobre cómo murió –dijo.

–Sí –respondí–. Historias que creen los pobres campesinos de la finca.

–Es por eso que lord Elcombe, sabiendo que el suceso sería investigado, pidió la opinión de mi padre sobre la muerte de este hombre y una pronta resolución, con el propósito de aplacar las especulaciones.

–Como juez de paz está condenado a llevar esa responsabilidad –dije.

–Todo el mundo conoce a mi padre –dijo Kate–. Es respetado a lo largo y ancho del país.

Su expresión se suavizó. Recuerdo la manera en que le habló en su casa de Salisbury, medio reprendiéndolo y medio cariñosamente. Quizá él era el único amor de su vida.

–¿No corresponde más a un policía investigador? –pregunté verdaderamente interesado.

–Tendrá que preguntárselo a mi padre. Aún así, creo que no merece la pena hacer perder el tiempo a un policía en esto. No sacan nada de un suicidio.

–Bueno, el hombre no tenía nada realmente, nada de nada. Vivía salvaje en los bosques y era alimentado por los miembros de la casa. Creían que mientras viviera allí, traería buena suerte a la casa.

Kate miró sobre su hombro el palacio que brillaba desde la colina.

–Instede House todavía está ahí.

–Yo conocí al hombre del bosque, me lo encontré dos veces, era una extraña criatura, llevaba pieles de animales pero estaba descalzo –dije de golpe.

–¿Le concedió una audiencia?

–Sí, fue exactamente eso. Decía que era el señor de los bosques, tal y como Elcombe era el señor de Instede. Se llamaba Robin.

–Como Robin Hood.

–Estaba tan andrajoso como los petirrojos en el duro invierno –dije–. ¿Podría hablar con su padre acerca de él? Tengo que decirle algo sobre su muerte.

Así fue que Kate Fielding me llevó hasta su padre, el juez de paz. Cuando le expresé mi sorpresa ante esa familiaridad que mostraba al recorrer la casa, me dijo que ella había estado visitando Instede desde que tenía memoria.

Adam Fielding y su hija estaban mejor hospedados que nosotros los de la Chamberlain en el piso superior. Pude darme cuenta, por la comodidad de sus habitaciones, de que Elcombe respetaba mucho a sus invitados y deseaba que Fielding pusiera fin a todos los chismes y rumores sobre la muerte de Robin. Esperé en una antecámara mientras Kate iba a avisar a su padre. Después de un rato volvió y me invitó a entrar, diciendo que su padre ya nos había visto juntos. Esta habitación principal daba al este y miraba hacia el lago donde hacía poco habíamos estado sentados. El hecho de que Fielding supiera de nuestro encuentro en el lago sencillamente confirmó la impresión que tenía de que era un hombre que lo sabía todo. Las ventanas estaban abiertas y los olores dulces del verano inundaban la habitación. Fielding estaba sentado en una pequeña mesa tomando algunas notas. Cuando entré, elevó la mirada.

–Su señoría –dije inclinándome bastante.

–Maese Revill… Nicholas –dijo–. Me preguntaba cuándo nos volveríamos a encontrar.

–El honor es mío, señor.

–Seguro que no me negará el placer de conocernos mejor. Siéntese, por favor. Esta no es mi casa pero los criados están a mi servicio. ¿Desea algo?

–No, gracias.

–Está siendo bien atendido, espero.

–Por encima de nuestros méritos, según dirían algunos.

Algunos como Oswald Eden, pensé.

–Sería diferente para todos si fuésemos tratados como merecemos. Kate dice que tiene algo que decirme.

–Sí, señor. ¿Pero podría usted decirme… por qué está aquí? Perdóneme si es un tanto insolente de mi parte. No es mi intención.

Fielding se detuvo un momento como para organizar sus ideas y dijo:

–Un hombre ha muerto en las tierras de este lugar por su propia mano, según parece. Aunque hay muchísimas historias sobre cómo murió y estúpidas habladurías acerca de demonios y espíritus del bosque. Esto habría sido bastante inoportuno en cualquier momento, pero lo es más ahora que todas las manos han de estar puestos en la boda. Así que lord Elcombe me ha pedido que haga lo que pueda para calmar a la gente. Es, en cualquier caso, una situación donde la ley debe pronunciarse. La muerte de un hombre no puede pasar desapercibida, da igual quién sea. ¿Responde eso a su pregunta?

–Gracias.

–¿Pero usted ya sabe todo esto? Kate se lo ha contado.

–Necesitaba oírlo de usted, señor, ya que no sé si mis palabras van a ser bienvenidas. Puede que no impongan autoridad a los diablos o espíritus del bosque, pero no van a calmar a nadie.

–Puesto que acabo de llegar, Nicholas, será usted mi primer testigo. Lo escucho.

Así que le conté.

Él escuchó atentamente. Hablé con precisión. Y todo a su alrededor, desde sus modales hasta su recortada barba, desde su oficio de juez hasta sus fríos ojos grises, sugería que prefería la claridad y el orden. Después de terminar, lo que no me llevó mucho tiempo, crujió sus dedos.

–¿Por qué piensa que nadie más se dio cuenta de esto? –preguntó finalmente.

–No creo en una perspicacia especial, su excelencia. Puede ser que otros se hayan dado cuenta de aquello pero no dijeran nada porque Robin era y fue, un desconocido. Era un extraño ser en los bosques. Algo humano en algunos aspectos.

–¿Qué era exactamente lo que le pasaba en las manos?

–No lo sé. Supongo que mucha exposición a la vida salvaje hizo que se agarrotaran hacia dentro o quizá las tenía así de nacimiento. Parecían más zarpas de animal que manos humanas. Podía coger cosas pero no las podía sujetar bien. Estoy seguro de que no hubiese podido atar el nudo que vi en el lazo.

–Dos nudos, para ser exactos –dijo Fielding–. Dijo que la cuerda estaba atada tanto alrededor del árbol como de su cuello.

–Y el árbol no era fácil de trepar. Sam, el jefe de la granja, me dijo que uno de sus hombres tuvo alguna dificultad para subir por él cuando fueron a recoger el cuerpo. Y era un hombre joven y fuerte.

–Mientras que Robin era delgado y débil en todos los aspectos.

–Sí.

–¿No tenía mucha fuerza?

Me acordé del modo en el que trató de agarrarme del brazo desde su guarida subterránea.

–Muy poca.

–Pero suficiente, parece –dijo Fielding– para trepar a un árbol, reptar sobre una rama, mantener un poco el equilibrio y quedarse ahí arriba el tiempo necesario como para atar la cuerda primero alrededor de su cuello y después a la rama, o viceversa, y hacerlo lo suficientemente bien como para estar seguro de que ningún nudo se soltaría.

No dije nada, esperando que llegara a sus propias conclusiones.

–Y en su opinión, Nicholas, ¿bien podría no haber hecho ninguna de esas cosas?

–No lo sé. Era hábil a su manera, correteaba por el suelo como un animal. Podría haber subido al olmo y haber hecho lo demás.

–¿Ha mirado la tierra bajo el árbol?

–Sí –dije, un tanto orgulloso por esa iniciativa propia–, pero no revelaba mucho, o absolutamente nada, excepto que parecía que mucha gente había pasado por ahí.

–Cuando bajaron el cuerpo.

–Podría ser eso, sí.

–Parece, parece, parece. Pero nada es cierto.

–No, su excelencia.

–Mencionó la cuerda. ¿Qué encontró de extraño en ello?

–Robin cosía su vestimenta, si es que puede llamarse así, con trozos de hilos y ramas. ¿De dónde sacaría la cuerda para colgarse a sí mismo?

–¿De la casa?

–Los criados le llevaban cosas y restos de comida. Pero se habrían negado a darle una cuerda.

–Quizá conservaba una para tal eventualidad –dijo Fielding–, como Jerónimo en esa obra de Thomas Kyd.

–*La tragedia española* –añadí casi sin pensar, agradecido de que me recordaran el maravilloso mundo del teatro.

–Aunque esto no es ficción –dijo Fielding con un gesto forzoso.

–Hay más –dije–. No mencioné esto antes porque no estaba seguro de cómo reaccionaría a lo que le he contado hasta ahora pero…

–Sí.

Fielding fijó de nuevo su penetrante mirada en mí a medida que describía detalladamente la segunda visita que hice a las tierras de Robin, el modo en que el hombre del bosque me había enseñado su guarida y sobre la caja forrada en cuero y los papeles de su interior.

–¿Qué es lo que no pudo leer?

–No me dio la oportunidad. No los soltaba. Igualmente, no había suficiente luz para leer en ese agujero.

–¿Ha vuelto para cogerlos?

–No.

–¿A qué estamos esperando entonces? –dijo Fielding, levantándose por primera vez de la mesa y cogiendo el jubón de brocado de la silla–. Vamos.

Fue por delante hasta salir de la habitación. Lo seguí con cierta diligencia. No había señales de Kate. Al igual que su hija, Fielding conocía bien la disposición de la casa y los campos, por lo que en unos pocos minutos estábamos en el lado oeste de Instede House descendiendo la cuesta hacia los bosques. Disminuyó la velocidad para que pudiera seguirle el paso.

–Puede enseñarme el árbol también.

Por segunda vez me planté bajo el olmo del que había aparecido colgado el pobre Robin. Señalé la rama culpable; un gesto que era casi innecesario porque la posición de aquella era la opción evidente de un posible suicidio. Y ahí estaba ese pequeño y sucio trozo de cuerda colgando de la rama. Pensé en el cordón umbilical y sentí náuseas por un momento. En la base del árbol había hojas y ramitas que habían perdido ya un poco el color, algunas de las cuales presuntamente habían caído cuando Robin se subió o cuando treparon para bajarlo.

Adam Fielding, vestido como iba con un buen jubón y pantalones, se inclinó sobre sus rodillas y examinó el suelo de debajo de la rama. Como evidentemente no podía ver suficiente en esa posición, de inmediato se agachó totalmente acercando su nariz al suelo del bosque como si fuera un perro. Echó a un lado los pastos y hojas que se habían acumulado allí. Sacó varios puñados de tierra suelta y dejó que se escurrieran entre los dedos. Luego volvió a levantarse y se acercó a la base del árbol como si fuera a someterlo a un interrogatorio. Acercó su cara al tronco y caminó alrededor del árbol varias veces. Yo permanecía cerca, no muy seguro de lo que requería de mí y evitando molestarlo en su cometido. De repente se paró.

–Mire aquí, Nicholas.

Crucé hasta donde estaba.

–Este debe de ser el lugar por donde trepó, ¿no? Este nudo en el árbol permite sujetarse y uno podría subir utilizando aquellas ramitas, ¿no? De hecho, por cómo están dobladas parece como si alguien ya hubiese subido por ahí. Y luego es posible sostenerse con la rama de aquel extremo… así… y subir…

Por un instante pensé que Fielding iba a seguir sus propias indicaciones (muy pocas veces he visto a un hombre tan vigoroso, teniendo en cuenta su edad). Luego temí que me pidiera que trepase yo. No me importa trepar árboles, pero se me revolvía el estómago con la idea de subir a un árbol que había sido utilizado para un ahorcamiento. Sin embargo, la mente del juez estaba en otra cosa.

–Ahora, Nicholas, debe llevarme donde este extraño individuo tenía su… ¿cómo lo llama?... agujero.

Era más fácil decirlo que hacerlo. Cuando seguí los pasos de Robin descalzo presté poca atención al camino que atravesaba del bosque. Por algún tiempo Adam Fielding y yo estuvimos caminando a sol y sombra, agachándonos bajo las ramas y rodeando densos amontonamientos de tierra. Cuanto más tiempo estábamos en el bosque, más grande me parecía. Empecé a entender por qué Robin consideraba aquello un "reino". En varias ocasiones pensé que había identificado el agujero que estaba cerca de una fila de árboles grandes, pero siempre fallaba a la hora de encontrar la fugitiva entrada de tierra. Empecé a sudar y a preocuparme. Algún pájaro, no pude saber cuál, empezó a hacer ruidos que sonaban como a risas, una especie de *ja, ja, ja.*

No me preocupaba tanto no encontrar el agujero de Robin salvo por el hecho de que estaba haciendo perder el tiempo a Fielding. Después de todo, fui yo quien le había ido a buscar porque estaba preocupado por cómo murió aquel extraño hombre. Me había ofrecido para mostrarle al juez algo que podría ser esencial en el caso y estaba claro que no tenía ni la menor idea de qué se trataba. Fielding permanecía silencioso, probablemente porque se le estaba acabando la paciencia.

Me froté los ojos. De repente, por el rabillo del ojo pude ver flotar aquella forma blanca que había visto por primera vez en los bosques bastante lejos de Instede. Me di la vuelta para identificarla, y ya no estaba. Me sentí mareado. Cogí una rama para sostenerme. Fielding iba detrás de mí. Estaba a punto de decirle algo o más bien de soltar "¿lo ha visto…?" pero era evidente por su serena expresión que no había visto nada. Quizá era imaginación mía; era más seguro achacarlo a la imaginación.

–¿Nicholas?

–Lo siento, señor, pero no estoy seguro de dónde está aquel lugar. El bosque es más grande de lo que suponía.

–Vamos a dejar la búsqueda por ahora. De todos modos, ya es casi hora de cenar.

Me vi forzado a aceptar.

–Creo que el camino de salida está en esta dirección –dijo Fielding, poniéndose al mando. Nos movimos hacia la izquierda, como dos caballeros en un paseo de mediodía, aunque de vez en cuando teníamos que pasar uno por uno para avanzar.

–Cuénteme algo de la obra, Nicholas. Espero que los ensayos estén yendo bien.

–Bastante bien, su excelencia. No estamos acostumbrados a disponer de tanto tiempo libre. En Londres ya habíamos representado el *Sueño* un par de veces ante nuestra congregación, y a estas alturas ya estaríamos metidos en algo más.

–¿Congregación?

–Es como Dick Burbage llama a nuestras audiencias. Congregaciones.

Fielding se echó a reir. Tenía una agradable y espontánea risa.

–¿Porque el teatro es el templo donde hacen sus devociones? ¿Donde vienen a adorar a sus ídolos?

–Estoy seguro de que Dick no quiere decir nada que sea irrespetuoso con ello.

–Y yo estoy igualmente seguro. Al menos espero que sea así.

Conociendo la actitud combativa de maese Burbage frente a muchas cosas, solo pude estar de acuerdo.

–¿Echa de menos la presión y las prisas de su vida en Londres? –preguntó Fielding.

–El campo está bastante bien a su manera y estoy encantado de estar aquí, pero, para ser honesto, sí echo de menos Londres. Quizá deberíamos estar representando una obra urbana para aliviar estas ansias. *Sueño de una noche de verano* es todo palacios y bosques.

–Como Instede –dijo Fielding. Hizo una pausa y luego continuó–. Y en ese *Sueño* usted debe de ser uno de los amantes.

–¿Ha visto la obra de maese Shakespeare?

–Sí,… déjeme ver… en el 95, cuando fue representada en… no puedo recordar el nombre del lugar…

–¿El teatro? Cerca de Finsbury Fields.

–Allí. Mi cuñada vive en la parte norte de la ciudad –añadió.

Ahí recordé cuando Kate había mencionado a su tía mientras yo trataba de impresionarla con las perversidades de Londres.

–La compañía Chamberlain ahora está mejor alojada en el teatro The Globe –dije–, aunque algunos podrían decir que estamos en un… eh… distrito menos respetable.

–La respetabilidad de nuevo, Nicholas. Todo el mundo podría pensar que es usted de mi edad. El día que un actor es considerado demasiado respetable es el día en que muere, en su arte al menos.

–Tiene razón, señor –dije, aunque tales sentimientos sonaban extraños en boca de un magistrado–. Y para responder a su pregunta, interpreto a uno de los amantes llamado Lisandro; y en cuanto a mi rival amoroso, tengo el privilegio de actuar con Cuthbert, el hijo pequeño de lord Elcombe.

–Así que él va a interpretar un papel.

–Ah, está bastante emocionado con ello, creo. ¡Un momento!

Me detuve, estábamos pasando justo por donde Robin tenía su guarida. Estaba casi seguro de ello. Miré alrededor. Sí, estaban los altos árboles empinados hacia la izquierda mientras que abajo había un río de hojas caídas. Me tiré en cuclillas. Justo en frente estaba el frío y húmedo agujero que conducía hacia su escondite.

–Es aquí.

Fielding se puso en cuclillas a mi lado.

–Lo encontré cuando no estaba buscándolo.

–Eso pasa algunas veces –dijo–. Le esperaré aquí. Ya sabe lo que ha de buscar.

Como había comenzado esta faena, no tenía otra opción que meterme. Así que descendí por el pasadizo de tierra, un tanto más seguro por la presencia del juez de paz a mi espalda, pero sin dejar de sentir aprensión. Mientras gateaba por el apestoso túnel tuve la sensación de que Robin estaría esperándome al otro lado, vestido con andrajos de pieles de pequeños animales y lleno de tierra. Y esa mano huesuda que no podía sujetar nada y aquella ridícula conversación.

Entonces aparecí en su habitáculo. Me llevó algún tiempo adaptarme a la profunda oscuridad que allí había. La luz se abría paso entre la estera de hojas en forma de hilos y pequeños puntos. Alguna pequeña criatura se escurrió detrás de mí. Sentí el cosquilleo de unos zarcillos en mi cara. Para mi sobrecargada mente, me pareció ver que alguien estaba sentado y suspirando en un rincón. La figura blanca que había distinguido momentos antes o el fantasma de Robin, quizá. Su verdadero ser, pero incorpóreo. Es sabido que una muerte violenta suelta un espíritu inquieto.

Simplemente encuéntralo, Revill, y escápate antes de que los espíritus del bosque te cojan y te cuelguen del árbol más cercano.

¿Qué estaba buscando? Ah, sí, la pequeña caja de cuero que me había enseñado; o más bien, no tanto la caja como los papeles que contenía. Papeles que Robin, un hombre al borde de la locura, si no del todo desequilibrado, consideraba importantes. Fui avanzando sobre las rodillas, gateando cuidadosamente con mis manos. Casi en frente, en la oscuridad, me choqué con algo. De un toque y un leve parpadeo, sentí en mi mano la caja oblonga con una especie de cerrojo. La cogí y la saqué de allí tan rápido como me daban las manos y rodillas, causando algún desprendimiento de tierra mientras salía.

El sol fue más que bienvenido en mi rostro tras aquella inmersión en la oscuridad. Adam Fielding estaba de pie en la entrada. Se mostraba contento al verme de regreso. Le tendí la caja.

–No, Nicholas, es tu hallazgo. Completa tu búsqueda.

Examiné la caja. Era casi del tamaño de un pie de largo y medio de alto, con unos cuantos centímetros de fondo. Parecía ligera pero cuando la sacudía, algo se movía dentro. La parte de piel blanca que no se había manchado se veía verde por la humedad y el moho. El cierre estaba duro y oxidado, pero no asegurado con ninguna clase de candado. Con las manos temblando ligeramente abrí la tapa y dentro encontré varias hojas de papel mugrientas enrolladas y pegadas unas sobre otras. Para horror mío, cuando la luz del sol dio en el interior de la caja, las hojas de papel empezaron a moverse como si tuvieran vida. Temblaban y se agitaban de arriba hacia abajo como si la caja fuera a vomitar su contenido.

–¡Jesús!

Sintiendo asco, tiré la caja instintivamente. La tapa se soltó cuando golpeó el suelo y las hojas de papel se cayeron por todos lados. Por debajo del montón de hojas sueltas, de pronto vi algunos de los escarabajos más grandes que jamás había visto. Sus caparazones, iridiscentes en la luz del sol, mostraban un brillante verde. Rápidamente los escarabajos se perdieron entre los pastos y las hojas. Sintiéndome un poco torpe, me agaché para coger los papeles. Estaban arrugados y como masticados, con tanto moho que si había algo escrito en ellos probablemente se había oscurecido para siempre.

Le tendí el fajo de papeles mugrientos a Fielding, como diciendo: "Lo ve, algo había en la cueva después de todo, esa caja y todo eso sucio que estaba dentro". El juez lo cogió y, con menos delicadeza que la que yo había mostrado, los acercó hasta su nariz antes de frotar la superficie manchada y grasienta de la primera hoja. Su expresión no reveló nada.

–¿Es todo lo que contenía la caja? –preguntó.

–No lo sé –dije–. Solo me enseñó una o dos hojas y ni siquiera podía verlas claramente.

–¿Qué piensa que puede probar esto?

–No tengo ni idea –respondí más bien abatido–. Supongo que tienen algún valor... como la mayoría de los objetos que se guardan en una caja.

–¿Como documentos legales, escrituras y eso?

–Sí... quizá –dije dudando–. Robin me dijo que tenía grandes campos en su momento, tierras que le habría supuesto un día entero cruzarlas. Creo que no había estado viviendo aquí siempre.

Señalé el agujero en el suelo.

–Así que considera que esto debe de tener algún tipo de historia, Nicholas, una en la que este individuo resulta ser un gran hombre.

–No necesariamente –dije, aunque sí había estado pensando eso de alguna manera–. Pero era obvio que lo que este hombre era no tenía nada que ver con lo que había sido antes.

–No, estaba prácticamente fuera de sus cabales, en su opinión.

Sosteniendo los papeles, Adam Fielding señaló el agujero de tierra del que yo acababa de salir. Si se miraba de esa manera, la conversación de Robin verdaderamente parecía el fruto de una larga soledad y privación.

–Esto es papel fino y barato –dijo Fielding–. No dura mucho. Ningún abogado lo utilizaría para algo. Podría haber alguna marca de tinta en algún lugar pero las hojas están manchadas o desgastadas.

Me devolvió el fajo de papeles. Debí de parecer decepcionado porque de pronto dijo:

–Lo ha hecho bien, Nicholas; haber recuperado esto. Si fuera ahora tan amable de coger la caja y volverla a dejar allí, le aseguro que se mantendrá segura.

–Pero no vale nada.

–No del todo. Su valor no es evidente en este momento, eso es todo –dijo Fielding de modo críptico.

Me agaché para coger la caja y la tapa y fui a devolver los papeles al interior, ya sin escarabajos. Pero mi ojo captó algo. Adam Fielding se había alejado de allí unos pasos y estaba examinando los alrededores del reino de Robin.

–Señor –dije–. Su Excelencia.

–Puedes llamarme Adam –dijo de modo abstraído.

Me sentí algo contento con aquella señal de familiaridad.

–Adam, hay algo más después de todo.

En un momento se puso a mi lado. Apunté con mi dedo la palabra que se distinguía claramente al final de lo que era un trozo de papel mugriento. Estaba garabateada en letras gruesas y toscas.

Era una petición.

Decía: *MERCY*[8].

Demetrio me estaba llamando cobarde por haber escondido mi cabeza en un arbusto. Entonces Puck replicó en mi tono de voz:

---

8 N. del T.: “Piedad”.

Cobarde, tu arte es jactarte ante las estrellas,
diciendo a los arbustos que guerra buscas,
¿ya no vendrá?

Thomas Pope, nuestro director, interpretaba a Puck. Representaba a un viejo espíritu con un toque de malevolencia. Mientras lo escuchaba hablar con "mi" voz, me pregunté si realmente sonaba así o se lo sabía al dedillo. No podemos oírnos a nosotros mismos, solo indirectamente cuando nos imitan. Es como querer ver la parte posterior de tu cabeza en el espejo.

Finalmente yo, como Lisandro, me dejé caer en el suelo muerto de cansancio. Rápidamente me siguieron Demetrio, Helena y Hermia, todos tras Puck para curarnos de nuestro mal de amores o más bien, de nuestros extravíos de amor. El suelo estaba seco y el aire cálido. Se suponía que estaríamos perdidos en la niebla, pero esta solo existiría en la mente de nuestra audiencia. Nada de niebla, sino un calor dorado. En esta tarde de junio uno podía quedar fácilmente dormido tumbado en el césped.

Estábamos ensayando otra vez el *Sueño* y no tan lejos de lo que sería en la realidad una noche de pleno verano. Los largos ensayos se justificaban ahora por la presencia de Cuthbert Ascre en nuestra compañía, que interpretaba a Demetrio. De hecho, Cuthbert había demostrado ser rápido y todo un experto aprendiendo su papel. Y tenía un talento innato, en el buen sentido de la palabra. Si no hubiera tenido la perspectiva de una vida de holgazán como hijo menor de un hombre rico, habría significado una participación más que aceptable en cualquier compañía. Encontraba nuestras bromas muy graciosas y memorizaba las palabras de nuestros actores mayores como si su vida dependiera de ello; aunque todos nosotros habíamos sido culpables de esos defectos, y de otros mucho peores, cuando éramos aprendices. Quizá Cuthbert me agradaba porque compartíamos mucho escenario. Y también porque él me tenía como un oráculo de las obras y los actores, me mataba a preguntas, algo que, aunque a veces resultaba irritante, también era halagador.

Al igual que Cuthbert, habíamos adoptado temporalmente a varios miembros para esta representación, niños que llegarían más tarde con sus familias a Instede para las celebraciones de la boda. La gran casa empezaba a llenarse de invitados que mis ojos, fácilmente impresionables, dividieron en tres tipos: buenos, mejores y los superiores. Yo había actuado en la corte en Whitehall Palace, pero esto parecía tener una concurrencia más generosa y espléndida. Algunos de los más respetables visitantes estaban ya suficientemente integrados en nuestra sencilla comunidad que se permitían el lujo, al menos una o dos veces, de aparecer como figurantes en nuestra representación. Eran los niños de estos grandes señores y señoras, caballeros y damas, los que aumentaban los números de la obra, que aparecían en varios momentos de la acción, danzando en un corro, llevando velas y soltando esos cantos agudos por el escenario.

Me quedé maravillado por la habilidad y la diplomacia con la que Thomas Pope y Richard Sincklo cumplían con sus pequeñas responsabilidades, combinando firmeza con amabilidad y paciencia. Al mismo tiempo me di cuenta de que actuar en la gran casa de un hombre rico no podía ser nada sencillo. No se tiene la misma libertad de decisión y de acción que cuando estás pisando tus propias tablas en el escenario.

Mientras Pope ponía orden a los pequeños halcones indicándoles sus movimientos y gestos al final de cada acción, el resto de nuestra compañía se tomó un descanso por los alrededores de la escena. En algún momento de la tarde había visto a Adam Fielding y a Kate observándonos desde un lado. Su presencia, la de ella en particular, dio ánimo a los pasos de Lisandro (y los míos). Ahora, sin embargo, no les podía encontrar por ninguna parte. En su lugar, Cuthbert Ascre vino hacia mí y retomó su conversación, o más bien un *ping-pong* de preguntas y respuestas que habíamos tenido mucho antes.

–Me estabas hablando sobre tus primeros días en Admiral, Nicholas.

–Estuve de aprendiz allí, interpreté pequeños papeles, encargados, asesinos secundarios. Era una buena compañía.

–Pero no tan buena como la Chamberlain, ¿no?

–No, opinan que sabemos entusiasmar al público.

–Así que vosotros estáis en la cumbre.

–Yo, estoy al pie de una colina o, mejor dicho, en el punto más bajo, Cuthbert –se puede comprobar que ya nos tratábamos con familiaridad–. Pero esta es la colina más alta en la región y aunque el camino hacia arriba es empinado y difícil, estoy decidido a llegar a la cumbre.

–Eso es bastante poético, Nicholas. Deberías escribirlo. Y tu ambición como actor habla muy bien de ti.

–Su padre –dije animado–, ¿es amigo del teatro también?

–Lo es, pero no por afición al arte, creo, o no tanto. Adquirió ese gusto a través de su majestad. La Reina Elizabeth se quedó aquí varias veces cuando yo era pequeño. Tengo un vago recuerdo, aunque sé que me regaló un alfiler de plata.

–Sé que la reina es devota del altar del drama –dije, sin añadir que yo la había conocido y que habíamos estado hablando de obras, entre otras cosas.

–Devota del altar, eh... De todos modos, mi padre advirtió que los actores cuentan con los más altos clientes y eso puede llevarles a hacerse amigos de ellos también. Eso es lo que dice mi madre.

Me sentí un poco incómodo por la franqueza de Cuthbert al hablar de las intenciones de su padre. Casi decepcionado también. Verdaderamente, donde la reina iba, los demás debían seguirla. Pero es gratificante saber que uno agrada simplemente por uno mismo. Como al parecer Cuthbert tenía ganas de hacer confidencias, pensé en tirarle otra pregunta.

–Su madre también apoya el drama –dije–, creo que esos actores trotamundos en la finca están aquí con su permiso.

–¿Te refieres a los Paradise? Ah, sí, tienen contactos aquí. Por tu tono puedo ver que no das el visto bueno a los "actores trotamundos".

–Los vi por primera vez en Salisbury y me sorprendí cuando llegaron aquí.

–No son hermanos realmente. Solo se hacen llamar así.

–Y su público así lo hace –comenté–. Les gritan como locos "¡Hermanos!".

–Ya nos han visitado antes con sus historias de la Biblia. Mi madre cree que todo ha de ser por nuestra educación y alimento espiritual. Por eso, ella espera mejorar la conducta de nuestros trabajadores permitiéndoles ver obras en las que el castigo siempre se impone a los que hacen daño y el desprecio destruye al pecador.

–Pero eso es lo que ocurre en cualquier obra –dije. No hice mención de los pequeños discursos y sermones con los que Peter Paradise introducía o concluía sus obras.

–Mi señora madre diría que no todo drama está bendecido con las escrituras. No todo está especialmente creado para elevar el espíritu o inspirar miedo.

–No creo que aquello estuviera ocurriendo cuando vuestros trabajadores observaban cómo Judas se colgaba a sí mismo en el granero. Creo que sencillamente disfrutaban del espectáculo. Era una elevación en un sentido altamente estricto.

Cuthbert sonrió contento por el pequeño juego de palabras que hice sobre la elevación, y entonces dijo:

–Pero el espectáculo es el negocio de los actores, ¿no es así?, tanto si son trotamundos como sedentarios.

–¿Puedo preguntarle algo?

Cuthbert me miró. Debajo de esa apariencia amigable y espontánea, había una especie de perspicacia en él, una actitud introvertida. Ante nosotros Thomas Pope continuaba colocando a los hijos de los grandes nobles en sus sitios, que bailaban en círculos en el césped o sostenían velas imaginarias en medio del ocaso. Noté que dos o tres de nuestra compañía, en particular Laurence Savage, lanzaban frecuentes miradas hacia Cuthbert y hacia mí. Supuse que el hecho de que el hijo de nuestro patrón intimara tan pronto con un miembro tan joven de la compañía había provocado cierto resentimiento.

–¿Actuaría, si pudiera decidir?

–*Estoy* actuando en el *Sueño,* Nicholas, aunque claro, nunca podré soñar con ser igual que uno de vosotros.

–Pero como forma de vida, quiero decir.

–Muy bien. Quizá lo haría. Si pudiera decidir. Pero no soy libre de elegir. Nacer en todo esto, incluso si nunca llegara a pertenecerme, es haber nacido en una jaula.

–Una jaula con barrotes de oro y suelos de mármol.

–Ah sí, y maravillosas vistas y todo eso. Pero sin embargo, una jaula. Te digo, Nicholas, que daría mucho por ser tan libre como tú.

Ser envidiado (y especialmente por el vástago de una familia rica) por algo que nunca había considerado es una experiencia desconcertante. ¡Libre! Sí, libre de preocuparse por el ingreso del próximo mes, si tu fortuna se tuerce. ¡Libre de buscar hospedaje en una zanja si llegas a caer en desgracia con el público o los socios!

No dije nada de esto, pero en su lugar hice otra pregunta que había estado rondando mi mente.

–Su hermano Harry, ¿no es libre tampoco?

La nueva expresión en la cara de Cuthbert me hizo darme cuenta de que había sobrepasado los límites. De repente, sentí frío el ambiente.

–No estoy seguro de lo que quieres decir.

Su voz parecía tener ese tono distante de su padre.

–Nada –dije sin convencerme–. Una pregunta estúpida.

Pareció aceptar esta especie de disculpa, pero la estrecha relación que habíamos creado entre nosotros hacía unos momentos se había disipado en aquel atardecer fresco. Quizá fue una suerte que el ensayo terminara justo en ese momento, viendo a Thomas Pope acabar la escena y declamar los versos de despedida de Puck. Antes de que nos dispersáramos, Pope habló con todos, verificando las notas que había tomado durante los ensayos. Como ya he dicho, tenía la habilidad de criticar de manera que parecía que te animaba. Tenía comentarios, perspicaces pero generosos, que hacer a Cuthbert Ascre y noté que mi nuevo amigo (si todavía lo era) aceptó los consejos de su director como un muchacho dócil.

Estaba intentando comprender los comentarios de Cuthbert acerca de esa "libertad", preguntándome si realmente lo había ofendido al preguntar sobre su hermano, cuando de repente Laurence Savage se abalanzó sobre mí. Por una vez mi co-actor hizo honor a su apellido[9]. Su cara se tiñó de rabia y su frente quedó toda enrojecida. La vida de la Chamberlain estaba amenazada por dos frentes, dijo enfadado. Por un lado, andaba un grupo de vagabundos viviendo en un granero y representando historias burdas de la Biblia que convirtió el fino arte de la interpretación en una deshonra. Y por otro, un frente mucho peor también, aquí estaba la vergüenza de un vanidoso "brote" de la nobleza utilizando el dinero de su padre para asegurarse un lugar en una compañía profesional de actores, con el fin de pavonearse, desfilar entre la gente y farfullar para ganar los aplausos de los aduladores. Y lo peor, mucho peor, era que miembros de esta misma compañía supuestamente profesional se inclinaban y hasta agachaban la cabeza ante este "brote" y le decían que no podía equivocarse pero que era en realidad un buen actor, sí señor, no señor.

Traté de agregar que, en realidad, Cuthbert Ascre, "Si es que te refieres a él", dije a sabiendas, era un actor muy capaz que merecía

---

[9] *Savage:* salvaje, feroz.

su lugar en nuestro *Sueño* por mérito propio, que no representaba ninguna amenaza para nosotros los de la Chamberlain y que hasta donde yo sabía, no hubo dinero que hubiera cambiado de manos, etc. Pero Laurence se enfureció todavía más conmigo. –Así que es Cuthbert ahora, ¿es así, Nicholas?, Cuthbert Ascre, bien, os he visto en el césped riendo como monos e intercambiando cumplidos.

–¿Qué quieres que haga? –dije–. ¿Darle la espalda y no volver a hablarle?

–Sí –dijo Laurence–, es lo que debes hacer, Nicholas. Puede que no podamos decidir si él puede estar o no en nuestra obra, si tenemos en cuenta que su padre usó su apestoso dinero para asegurarle un sucio lugar, pero podemos decidir si le hablamos o no, si le besamos el culo o no. Solo digo que no trates con esa clase de tíos.

Únicamente después pude ver que Laurence Savage no estaba atacando a Cuthbert Ascre, o no directamente. Estaba furioso por verme a mí y sin duda a Thomas Pope y otros haciendo cumplidos y juntándonos con el hijo de quien, por alguna razón, él aborrecía: lord Elcombe.

Adam Fielding se quedó en Instede House durante los preparativos de la boda mientras continuaba con sus investigaciones sobre la muerte de Robin, el hombre del bosque. Kate también se quedó y yo siempre estaba atento por si podía verla o intercambiar algunas palabras. Siempre que la veía mi corazón latía más rápido y me sudaban las manos. Si a ella le afectaban los mismos síntomas por mi presencia, no se le notaba en lo más mínimo. Mantenía siempre la misma luz, su mirada y sus modales algo jocosos, siempre rápida para reaccionar. No pidió escuchar más poemas de Richard Milford ni de ningún otro. Y aún a pesar de su aparente distancia, me veía de repente pensando en ella, o más bien, su imagen aparecía en mi mente sin anunciarse, en algunos momentos durante el día y cuando me encontraba desvelado en mi cama del dormitorio de actores, en la parte superior de la casa. Aunque, a decir verdad, no era *algunos* los momentos que pensaba en ella, no, era *casi todo el tiempo*. Me lo pasaba en la luna y abatido. A menudo daba suspiros, y si me daba cuenta de que lo estaba haciendo, los acentuaba más. Sentía que me quedaba sin apetito y que dormía poco durante esas cortas noches de verano. Estos son algunos de los indiscutibles síntomas de un hombre enamorado, los que estaba encantado de cultivar. Igualmente, mis pensamientos eran bastante puros y mi mente evitaba imaginarnos comprometidos en algo más censurable que unos inocentes besos. Bueno, relativamente inocentes.

En mi amiga Nell de Londres no pensaba demasiado durante este tiempo, salvo cuando me imaginaba que todavía estaba allí.

Mi más imprudente pensamiento con respecto a Kate era imaginarme a los dos juntos, Nicholas Revill y Kate Fielding, viviendo juntos y felices para siempre. Tan rápido crecen el amor y la sinrazón que incluso me acercaba al padre de Kate para intentar pedirle su mano, pero era solo un pensamiento. ¿Qué pensaría el juez de paz de un pobre actor como yerno? No iba a tener una buena opinión. Por supuesto, sería diferente si yo hubiese progresado en este oficio, si estuviese más alto en esa colina que le había contado a Cuthbert Ascre; si yo fuera un socio del The Globe, digamos. Pero hacía poco que había dejado mi etapa de aprendiz. No, tendría que hacer algo que agradase, algo muy inteligente para impresionar a Adam Fielding. Para que me considerara una pareja adecuada para su hija.

Como se habrá visto, este plan no tenía en cuenta en absoluto los sentimientos que tuviera Kate hacia mí. Quizá era porque temía que no tuviera ninguno, o nada que fuera más allá de la cortesía y la atención que daría cualquier mujer. Quizá pensé en ganarme a su padre porque parecía una tarea menos difícil que ganármela a ella.

Con esta idea en la cabeza, cuando Adam Fielding me preguntó si estaría presente en una audiencia con lord y lady Elcombe, me sentí lo suficientemente halagado como para aceptar, aunque bastante curioso por saber por qué me necesitaba.

–Porque, Nicholas, creo que con sus ojos y oídos usted puede ayudarnos en este asunto.

Eso era gratificante, naturalmente, pero me preocupó la razón que daría para que estuviera presente.

–No hace falta –dijo Fielding–. Como juez puedo exigir que te presentes si así lo determino. Después de todo fuiste tú el primero que insinuó que había algo bizarro en la muerte de Robin. Has ganado el derecho a compartir mis averiguaciones, si es que existe alguna.

–Pero Robin era… alguien que importaba poco –añadí algo sorprendido al ver que este caso se tomara por algo tan importante como los Elcombe.

–¿Y por eso no ha de investigarse su muerte?

–Desde luego que sí, pero… señor… Adam… ¿es esto oportuno?

–No, como tampoco lo es la muerte –dijo Fielding–, si queremos descubrir algo más.

–La casa está conmovida con la boda. Pienso que va a ser difícil que lord y lady Elcombe se sientan dispuestos a responder a sus preguntas en este momento.

–Otra vez, mi título y posición conllevan una responsabilidad. Y soy viejo amigo de este matrimonio. No refunfuñarán ni en media hora, créeme.

Y así ocurrió. Fuimos citados en los aposentos de lord y lady Elcombe, una gran colección de habitaciones en la segunda planta, con preciosas vistas a su toda su finca. Aún no me había acostumbrado al tamaño de estas salas de Instede, en la más pequeña podía caber varias veces mi dormitorio de Dead Man's Place. Tampoco me dejaba de sorprender al ver la gran cantidad de luz que entraba por aquellos ventanales. Viniendo de una ciudad donde, al menos en habitaciones menos afortunadas, la luz del sol parecía desintegrarse en miserables sectores y pelear su camino a través del aire contaminado antes de penetrar nuestras irregulares ventanas, me quedé maravillado con el esplendor y la amplitud de los interiores de Instede.

Antes de que tuviéramos nuestra entrevista con los Elcombe, Fielding me indicó que no dijera nada a menos que me preguntaran, pero que debía observar y escuchar atentamente. Dijo que mi juventud y mi formación como actor pueden serme muy útiles porque sin duda yo sería capaz de captar lo que ellos dijeran más fácilmente que alguien de su avanzada edad. Tenía que escribir todo lo que había ocurrido lo más pronto posible después del encuentro. Hice como me indicó (todavía esperando ganar el favor del juez) y lo que sigue es lo que escribí de aquel diálogo.

Uno de los criados nos invitó a pasar. Los Elcombe estaban sentados uno al lado del otro con talante rígido, como si fueran a ser retratados. La alargada cara del amo de Instede no mostraba rasgos suaves. Y con toda su belleza lúgubre, su mujer compartía sus petrificados gestos. Después de invitarnos a tomar asiento, comenzaron las preguntas.

Adam Fielding: Gracias por recibirnos.

(Una leve inclinación de la cabeza de Elcombe, una pequeña sonrisa de lady Elcombe.)

Adam Fielding: Maese Revill está aquí a mi servicio.

Elcombe: Maese Revill y yo ya nos conocemos. Fue muy generoso instruyéndome sobre el verdadero significado del *Sueño* de maese Shakespeare.

(N. R. se enrojece intensamente y desea esconderse debajo de la alfombra que cubre el suelo.)

Fielding: Le recuerdo, mi lord, que usted requirió mi presencia en Instede para investigar la muerte de quien era llamado Robin.

Elcombe: ¿Qué ha descubierto, señor? ¿Lo suficiente como para aplacar todos los rumores que corren por el lugar? ¿Mmm?

Fielding: Con su permiso, hablaré de ello oportunamente. Primero, me gustaría saber una o dos cosas sobre el hombre que murió.

Elcombe: Responderé siempre que pueda.

Fielding: ¿Quién era Robin?

Lady Elcombe: Un hombre solo. Un hombre sin lugar donde refugiarse.

Fielding: Quiero decir, mi lady, ¿de dónde vino? Seguramente, no nació en vuestros bosques. Maese Revill dice que era un hombre que alguna vez había sido algo… diferente.

Lady Elcombe: Entonces quizá maese Revill debería responder a sus preguntas, puesto que sabe tanto.

(Ella me da una fría mirada y yo deseo enterrarme aún más en la alfombra. Pero Elcombe extiende su mano de manera conciliadora en dirección a su esposa.)

Elcombe: Puedo satisfacer su curiosidad hasta un límite, señor.

Fielding: No es mera curiosidad, mi lord. Hablo con el peso de la ley sobre mis hombros. Un hombre ha muerto y mi deber es descubrir por qué.

Elcombe: Que así sea. Robin era el hijo de una mujer que nació en la finca cuando estaba mi padre. No era una mujer muy cuerda. Apenas sabía quién era. Se le permitió quedarse por caridad.

Fielding: ¿Qué le ocurrió?

Elcombe: Se fue de aquí. Está en otro país.

Nicholas Revill (en un murmullo): Puede que esa muchacha esté muerta.

Elcombe (que evidentemente ha agudizado su oído): Por su comentario, el joven actor acaba de conocer a su Christopher Marlowe. Maese Revill quizá tenga razón. Sin duda está muerta. Se marchó de este lugar hace mucho tiempo.

Fielding: ¿Y mientras, Robin se quedó, valiéndose por sí mismo en los bosques?

Elcombe: No. Ella desapareció cuando él era pequeño todavía. Y también él despareció. Merry debió llevarse al muchacho cuando se fue.

Fielding: ¿Merry[10]?

Elcombe: Así la llamaban, no paraba de reírse.

Fielding: Así que era un alma alegre.

Elcombe: Un alma simple. Como dije, no era muy cuerda. Abría la boca por alguna razón, o por ninguna.

Fielding: ¿Y Robin, su hijo? Él tuvo que haber vuelto a Instede House en algún momento.

Elcombe: Cuándo volvió, nadie lo sabe, pero cuando lo hizo era ya un hombre maduro. No sabía de su presencia hasta algún tiempo después de que viniera… años quizá.

Fielding: Pero alguien en la mansión debía de saberlo.

Lady Elcombe: Por supuesto que no. ¿Piensa que debemos saber todo lo que sucede en cada rincón o hueco de esta finca?

Fielding: ¿Cuándo volvió?

Elcombe (con una especie de sonrisa desdeñosa): Quizá pensó que estaba regresando a casa. No lo sé, señor, y la única persona que podría habérselo dicho se ha ido a hacer su casa en la oscuridad.

Fielding: ¿Quién era el padre de Robin?

(Lord Elcombe reacciona de modo incómodo ante la pregunta. Mi lady simplemente mata con la mirada.)

Elcombe: Cuando dije que Merry abría la boca, me refería a que permanentemente la mantenía abierta con esa triste alegría. Pero eso mismo podría también decirse de sus otras partes… porque, cualquier hombre, cualquier tipo de esta finca podría haberse apareado con ella, cualquier vagabundo.

(Nicholas mira atentamente a lady Elcombe para ver cómo ella responde ante la grosería de su marido, pero a su vez ella está demasiado ocupada mirando la reacción de Fielding.)

---

10 N. del T.: Alegre.

Fielding: Ya veo.

Elcombe: No estoy seguro de que lo vea, señor. La verdad es que no sé casi nada acerca de este individuo. Simplemente requerí su presencia para calmar esos estúpidos rumores sobre su muerte. No es más que eso.

Fielding: Las exigencias de la ley pueden no ajustarse a sus deseos, mi lord. ¿Nunca se ha encontrado con un hilo deshilachado en una manga...?

(El noble lord y su lady miran a Fielding y se quedan mirándose desconcertados y molestos.)

Elcombe: Vayamos al grano. ¿Qué ha descubierto que le hace estar tan enigmático? ¿Mmm?

Fielding: Nada.

Lady Elcombe: ¿Nada?

Fielding: No hay nada que descubrir. Mi opinión es que Robin, el hombre del bosque, heredó lo que usted describe de su madre, esto es, la chifladuría. Creo que estar viviendo en los bosques durante todos estos años debió de acabar con las pocas neuronas con las que nació, y que una bonita mañana deslizó una cuerda alrededor de su cuello y se fue para el otro lado. Esté usted seguro de que haré lo que pueda para que sea esta la versión de los hechos que difundiré entre los miembros más influenciables de su mansión, mi lord.

Revill: Pero...

Fielding: ¿Sí, maese Revill?

Revill: No importa.

Elcombe: ¿Así que no hay nada extraño en la muerte de esta persona?

Fielding: Esa es mi opinión.

Lady Elcombe: ¿No podría haberlo dicho directamente, señor? ¿Era necesario que inquietara con sus preguntas?

Fielding: Solo deseaba aclarar mi mente y ahora compruebo que también he aclarado la suya. Debo pedirles disculpas, sin embargo, por haberles robado tiempo, especialmente en este delicado y propicio momento para su familia.

Lady Elcombe (Con el menor toque de gentileza): Ahora que ya no es nuestro interrogador, juez Fielding, quizá usted y su preciosa hija acepten volver a ser nuestros invitados.

Elcombe: Y maese Revill puede volver a su obra, mmm.

Fielding: (Levantándose y medio inclinándose) Mi lord y lady.

(Nicholas Revill también se levanta y hace una pequeña reverencia al juez de paz antes de seguir para salir de la sala. Sin decir una palabra. No puede pensar en nada que decir.)

Tan pronto como salimos de la puerta y dejamos de oír los pasos del criado, me dirigí a Adam Fielding.

–Señor, Adam, ¿qué intentaba hacer con eso?

–¿Con eso?

–¿Cómo puede decir que no hay nada de extraño en la muerte de Robin? Le demostré que él no pudo atar el nudo del lazo. Y seguramente tampoco trepar al olmo. Además, hemos encontrado esa caja con los papeles.

–Tranquilo, Nicholas, tranquilo. No te alteres.

–Pero ha dejado varias cosas sin investigar.

En medio de toda esta urgencia olvidé las cortesías que debía tener con este hombre de barba gris.

–No, eres tú quien está dejando cosas sin investigar –dijo Fielding–. Dime qué le pasó a Robin.

–Bueno, no lo sé…

–Ah, no lo sabes. ¿Por qué no, exactamente?

–No estaba allí cuando murió.

–No estabas allí cuando murió –Fielding repetía con cierta molestia–. Entonces, dime qué crees que pasó.

En ese momento habíamos salido al exterior. Continuamos caminando en dirección al lago. El día era como todos los días de aquel mes de junio, cálido, fresco, inmaculado.

–Yo… bueno… de acuerdo. Creo que hay algo sucio en este asunto, creo que a Robin le ayudaron a pasar "al otro lado", como usted dijo ahí dentro.

–¿Entiendes latín, Nicholas? Pero claro que sí, eres hijo del párroco de Somerset. Así que te preguntaré en esa lengua: *¿cui bono?*[11]

No pude entender la pregunta, no su significado, que era bastante simple, sino su propósito. Tampoco pude entender por qué Fielding se mostraba tan distante, hasta sarcástico. ¿Había hablado demasiado en nuestra audiencia con los Elcombe?

Para que no pensara que mi latín era flojo, rápidamente dije:

–¿Me está preguntando a quién beneficia su muerte o quién saca ventaja de esto?

–Cuando nos enfrentamos a un supuesto crimen debemos preguntarnos no solamente cómo fue cometido, con qué instrumentos, quién pudo llevarlo a cabo y todo eso, sino también la cuestión que está por encima de todo ello: ¿A quién beneficia esta muerte? ¿Quién sacó beneficio de ello?

–Y como a nadie le beneficia la muerte de Robin, no hay motivo para que nadie lo hiciera.

–Usted lo ha dicho por mí.

–Pero…

–Debes admitir, Nicholas, que tu propio razonamiento tiene cierta fuerza.

–¿Ha considerado alguna otra posibilidad, señor?

–He considerado muchas. Pero continúa…

–Que fue… asesinado… para callarlo, para cerrar su boca para siempre.

–¿Qué iba él a decir que fuera tan peligroso? Según dices, sus conversaciones no tenían mucho sentido. Y si estás insinuando que sabía de algún secreto mortal, como pienso que lo insinúas, ¿hubo

---

[11] *¿Cui bono?:* ¿A quién sirve esto?

alguien que lo escuchó y, si lo hubo, por qué ha permanecido vivo e intocable durante tanto tiempo en el bosque? ¿Por qué acabar con él ahora, por así decirlo, en el momento más inadecuado?

–¿Qué pasa con las pruebas de la cuerda y el nudo? ¿O los papeles en la caja?

–Que estaban deshechos e ilegibles.

–Había una palabra por encima de todas: piedad.

Fielding soltó una risa, y me molesté.

–Ah, piedad. Bien, no puede levantarse un edificio con un solo ladrillo. Los papeles estaban estropeados y nunca se recuperarán y por tanto, quedan fuera de este asunto. Y con respecto a la soga, tú has dicho que no estabas ahí cuando él murió. ¿Cómo puedes saber con exactitud si era capaz de hacerlo? Los hombres logran realizar cosas extraordinarias si algo los conduce a la desesperación... o a otra gran pasión.

–Bien...

–Creo en verdad que debemos dejar esto ahora, maese Revill. Kate y yo hemos sido invitados a asistir a esta boda mientras tú...

–Yo puedo volver a mi obra, lo sé –dije, incapaz de controlar ese toque áspero al responderle. Habíamos llegado a la orilla del lago, a la piedra donde habíamos estado sentados plácidamente Kate y yo hace un par de días–. Solo una cosa más, Su Excelencia. Al principio, cuando llegué a confesarle mis sospechas y preocupaciones sobre este asunto, parecía que usted estaba de acuerdo conmigo. Y cuando fuimos juntos a examinar el lugar en el bosque donde acabó la vida de Robin usted también reaccionó como si pensara que había algo inexplicable en el asunto.

–Ah, siempre hay algo inexplicable si miras con atención. Y lo que estabas haciendo en el bosque y antes... se llama mantener la mente abierta.

–¿Y ahora?

–Si mantienes la mente abierta demasiado tiempo, maese Revill, cualquier cosa podrá colarse en ella. Ten cuidado.

LUNA LLENA

Fuimos invitados a un festín de boda. Pero por supuesto tuvimos que ganarnos la cena, que precedía al *Sueño,* el espectáculo nocturno por el que habíamos venido a Instede. Y fue un gran festín, aún si pretendía ser un prólogo de las posteriores nupcias.

El sol del atardecer entraba por los amplios ventanales del salón de banquetes de Instede y las velas que se habían colocado dispersas en candelabros plateados permanecían apagadas en cada una de las mesas; sin duda estaban allí por si de repente había algún eclipse. Nosotros los de la Charmberlain ocupábamos una posición intermedia en el salón, desde donde se nos permitía echar un vistazo a los altos y poderosos personajes en el entarimado, que incluía a la novia, el novio, sus padres, etc. Lejos de nosotros estaban los trabajadores de la finca y sus alrededores. Sin embargo, me he dado cuenta en el teatro de que nadie pierde tiempo en fijarse en los que están más abajo. Todos tenían los ojos puestos en el centro. Así era la gran mesa con un número bastante importante de invitados, pero en realidad eran tres: la principal, de unos cuantos metros de largo estaba acompañada en ambos extremos de dos mesas más cortas. Los comensales ocupaban solo un lado, para así poder observar a los demás en el salón, algo que hacían a ratos pero de manera abstraída y distante.

Esta era nuestra primera oportunidad de examinar a la novia y puesto que nos habíamos enterado de que el lord Harry Ascre no estaba dispuesto a agarrar su fortuna (en todos los sentidos) con ambas manos, y de la especulación consiguiente de los motivos de su rechazo, nos pusimos a examinarla. Pronto nuestras dudas sobre el aspecto de Marianne quedaron satisfechas.

Preguntas como:

–*¿Tiene dos caras?* No.

–*¿Mira sospechosamente?* No que yo sepa.

–*¿Tiene la complexión picada de viruela como una piel de naranja?* De lejos, parece que tuviera una atractiva mezcla de rojos y blancos en las mejillas y también esa palidez que, como debería ser, predomina en cualquier joven en etapa de desarrollo.

–*¿Su silueta, sus medidas, son todo un espectáculo desagradable en ese sentido?* Repito, no. Desde donde yo estaba con mis colegas, Marianne Morland parecía tener gracia pero no tenía un cuerpo muy generoso. Jack Wilson, Michael Donegrace y yo comentábamos el corte de su vestido o más bien, la manera en que dejaba mostrar su escote, un estilo que era apropiado para una mujer soltera que aún podía considerarse como tal. De hecho, decidimos que, si nos preguntaban, habríamos estado preparados para considerarla una pareja perfecta para él, más allá de la importante ración o dote que venía con ella.

¿Y que hay de Harry Ascre, el novio a regañadientes? Durante los últimos días en vistas a la boda, se había mostrado un poco menos apesadumbrado. Había podido darle algunos vistazos cuando estaba con su hermano Cuthbert o con alguno de los grandiosos invitados, y hasta le había notado esa sonrisa, una sonrisita ocasional que suavizaba sus rasgos lúgubres. Así fue que empecé a pasar por alto el recuerdo que tengo de cuando lo vi en el jardín de carpe, encorvado en el asiento y murmurando, así como los rumores de su buena voluntad o de lo que fuera para casarse. Quizá todos los futuros novios padecen esos momentos de duda y ansiedad. ¿Qué sabía yo? (Yo solo sabía que si tuviera la posibilidad de casarme, digamos, con la señorita Fielding, pasaría días con todas las penas y noches sin dormir antes de todo.) Pero lo que fuera que había estado haciendo que Harry se viera más alegre los últimos días se había evaporado ahora. Los rasgos de su cara nuevamente irradiaban esa pesadumbre. Sentado allí a un extremo de la mesa en el salón de banquetes, parecía sumergido en sí mismo. Yo esperaba que por el bien de él, la novia no tomase esto de manera personal, y pude ver por su sonrisa que no era así.

Los padres de la novia, los Morland, de Bristol, estaban sentados al lado de los anfitriones, lord y lady Elcombe. Estos bristolianos tenían el brillo del dinero, como el de un mueble protegido por un ama de casa que le da cera con frecuencia. Así era esta pareja de apellidos sencillos –maese Martin Morland y la señora Frances Morland– que había rozado tanto la riqueza que brillaban. Daba la sensación de que eran intocables o más bien, que nada que hubiera pasado a su lado los había marcado. Los invitados principales, damas y caballeros, llenaban los asientos restantes del estrado. Los más destacados tenían nombres de condados: Devon y Cronwall, Surrey, Rutland. Los menos destacados llevaban nombres de simples ciudades y pueblos: Winchester, Exeter y Derby. Me alegré de alguna manera al ver al juez de paz sentado allí con su hija, a pesar de que no nos hablábamos desde que tuvimos esa discusión un par de días atrás. Por más tensión que se hubiera palpado en el ambiente durante la entrevista con los Elcombe, evidentemente no había afectado su actitud en Instede. Kate se notaba alegre y cómoda hablando con Cuthbert.

Las mesas de abajo pronto se ocuparon con los caballeros y sus damas, acompañados de individuos como el amable párroco Brown (el que había supervisado la inhumación de Robin) y el profesor del lugar. También estaban los pequeños niños nobles que iban a actuar como espíritus y criaturas fantásticas en nuestro *Sueño.* Al igual que uno o dos de los actores adultos que conozco, parecía que todos estaban demasiado emocionados como para comer algo antes de la actuación.

Podrían haber existido agujeros en la cartera de Elcombe –y según Jack Wilson, este era el motivo principal de la unión entre Elcombe y Morland–, pero era obvio que el anfitrión quería demostrar que sus recursos no tenían casi límites. Hasta las mesas donde estábamos nosotros, un grupo más humilde, estaban cubiertas de un fino lino, y comíamos y bebíamos con vajilla de plata y cristal. Los criados se dedicaban solo a llevar y traer, ya que todos saben que son más costosos que tener criadas en una ocasión como esta. Estos criados vestían atractivamente un estambre de color gris que sutilmente aludía al dinero como así también al buen gusto de quien sabe cómo emplearlo. Pude percibir que esto era obra de mi lady.

En cuanto a la comida… había oído que trajeron de Londres a un maestro cocinero de nombre Cox junto con dos ayudantes de cocina, especialmente para este banquete y todos los que se harían después de la boda. Y bueno, en cuanto a la comida que prepararon... ¡qué de ganado, manadas y bancos de peces habrían dado su último aliento para nuestro deleite! El menú en las mesas más grandes sería más derrochador que el que nos ofrecían a nosotros, pero aún así nos dieron ternera, conejo, ganso y capón, y eso era solo de entrada. Me habría gustado tener ese pan barato y cerveza para acompañar todo esto –aún conservaba las preferencias de mi país y, de todas maneras, nunca se debe tener mucho apetito antes de una actuación–, pero nos dieron un exquisito pan para mojar en las salsas y un vino de Burdeos para limpiar la garganta. Como segundo plato, nos colmaron de cordero y cabrito, faisán y paloma; ah, y tartas, mantequilla, buñuelos, natillas y fruta.

Dicen que los banquetes sirven para agudizar los sentidos o, en cualquier caso, los más bajos impulsos, y esto debe de ser doblemente cierto en estas celebraciones que enmarcan una boda. Por primera vez me vi pensando en mi puta Nell y deseando tenerla aquí para hablar. Y eso que tenía una obra que representar, para ser preciso, en una hora. Quizá esa sensación de lujuria la inspiraban los confites que se veían en cada rincón de las mesas y que hacían pensar en endulzar el aliento y en las razones por las que uno también podría querer endulzar el suyo. Junto con los confites, llegaron los dulces, blandos y duros, algunos tentándonos con pintas de nata dulce que según el sabio de Jack Wilson eran conocidos como "pezones españoles". Estaban deliciosos.

Pero pude irritar un poco a Jack cuando nos pusieron más dulces con forma de escudetes y armas. Era el diseño en forma de escudo lo que confundía a Jack y que, gracias a mi afición por los puzzles, pude dilucidar lo que era. Dulces de brillantes colores con forma de ele alargada colocados sobre una especie de hoyo.

–Es un jeroglífico –le expliqué–, un juego de palabras que ilustra con el nombre de la familia El-combe. Aquí está la ele y está justo dentro o casi encima del hueco curvo o "cañada", como le dicen a veces. Por eso, Elcombe.

Esperé que Jack me felicitara por mi inteligencia, pero sin explicación alguna dijo:

–Deberías haber sido profesor, Nick. Todo lo que me interesa a mí es cómo sabe. Y cuando me meto esto en la boca, estoy de alguna manera mordiendo a nuestro anfitrión.

–Comiendo sus brazos y todo –dije, contento de haber adivinado el acertijo (que en todo caso no tuvo ningún comentario).

Todo alrededor de nosotros era risa y charla, el tintineo de cubiertos y de cristal. Desde el último rincón nos llegaban los sonidos del laúd y del oboe, melodía para nuestros oídos. Aunque ocupábamos un sitio inferior en comparación con el resto, se notaban ciertos modales. No vi a nadie que se limpiara la boca con la mano, sino que cada comensal usaba una servilleta de un blanco reluciente para limpiarse la boca con toques delicados. Aparentemente no se veían cuchillos que resbalaban para cortar o cucharas todavía con comida en los cuencos para servirse. En su lugar, se veía una actitud muy de caballero que predominaba. Por supuesto que en las mesas más importantes había platos individuales para servirse, lo que denotaba lo especial que estos eran.

Pero nosotros los de la Chamberlain no teníamos permiso para permanecer mucho en el banquete, escarbando cada último bocado de entre los dientes y apurando los últimos sorbos de la copa del placer. Teníamos que atender al divertimento de los demás; concretamente, el de las familias Elcombe y Morland con sus invitados. Cuando recibimos la señal de Thomas Pope, nos levantamos de los asientos. Estaba un tanto sorprendido de ver a Cuthbert Ascre levantarse también de su lugar privilegiado en la mesa entarimada cuando se dio cuenta que nos íbamos. Es un buen actor, pensaba, y me preguntaba si no había sido absolutamente sincero cuando se quejaba de que no era libre para ser actor. ¿De verdad tenía deseos de escapar de aquella jaula dorada de clase y riqueza? Por supuesto que el vástago de una familia noble podría actuar, mientras no fuera retribuido con dinero. Pero una vez que el dinero se colaba en el asunto, bueno, el privilegiado debía retirarse. Aún así, la actuación no es del todo respetable.

Fuera, el sol del atardecer disparaba sus rayos sobre el área de la escena y sobre los bordes de los asientos que se habían colocado para que apoyasen los traseros los altos personajes. Arriba se veía el infinito arco azulado de una hermosa tarde de verano. Hacia un lado, se apreciaba el jardín de descanso rodeado de setos de carpe. Nuestro *Sueño* comenzaba a las ocho en punto o así. La obra acabaría cuando empezara a oscurecer. Las luces de una noche de verano se ocuparían de la escena final de Oberón y Puck, que revelarían sus caras con el parpadeo de las antorchas, mientras pedirían la bendición de los recién casados y la indulgencia del público. Ahí, pasarían a escena los niños nobles para desfilar, sosteniendo velas y cantando su propio epitalamio.

Sentí de golpe que temblaba. Temblaba de ansiedad y, solo un poco, de aprensión. He actuado un par de veces al aire libre pero nunca antes con la Chamberlain. Por supuesto, era lo que algunas compañías hacían todo el tiempo, las compañías que quizá eran menos afortunadas o talentosas que otras y no tenían un lugar donde reunir a su audiencia. Pensé en los Paradise Brothers (me preguntaba ¿estarán presentes esta noche, para ver cómo se debe hacer?), ellos que cargaban con sus pertenencias de ciudad en cuidad y representaban cuentos bíblicos en escenarios rudimentarios en plazas de mercado.

Actuar al aire libre es más… peligroso que actuar dentro; obviamente no por el viento o la lluvia, que son meras inconveniencias que pueden alejar a la audiencia o arrastrar nuestras palabras al olvido. Más bien, podría describirlo sencillamente como que aumenta la sensación de exposición. No hay barreras entre el actor y el gran mundo, ni siquiera con el propio firmamento. Es el hombre en su pequeña presencia heróica frente al cielo y las estrellas.

Y si esto suena arrogante o simplemente absurdo, bueno, puede ser.

Suficiente filosofía barata. Puede conseguirse gratuitamente en cualquier taberna.

A los extremos del área de escena se colgaron unas pantallas de lienzo sobre unos árboles y era bajo este techo donde cambiábamos de vestuario y nos maquillábamos. No habíamos traído ningún encargado de camerino que nos arreglara las pintas y que nos recordara lo insignificantes que éramos en comparación con lo que vestíamos, pero Jack Horner, que tenía pequeñas apariciones en la obra, se había encargado de soltar las solapas de cada uno y ajustar algunos puntos, al menos supervisaba aquello que necesitábamos ajustar o soltar. Quizá había sido Sincklo quien le pidió que lo hiciera. Jack también actuaba de Egeo, el padre tirano de mi Hermia, y de Filóstrato, amo de los rebeldes de la corte de Teseo. Así que aparecía al principio y al final de la acción pero no a mitad. Me echó un vistazo rápido y me dijo lo que debía hacer.

–Gracias, Jack –dije.

–Encantado, Nicholas –respondió y se fue.

Cuthbert Ascre se presentó ante Jack para que lo supervisara y observé en ese momento que Horner estaba siendo más cortés con el hijo de nuestro patrón. También vi a Laurence Savage observándolo. Aún estaba resentido por su ataque, cuando no había tenido pelos en la lengua para decirme que yo no tenía nada que hacer con Cuthbert. No nos habíamos hablado desde entonces.

–Dime, Laurence, ¿solo odias a su padre? ¿O a su hijo también?

No sé por qué dije eso. Supongo que quería demostrar, de manera indirecta, que no era el único que podía ser civilizado o, como diría Laurence, lamerle el culo a un Ascre.

Laurence llevaba una vestimenta tosca para actuar de Bottom. De repente soltó en tono áspero:

–¿Tengo que agradarle a esta familia?

–No –dije–. Claro que no. Pero desde que hemos pisado este lugar, de hecho desde que llegábamos juntos caminando a Instede, dejaste absolutamente claro que aborreces a Elcombe y todo lo que hace.

–¿Y te preguntas por qué?

–Eso preguntaría yo, si aún fuésemos amigos.

Me puse contento al ver que los monótonos gestos de Laurence se suavizaban y solo esperaba que pudiéramos recuperar aquella relación cordial que teníamos.

–Muy bien, Nicholas. Tenemos algo de tiempo antes de que estos altos y poderosos personajes vengan y planten su trasero en las butacas.

Desde el techo de lienzo podíamos ver cómo la gran masa se escurría en hilera desde la casa.

Los Devon y los Cornwall, los Winchester y los Derby. Toda Inglaterra venía hacia nosotros, de a poco. Algunos se desviaban por el jardín aledaño para dar un paseo antes del espectáculo. Se oían risas y gritos desde el aire dorado de la tarde. Me preguntaba cuántos de la audiencia, barrigas llenas y cabezas echando humo por el vino, se resistirían a disfrutar de una siesta.

–Déjame aclararte –empezó por decir–. Tengo algo que contarte. Había una vez una mujer que vivía cerca de Cheapside. Tenía dos hijos, uno de ellos apenas empezaba a caminar y el otro... bueno, el otro era lo suficientemente grande como para comenzar a saber cómo funciona el mundo. Había tenido tres niños más entre estos dos, para llenar los huecos, pero todos murieron. Y su esposo también había muerto no hacía mucho, justo después del nacimiento del más pequeño. Él fabricaba guantes y de alguna manera ella lo retomó cuando él se fue. Pero el negocio estaba tapado de deudas y ella tampoco tenía esa habilidad o voluntad para llevarlo. Pronto el negocio se hundió y lo adquirió por una miseria un hombre que estaba en la calle paralela y había sido la competencia de su marido. La viuda no se preocupó demasiado por esto. Era bastante hermosa, particularmente cuando se vestía de negro, y podía esperar a casarse tras haber pasado el periodo de duelo adecuado. Mientras tanto, sin embargo, con dos niños a cuestas, tuvo que agachar el lomo para hacer pequeños trabajos que consideraba indignos para ella. Lavandería y ese tipo de cosas. Tras el periodo de duelo, las propuestas de matrimonio no llegaban, ni en cantidad ni en calidad, como se esperaba. Quizá los potenciales maridos se espantaban con los rumores de que ella estaba endeudada, o quizá era su vanidad, ella era una mujer muy orgullosa. Creo que hubo un hombre que había sido rechazado anticipadamente, aunque no le desagradaba, y en quien ella habría reparado más tarde cuando los tiempos se volvieron difíciles, a la desesperada.

Todo este rato, mientras Laurence Savage hablaba en voz baja y con tono confidente, yo solo asentía con la cabeza y me mostraba comprensivo aunque no conseguía saber qué tendría que ver cualquiera de estas cosas con lord Elcombe.

–Las cosas se pusieron peores, como estaba diciendo. El trío tuvo que mudarse a una casa de vecinos casi destruida cerca de Fleet Dicth y allí, la viuda luchó por mantener la ropa negra de su armario y la ropa blanca de sus hijos. Bueno, un buen día por la mañana los dos hijos, el pequeño, que para entonces había aprendido a caminar… y el otro, estaba en la calle. Quizá el hijo mayor estaba entreteniendo a su pequeño hermano dibujando figuras en el suelo con un palo, o quizá le enseñaba a contar el número de ratas que correteaban por la orilla del río y no mostraban miedo alguno ante el hombre. Esas ratas, por cierto, parecían mucho más prósperas que aquellos pobrecillos humanos sumidos en la ignorancia que vivían a la orilla de aquella apestosa corriente.

–Sí, conozco el lugar y no me gusta –dije–. ¿Qué sucedió entonces?

–Ah, Nick –dijo Laurence–, tendrás que esperar a más tarde para concluir la historia. Mira.

Hizo un gesto en dirección a los asientos que se elevaban frente al área de escena. Estaba ya lleno salvo la parte central que tenían que ser ocupados por los novios y sus familias. Estaba tan absorto por el relato de Laurence que casi olvidé al público,bueno no tanto. Ningún actor olvida del todo a su público.

–Volveremos sobre esto en un momento –dijo Laurence Savage, escurriéndose de mi vista. Quedé un tanto molesto por unos momentos, casi sospechando que había parado su relato aquí para dejarme aún más ansioso por oír el resto. No veía qué tenían que ver lord Elcombe y los dos pequeños "salvajes" –porque seguramente el hijo mayor era el mismo Laurence, ¿no?– que jugaba al lado de una sucia zanja de Londres. Pero ahora todas esas especulaciones se desvanecieron cuando maese Thomas Pope se acercó metido en su vestimenta de Puck y nos dio, a cada uno de nosotros, las últimas palabras de aliento. Noté que estaba muy solicitado entre los niños nobles, que tenían que iniciar la acción con un desfile a nivel fantástico y un baile antes de que aparecieran los adultos. A esta altura, con bombos y platillos, los Elcombe y los Morland ya habían tomado sus asientos y entonces se nos dio la señal para comenzar.

Antes de entrar y mientras Teseo e Hipólita estaban hablando de la aletargada propuesta de matrimonio, repasé la vista por toda la audiencia, intentando localizar a Kate Fielding. Sí, allí estaba, al lado de su padre. Ambos estaban sentados en las gradas de arriba y a un costado del clan de los Elcombe. De golpe sentí un temblor que me recorría todo el cuerpo y juro que no tenía que ver con la aprensión que pudiera tener en la próxima salida al escenario, sino más bien con la presencia de Kate.

Ella nunca me había visto actuar, aunque cuando esta idea me vino a la mente también me saltó la contraria: ¿por qué debía importarle si me había visto o no antes? Y entonces, no pude ya dar más tregua a mi corazón y tuve que salir al brillante verde y actuar el papel del angustiado amante, Lisandro.

¡Ay de mí! Por más que yo pueda leer,
pueda oír un cuento o una historia,
el camino del amor verdadero nunca ha sido fácil...

Y allí comienza todo. Los cruzados destinos de los enamorados, sus andanzas por los bosques cuyos caminos laberínticos dejaban ver senderos entrelazados que nosotros, los humanos, recorremos en busca de nuestros deseos. Intervienen Oberón y Titania que tienen los poderes de los dioses y el apetito de los mortales, la gran y diferente aportación de la mecánica al debate del amor, lo que seguramente servía como un postre ideal para el banquete que ellos (y nosotros) habíamos disfrutado. Las palabras de maese Shakespeare son lo suficientemente dulces pero también llevan esa aspereza de la observación y la experiencia.

Mientras se desarrollaba la acción del *Sueño*, el cielo se congregaba en un solo dorado que luego se escondía entre la gran bóveda oscura de la noche. Pero como era pleno verano, el proceso parecía ser infinitamente lento y sutil. Incluso cuando estábamos por llegar al final, con toda la confusión, las idas y venidas de la boda y la celebración, aún quedaba un pequeño destello de luz en el oeste, mientras que al otro lado estaba la luna –la compañera pálida de nuestras fiestas, una luna casi llena– que contemplaba con serenidad lo que ocurría abajo.

Tras las palabras finales de Thomas Pope como Puck "Dame tus manos para ser amigos, y Robin será compensado por el daño" los niños nobles bailaron una vez más, sosteniendo sus velas que arrojaban círculos de luz en medio de esa penumbra. El aplauso que Puck había solicitado se cumplió, un poco más generoso porque quizá muchos de sus queridos niños participaban en la obra y la compañía entera se inclinó en reverencia en aquel césped pálido como la luna. Eso es lo que implica actuar con una audiencia de nivel, ni putas ni carteristas, ni veteranos que sudan ni aprendices analfabetos; allí, en lugar de ello, teníamos el buen gusto, el equilibrio y los buenos modales. No podría haberlo soportado mucho tiempo, pero, de vez en cuando, es una experiencia agradable.

–¿Cómo estuve? –me preguntó Cuthbert Ascre cuando nos juntamos en los "bastidores", detrás de las pantallas de lienzo. El área de escena recibía algunos destellos de luz de manera intermitente, aunque la luna daba un servicio mejor. Aquí nos cambiamos la ropa de día y Jack Horner se encargó de nuestras vestimentas. Como estábamos de visita, llevábamos un atuendo menos arreglado que si hubiéramos actuado en The Globe y, como es normal en estos casos, la mayoría de nosotros llevábamos una mezcla de nuestra vestimenta propia y la que pertenecía a la compañía.

–¿Cómo estuve? –repitió Cuthbert Ascre, impaciente por saber la opinión del resto como todo principiante–. ¿Estuve bien?

–Muy bien –dije–. Haremos de usted un buen actor.

No me iba a morir por hacerle un cumplido o algo por el estilo.

Cuthbert había mostrado realmente una fluidez natural con el personaje de Demetrio, mi rival amoroso. Con ese ánimo de alegría que siempre viene después de una buena actuación, Cuthbert estaba tan abierto a recibir mis felicitaciones como yo lo estaba a dárselas. Se notaba la cara rebosante de satisfacción bajo aquella luz intermitente.

–Ah, esto ha hecho que me guste, sin duda. Podría tirar por la borda todas mis fortunas ahora mismo, tal y como están y seguir adelante con la compañía.

–Sería un placer tenerte con nosotros –dije, preguntándome qué podría hacer Laurence Savage, o cualquiera de nosotros, de un compañero aristócrata, suficientemente dispuesto a satisfacer a Cuthbert por un momento.

–Pero es una fantasía –se adelantó, como si me estuviera leyendo el pensamiento. De pronto cambió el gesto de su cara–. Mi padre nunca lo permitiría.

–No pensaba que lo dijera en serio.

–Ni yo –dijo–. ¿Pero por qué tengo que limitarme a hacer un papel que no quiero?

Supuse que se refería al papel de hermano menor, normalmente un papel no muy grato en este mundo. Intentando animar a aquel opacado personaje, le dije:

–Si fuera miembro de nuestra compañía seguramente se encontraría con papeles que no quisiera hacer. Míreme a mí por ejemplo. Llevo en la compañía muy poco tiempo, pero ya me han envenenado dos veces, me han rasgado por la mitad y me han apuñalado al menos tres veces. El resto fue todo como embajador, soldado o un miembro del consejo. Y eso cuando no estuve de asesino escondiéndome entre los arbustos. No hay gran historia en esto. Los villanos y los funcionarios son el pan nuestro de cada día.

–Y los amantes.

–Recién ahora me los dan.

–Pero Nicholas, esto es exactamente lo que yo elegiría. Ser un día el asesino y otro la víctima; ser el victorioso en una batalla y luego el vencido; o un dependiente que vende veneno los lunes y después el joven perdidamente enamorado que se lo bebe un jueves.

Pronto me di cuenta de que por más que intentara restar importancia al atractivo de un teatro, como fuere, aquello solamente lo animaba mucho más y encima le dejaba con la sensación de que no podría conseguirlo nunca, al menos mientras su padre se interpusiera.

En ese momento, casi toda la compañía se había alejado del área de escena para ir a mezclarse con las damas y señores de la audiencia o, en pocos casos, quizá con hombres y criados. Yo estaba deseoso de estar a solas, quizá para ver si podía toparme de casualidad con Kate Fielding y tener su opinión sobre lo que acaba de ver. Vi a Cuthbert que no dejaba de aceptar su destino y que no paraba de ponerse triste a cada instante. Así que, le aseguré que había hecho un buen trabajo como Demetrio –en realidad no un excelente trabajo– y me escurrí rápidamente hacia la parte más oscura de la escena.

De prisa corrí hacia Kate; literalmente. A primera vista no la reconocí y tampoco ella a mí.

–Cuídese –dijo.

–Ah, Kate, señorita Fielding…

–Maese Revill, ¿no?

–El mismo.

–Bueno, veo que viene con prisa de algún lugar. No quiero entretenerlo.

Nos cruzamos las miradas bajo la luz de la luna. Y no muy lejos se apreciaban los parpadeos de las antorchas, mientras se mezclaban las suaves voces y risas en el aire templado.

–No… sin prisa. Nada que no pueda esperar. ¿Ha disfrutado de la obra?

–Sí. La vi por primera vez hace unos años en la ciudad, pero le va más este paisaje campestre.

–¿Donde todos nos imaginaríamos ser los amantes en los bosques de Atenas?

–Quizá algunos.

–Claro, me olvidaba. Usted no creía en la lírica del amor. Piensa que los poetas escriben al aire.

–Y usted piensa, si no me equivoco, que si lo hacen no quiere decir que deseen que lo que escriben se tome en serio.

Es grato para mí que recuerden mi opinión y que encima saliera de su boca, aunque estuviéramos combatiendo hablando con un espíritu en nuestra charla bastante combativo.

–Bueno, quizá tenga razón –dije–. ¿Quién dijo que la verdadera poesía es la más engañosa?

–El propio maese Shakespeare, creo.

–Creo que la he descubierto... Kate.

–Explíqueme eso, maese Revill.

–Verá, usted conoce los versos, conoce las ideas y las opiniones de los poetas, lo que me dice una cosa. Debajo de todo este disfraz de indiferencia fingida o incluso desprecio por la lírica del amor, usted es una esclava de ella. Admita que es devota del último volumen de sonetos, en silencio, que suspira con el mal de amores, con el espíritu, digo.

–De verdad, maese Revill, debe cambiarse de atuendo porque aún está hablando como el apasionado Lisandro.

–Quizá estoy hablando por mí –dije, preguntándome cuánto tiempo más podría estar sin revelar mis sentimientos. ¿Debía arriesgarme a confesarle abiertamente lo que sentía por ella? Sentía que mi corazón explotaba con cada latido y que mis oídos estaban aturdidos. Desde el rabillo del ojo podía percibir la luz de las antorchas que parecían flotar con la suave e inquieta brisa. Así, noté (y una parte de mí aún estaba lo suficientemente imparcial como para notar lo que estaba en verdad notando), lo que significaba estar enamorado. Estos son los síntomas de la enfermedad.

Estaba a punto de abrir la boca para hacer alguna declaración, que podría haber cambiado todo (o probablemente dejar todo como estaba), cuando percibí otra figura que se aproximaba desde la oscuridad.

–Cuthbert –dijo Kate.

–Kate –dijo Cuthbert.

–¿Te ha gustado mi Demetrio? ¿Estuvo bien, no?

–Nunca he visto a un amante mejor, pri…

–Al principio estaba un poco preocupado, pero pronto me adapté. Mi amigo Nicholas, aquí, asegura que hice un excelente trabajo.

–Ah, sí –murmuré–. Muy bueno.

–Dime, Nicholas, cuando estábamos allí buscándonos en la niebla…cuando me estabas persiguiendo con tu espada, sabes… ¿no crees que en vez de avanzar por aquel lado, se daría un efecto mejor si…?

–Bueno, deben disculparme ahora –dije, haciendo paso a un lado para irme. Me sentí más tranquilo de haberme librado de la compañía de Kate porque temía que se burlara de la declaración de amor que estaba a punto de hacer. Y, aunque me alegraba bastante de ver que Cuthbert había recuperado el buen humor, no quería que me expresara sus ideas de cómo habría sido mejor o más gracioso representar el *Sueño.* Que le quemase el cerebro a Kate. Bueno, aunque tampoco había terminado conmigo aún.

Ni bien fui a reunirme con mis compañeros, quienes para ese entonces ya habían terminado de recibir los halagos del público y estaban compensando las horas en que soportamos la actuación sin beber nada, Laurence Savage me recordó que aún no había terminado su historia sobre los dos muchachos.

–Muy bien, Laurence –dije, un poco impaciente aunque había estado ansioso por escuchar el final antes–. Pero debemos aclarar algo. No más misterio, por favor. ¿Estamos hablando de ti mismo, de tu hermano y tu madre, no?

–¿Cómo adivinaste Nicholas?

–Continúa con la historia.

Y tomando un sorbo de la cerveza de lord Elcombe, Laurence se lanzó con la segunda parte.

–Como venía contando antes de que me interrumpieran por la obra, estos dos muchachos, hijos de la pobre viuda estaban un día en los márgenes del Fleet Ditch. De repente, el pequeño, el que acababa de aprender a caminar, deja de atender a lo que estaba haciendo su hermano y se incorpora con dificultad para observar lo que sus ojos acaban de captar en la calle de enfrente, algo que brillaba al sol, diría yo. Mientras tanto, su hermano mayor se distrae un instante, quizá ensimismado fantaseando algo. No está ocupándose de lo que debe.

Laurence, aún vestido de Bottom, se detuvo para dar otro ruidoso sorbo a la cerveza. Era evidente que la escena que me iba a describir se estaba representando ante sus ojos. Le habría dicho que se diera prisa pero algo en esa expresión seria y decidida me sugería que sería mejor escucharle en silencio.

–De golpe, de la esquina de esta mugrosa calle vienen un par de jinetes avanzando como si el diablo estuviera empujándolos. El hermano mayor los oye antes de verlos y se abalanza rápidamente para salvar al pequeño del atropello. Pero es demasiado tarde. El niño es atropellado por los caballos de delante y luego por los que venían detrás. Con la prisa y frenesí que llevaban arrollaron al pequeño, que dio contra la pared de la destruida casa. El mayor siente el calor y la bocanada de aire que desprenden estos frenéticos individuos y no se da cuenta al principio de lo que le ha pasado a su hermano. Enfrente de él está la calle vacía y detrás, la gran zanja. Se da la vuelta y ve un montón de ropa amontonada sobre la pared negra. Aunque la calle está siempre sucia no había notado aquel montículo de trapos y se pregunta cómo llegó allí. Pero luego comprende.

Laurence se detuvo nuevamente para dar otro sorbo a la cerveza. Noté que le lagrimeaban los ojos y estaba sudando muchísimo. Tenía su remolino de pelo pegado a la frente.

–Atravesé la calle corriendo y levanté aquel montículo. Thomas estaba muerto, claro, y varias veces. Si el primer golpe del caballo no había acabado con él, el segundo se encargaría de hacerlo, o el tercero, o el cuarto; y después de todo eso, lo arrojarían violentamente contra una pared de ladrillos. Su cabeza estaba casi destruida. Mi madre, salió de la casa intuyendo algo. Quizá yo estaba llorando desconsoladamente o pegando gritos, no lo sé. Llevamos su pequeño cuerpecito a la casa y lo pusimos en un arcón que nos servía de mesa. No tenía ni año y medio.

Laurence Savage se detuvo para tragar saliva y continuó:

–Había perdido ya otros hermanos y hermanas, pero no me pesaba tanto, porque se fueron mucho antes. Pero de esta vez aún me estoy acostumbrándo. Thomas se llamaba.

–Ah, lo siento –dije–, pero incluso en un caso como este, habrá justicia. Seguro que aquellos que arrebataron la vida de tu hermano la tendrán que pagar.

–No fue así –dijo Laurence. Sonrió levemente pero fue una sonrisa adusta–. Eran muy ricos y poderosos, o mejor dicho, uno de ellos lo era.

–Nadie está por encima de la ley –dije con firmeza.

–Espera. Ese día, más tarde, mientras su cuerpo yacía envuelto en la cuna, su último rincón antes de la tumba, un hombre nos vino a visitar, que, a juzgar por su voz y sus modales, era un caballero. Le explicó a mi madre que había oído tal desgracia y que venía a dar sus condolencias. Aunque eran más que condolencias, por lo que parecía. Porque cuando estaba hablando, sacó su alforja de piel y dejó caer lo que contenía en el mismo arcón donde había descansado el cuerpo de mi hermano. No pude evitar ver cómo mi madre abrió los ojos de par en par ante el montón de plata y cómo reaccionó. Ella siempre había sido vulnerable a las voces suaves, cuando le hablaban tranquilamente. Como dije antes, era lo suficientemente grande en ese momento para saber cómo funciona el mundo.

–El individuo le dio a entender a mi madre que aquel dinero que había desembolsado tan cuidadosamente le pertenecía a ella con la condición de que no hiciera ruido con la muerte de su hijo; o no más ruido de lo que razonablemente se espera de una mujer que vivía en circunstancias semejantes. Lo que quiso decir con esto era que cualquier familia que viviera en las casuchas de Fleet Ditch no tenía mucho más derecho a vivir que las ratas que correteaban por estas orillas. Cualquier día de esos, habría un niño que se caería de una ventana, se ahogaría en el apestoso canal o lo atropellarían. No había nada raro en esto. A cambio de que no llevara el caso a un policía, mi madre recibiría una suma mayor en tres meses; y para entonces, Thomas ya estaría en paz y habría caído en el olvido. Nuestro visitante no dijo esto exactamente, pero lo dio a entender.

–¿Quién era este caballero?

–Luego me enteré de que había sido el mayordomo de Elcombe, Oswald Eden, el mismo hombre que aún trabaja para él y nos dio la "cálida" bienvenida cuando llegamos el otro día. Él fue quien venía por aquella calle y arrolló a mi hermano pequeño. Los dos, el amo y su hombre, sin duda iban a hacer negocios apremiantes. Elcombe tiene una casa en la ciudad cerca de Whitefriars.

–Pero fue un accidente –dije con suavidad y mirando alrededor con el temor de que este gran hombre o alguno de sus familiares directos oyeran algo de casualidad. Los altos miembros del grupo, sin embargo, habían entrado a la casa mientras nosotros, los pobres actores, y un par de invitados más humildes permanecíamos dispersos por toda el área de escena. Juraría que nadie allí salvo nosotros estaba sumergido en un diálogo.

–Un accidente –volví a decir.

–Ah, si, Nicholas, fue un accidente. La mitad de los niños en el barrio sucumben a estos accidentes, se caen, se desmayan, se ahogan; y si no siguen ese camino, luego la plaga se encarga de eliminarlos. Nada importante, nada en particular.

Pensé en preguntarle por qué era algo tan particular en él, pero me contuve. Igualmente Laurece se anticipó a responder espontáneamente.

–Mi madre dudó un instante; luego arrimó su mano hasta el arcón para coger el dinero y se dio cuenta de que era tan grande el montón de monedas que no cabían en un solo puñado, así que acercó ambas manos y levantó el dinero metiéndolo luego en su delantal, que, por cierto, todavía tenía algunas huellas de los restos mortales de mi hermano. Esta es la imagen que conservo de ella como un haz de luz en mi mente y que no puedo desterrar. Mi madre deslizando dinero por su falda. En comparación, lo que estaban haciendo lord Elcombe y su mayordomo era como una mota, una insignificante mota de polvo; les odiaba a ambos por ello y lo haré por el resto de mis días.

Nunca había visto a Laurence Savage en tal actitud. Normalmente el más pausado de todos, se encontraba ahora hirviendo de furia y sudando. Y cuando soltó esas últimas palabras, pareció de repente afirmar su apellido. Luego, un tanto más calmado, dijo:

–Después de todo, qué puedes esperar de los ricos y poderosos sino que se lleven por delante a todo aquel que se les cruce por el camino. Es a mi madre a quien no puedo perdonar. Todo aquel orgullo perdido por unas monedas.

–¿Qué ocurrió contigo después de esto?

–Nada más fácil de contar, Nick. Mi hermano Thomas fue enterrado y olvidado. Después de ello, nuestra fortuna parecía cambiar. Unos meses después, cayó otro individuo por casa, no Oswald sino un hombre un poco bizco. Vino con un nuevo fajo de aquel asqueroso dinero. Mi madre por supuesto lo aceptó y poco después recibió una propuesta de matrimonio. Y era del mismo señor que fabricaba guantes, el que había comprado el negocio de mi padre. Quizá estuvo esperando a que ella estuviera en peores circunstancias y recursos para así poder convencerla más fácilmente. De esta manera, volvimos al negocio que habíamos perdido hacía casi un año. Mi padrastro era un ser desagradable y era una tranquilidad saber que mi madre no era feliz con él. Me golpeaba, como si tuviera derecho, hasta que un día crecí y empezó a tener miedo de que se la devolviera. Un día, alentado por el miedo, se la devolví. Luego eché a correr y correr. Hasta que un día, otro día, acabé "a orillas" de la compañía Chamberlain como aprendiz.

Nunca pensé que la historia de Laurence fuera tan buena y dramática. Ahora lo miraba con otros ojos.

–Así que ahora sabes por qué odio a Elcombe y todo lo que representa. La riqueza y el poder.

–¿Y por qué aceptaste venir a representar el *Sueño* a Instede?

–Soy actor, Nick. Seguramente sabes cómo es esta raza. Pensé que eras uno. Habríamos actuado frente a Satán, ¿no?, si nos hubieran pagado por ello y si los socios nos hubieran dicho adelante. De todos modos, no pensaba que iba a ser tan… desagradable ver a este gran noble hasta que llegamos a ver su gran castillo. Y hasta me sorprendí de ver que Oswald todavía servía a su amo, la misma arrogancia, el mismo cabrón prepotente. Ni sabía que aquel muchacho de la casa de Fleet Ditch que le vio soltar todo ese dinero en el arcón llegaría un día a sentarse en una silla de su amo.

–No creo que se hubiera fijado en el muchacho en absoluto, Laurence.

–El mayordomo es muchas veces más poderoso que el amo –insistió–. No, probablemente nunca me vio. Ni ahora ni en aquel momento. Y hablando de ahora, me vas a disculpar pero tengo que encargarme de una cerveza.

Laurence se inclinó para beber más, dejándome que reflexionara sobre todo lo que había escuchado aquella noche: el resentimiento de Cuthbert Ascre hacia su padre porque al parecer este se interpuso en su camino como actor; el desprecio de Laurence Savage por la riqueza del propietario de Instede y por su poder fortuito. Mientras pensaba en estos hechos, uno al lado del otro, y en la negación total de Harry Ascre a casarse, un destino que estaba obligado a seguir por su tirano padre, me pareció que nadie podía decir nada bueno de nuestro gran cliente. Pensaba en aquella mirada fría y dura y dije para mis adentros que no me gustaría estar del lado contrario.

Miré a mi alrededor. La luna arrojaba su velo pálido sobre la escena. Por entonces, el área de escena y todos los asientos habían quedado casi vacíos. La mayoría de mis compañeros se habían marchado. Los Elcombe y los Morland, junto con sus invitados, se habían retirado a la casa hacía bastante. Sin duda la futura novia había sido llevada enseguida al dormitorio con toda esa ceremonia de por medio para su última noche en la tierra como virgen. Yo suponía que lo era; pero suponía mucho más que el lord Harry estaría dispuesto a deshojarla en su primera noche, o en cualquier otra.

Nosotros, los de la Chamberlain debíamos quedarnos en Instede un par de días más para asistir a la boda como invitados o criados y para brindar entretenimiento después de las celebraciones con alguna canción o baile, o también algún pequeño espectáculo. Pero ya habíamos cumplido nuestro principal deber en Instede. En toda esta revolución de sentimientos que tenía, por un lado, me aliviaría irme de un lugar que, por toda su amplitud y ostentación, parecía guardar más que aquella situación confusa y de infelicidad (esto es así, una boda provoca todo esto). Y, sin duda, estaría muy contento con regresar a mi ciudad adoptiva con todas sus podredumbres y caos. Pero dejar este campo significaba dejar a Kate Fielding. No, no dejarla… que implicaría cierta conexión entre nosotros, sino simplemente alejarme. Porque ella hasta ahora no me había dado la oportunidad de que supiera lo que yo sentía y –aunque me temía que no ganaría ni una pizca de ella– sabía que si nos dejábamos de ver sin haber declarado esta pasión de alguna manera, lo lamentaría el resto de mi vida.

Así que, cansado, subí las escaleras hasta nuestro dormitorio. Algunas de las camas estaban ocupadas y se sentía una mezcla entre ronquidos y ruidos espontáneos que llenaban aquella recámara iluminada por la luna. Me quité las botas pero sin molestarme en sacarme nada más, me tumbé en la cama, bastante incómoda, y traté de dormir. La casa estaría revolucionada por la boda de mañana, pero no pensaba en ello. Solo venían imágenes de Kate ante mis ojos. Kate llamándome mientras yo paseaba por el lago, Kate hablando sobre la lírica del amor, Kate curándome la herida de la cara.

Antes de dormirme, se me ocurrieron varias escenas. ¿Quizá debería herirme en su presencia para conseguir su lástima y para que me curara otra vez? No, se daría cuenta enseguida.

¿Quizá debería escribirle un poema de amor, en vez de recurrir a los versos de Richard Milford? No, se daría cuenta también.

¿Habrá admirado mi actuación como desafortunado amante Lisandro? Ella dijo que le gustaba la obra (en realidad, sería difícil que no le gustara) pero no había dicho ni una palabra sobre mi actuación. Cuando se acercó Cuthbert Ascre ella lo felicitó, ¿no?; pero quizá ella solo quería ser amable. Después de todo, él estaba jugando a actuar. Necesitaba sentirse apoyado. Pero yo también lo necesitaba, algo me perturbaba en mi interior.

Me quedaría dormido en medio de esa sensación autocompasiva y frágil porque lo primero que supe después fue que me desperté con una especie de luz muy brillante. Por un instante no pude recordar dónde me encontraba. La luna me estaba dando de lleno en la cara. Con los ojos entreabiertos, observé cómo su resplandor me llegaba desde la pequeña ventana de enfrente sin reparo alguno. ¿Por qué me había despertado? A mi alrededor se oían ruidos ligeros, de alguien moviéndose, pero no había ningún indicio de que nadie más estuviera despierto. Sin saber por qué, me levanté y caminé hacia la ventana, bordeando la cama de uno de mis compañeros. La madera del piso se sentía dura con los pies descalzos. La ventana estaba totalmente cerrada como protegiéndose del contagio de la noche. Intenté mirar con ojos escrutadores pero no podía ver nada salvo aquel ojo pálido de la luna distorsionado a través del vidrio.

Hay un verso en nuestra obra –digo, en el *Sueño* de maese W. S.– en el que Snug, el carpintero, pregunta si la luna brillaría así la misma noche de la actuación de Píramo y Tisbe. Bottom y Quince consultan un almanaque para descubrir que, efectivamente, la luna brillaba así. Los mecánicos, como buenos improvisadores, piensan usar la luz de la luna, gratis. Bottom dice: "Puedes dejar abierta una de las bisagras de la gran ventana de la sala en la que actuamos, y la luz de la luna podrá entrar por ella".

Bueno, en principio, la luna había efectivamente salido por esta parte del *Sueño* en Instede y ahora estaba brillando a través de unas bisagras. El piso de nuestro dormitorio se encontraba en la planta más alta de la casa, lo que significaba que había aberturas de ventanas escondidas detrás de un parapeto. Entre la ventana y el parapeto había un espacio de unos metros o así. Las bisagras se abrían para dentro. Tiré del pestillo y, tras oír el crujido de la madera, que oponía resistencia, cedió. Me vino el aire fresco de la noche a la cara. Giré para mirar a mis compañeros durmiendo. Por alguna razón, no me apetecía que me vieran deslizándome por la pequeña ventana ni cayéndome torpemente al espacio que había entre la ventana y el parapeto.

Una vez fuera, me incorporé del todo y me sostuve con firmeza sobre la piedra de albardilla. Aún irradiaba algo del calor del día que había penetrado las paredes, aunque las canaletas de plomo estaban bastante frías con los pies descalzos. Supuse que serían alrededor de la una o dos de la madrugada. Por el calendario estábamos en pleno verano pero no había todavía ningún signo de que clareara por el este. Más bien, la luna posaba como reina de la noche. Unos fragmentos finos de nube estaban dispersos por el cielo, como haciendo de bufanda a las estrellas. Una lechuza ululaba. Miré detenidamente el parapeto, parecía que estaba casi en el borde de un vertiginoso precipicio observando el peculiar paisaje donde los objetos eran pálidos y transfigurados bajo esa luz. El área donde habíamos representado el *Sueño* estaba casi debajo. De un lado, las filas de asientos y a una corta distancia, el jardín rodeado de setos de carpe. El tintineo de la fuente era transportado por el aire. Un perro ladraba a lo lejos.

Estirando el cuello hacia fuera y girándolo, podía mirar el flanco del edificio y ver más allá de la torrecilla de la esquina, los lunáticos árboles donde había vivido y muerto Robin. Me quedé pensando en cómo Adam Fielding extrañamente pensó que la muerte del hombre del bosque fue natural; o tan natural como un suicidio puede llegar a ser. Luego volví a posar mi mirada sobre el jardín, que, a esta altura, curiosamente se parecía mucho a una tabla de ajedrez. Para empezar, los senderos y setos se cruzaban de tal manera y estaban perfectamente definidos, y la luz era lo suficientemente fuerte como para arrojar espectros sobre los segmentos iluminados con tal palidez. Y además, las estatuas y obeliscos, la fuente de Neptuno y la caseta de verano habían ya tomado el aspecto de las piezas del ajedrez, listas para la partida. O más bien parecían piezas de un juego que no había terminado.

Parpadeé en medio de aquella luz pálida. Volví a parpadear, de repente me pareció como si una de las figuras centrales del jardín se estuviera moviendo. Una forma blanquecina titilaba, se paralizaba, volvía a titilar. Se me erizó la piel. Luego una sombra apareció saliéndose del área de oscuridad y se deslizó hacia la figura blanca titilante. Se detuvo, luego se movió, se paró otra vez y volvió a moverse una vez más. Todo en aquella figura era un completo sigilio o algo peor. La blanca figura sin duda no se había enterado de que aquella sombra avanzaba sutilmente. Quise gritar en alerta, pero yo también sentí que debía permanecer en silencio y esconderme tras el parapeto. Abrí la boca pero, como si estuviera en un sueño, no se oyó nada. Luego vi como si la figura blanca y oscura se encontrasen, dieran un giro y se unieran. En medio de la noche se oyó un agudo grito.

Casi en el mismo instante la luna quedó eclipsada por una nube. Como una vela que se apaga. Para cuando volvió a salir, la escena había cambiado nuevamente. En el jardín ya no estaba la inquieta figura, ni la blanca ni la oscura. Solo reinaba la noche y el silencio. Nada más.

Quedé aguardando algo, pero de alguna manera sentí que lo que había presenciado allí se había acabado totalmente. Sin embargo, me seguí aferrando al parapeto unos minutos más. Luego, con frío y con miedo, me volví a meter dentro, cerrando cuidadosa y silenciosamente la ventana, y de puntillas atravesé las maderas del piso llenas de astillas hasta la cama. Me quedé tumbado y cerré los ojos. La luna ya no me daba directamente en la cara pero disparaba su luz hacia el rincón más alejado de la gran habitación. Mientas poco antes me había quedado absorto pensando en Kate, ahora era la imagen o las muchas imágenes que acababa de ver las que se apoderaban de mi mente: el aislado jardín, dispuesto en forma de cuadrados pálidos y oscuros, aquellas figuras borrosas e indefinidas, ese chillido agudo.

Perfecto, aquí había alguna especie de obra dando vueltas, pero ¿qué era? ¿Quiénes eran los actores?

Dormí unas cuantas horas. Cuando desperté tenía una luz grisácea filtrando directamente en el dormitorio, reemplazando aquella brillante luz de la luna. Se oía el canto de los pájaros. Al recordar lo que había visto y oído durante la noche, decidí al principio atribuir aquella gran historia a mi imaginación. Quizá ni siquiera me había despertado ni levantado y había estado soñando todo aquello (como cuando se sueña que has despertado de un sueño). Y si en verdad me había escabullido por esa ventana y luego me había emocionado sobre los tejados, ¿qué había presenciado de todas maneras? Figuras en la noche, el grito de algún animal que fuera cazado. Nada más. Así fue que me convencí y me di la vuelta para abrazar nuevamente un sueño tranquilo una hora más.

Pero el juego continuaba, y con algo también mortal y serio; esa mañana, algo más tarde –ya que Instede comenzaba a movilizarse para la boda estival del heredero de la finca– Henry Ascre, el mismo lord Elcombe, segundo poseedor de todo aquello, fue hallado muerto en el jardín de carpe. Parecía que lo habían empujado, con mucha violencia, al reloj de sol que estaba cerca de la caseta de verano. La primera persona en ver a Elcombe (es decir, la primera después del asesino) fue uno de los jardineros, que se encontró con su patrón tumbado encima del reloj, con los brazos extendidos y las piernas separadas en torno al pedestal de piedra. El jardinero no lo reconoció al principio; probablemente pensó que era alguno de los invitados de la boda, o más bien uno de esos pobres actores que se quedaría dormido en una postura muy peculiar y bastante incómoda en una noche de borrachera.

Pero, cuando se acercó, vio aquella boca y los ojos entreabiertos mirando hacia arriba de su lord y amo.

Se quedó consternado al ver un objeto triangular negro que estaba sobre el pecho del lord. Y fue cuando algunos de los otros criados, junto con Oswald el mayordomo, se acercaron a mirar y fue después a levantar el cadáver cuando se dieron cuenta del objeto. Era la punta afilada de la aguja de latón del reloj (cuya sombra inocua servía para recordar a los que pasaban por allí el paso del tiempo) que atravesaba su corazón. A Elcombe lo habían empujado y luego probablemente lo sujetaron del reloj con la suficiente fuerza y furia para que la punta no llegara únicamente a penetrar la espalda y el corazón sino que se le salieran también las entrañas por el pecho. El metal había quedado doblado por la fuerza pero no antes de materializar aquella tarea.

Tempus edax rerum se leía en la inscripción del reloj. En el caso de Elcombe, las palabras tenían todo el sentido del mundo: el tiempo es verdaderamente el gran devorador de todas las cosas.

Podría, creo, haberse considerado un accidente. Podría haber pasado que Elcombe –quizá un poco excedido de alcohol de la noche anterior (aunque era muy difícil imaginarse que un hombre acerado como él pudiera entregarse a algo tan mundano) o quizá dejándose llevar por la de furia o por un descuido– hubiera resbalado y caído sobre el reloj de sol del jardín y luego atravesado por aquella aguja. También podría haber ocurrido que, en esa angustiosa lucha por liberarse, empujara aquella daga de latón insertándosele aún más.

Pero la mano del hombre parecía ser más culpable que la aguja del reloj. Y esto lo demostró el hecho de que el joven Harry Ascre, que se iba a casar aquel día de verano, deambulaba por uno de los senderos del jardín mientras Oswald y los criados se recuperaban del primer susto. Se encontraban estudiando silenciosamente cómo separar el cuerpo de la aguja y llevarlo a la casa. Ascre vestía sencillamente una camisa y unos pantalones. Parecía confundido. Tenía la camisa y los calcetines llenos de sangre, sin duda de su padre. Le hicieron varias preguntas pero se negó a responder o no era capaz de reaccionar. Permaneció de pie, con la boca semiabierta, sin mirar (como se notaba en ese momento) en dirección a donde yacía el cuerpo de su padre. Luego se dispuso a seguir deambulando, como si hubiera salido a dar su paseo matutino en el día de su boda. Pero Oswald dio órdenes para que lo detuvieran y entonces dos o tres de los criados más corpulentos cogieron al hijo del amo y heredero y lo llevaron dentro, donde lo dejaron seguro en una recámara de la planta baja antes de ir a buscar el cuerpo.

Apenas puedo describir esa sensación y agitación que ahora reinaba en Instede cuando llegaron las noticias de la muerte de Elcombe. Toda muerte ha de conmocionar la sensibilidad de un pueblo. Habíamos experimentado aquello con la reciente muerte de Robin, pero esta vez, la segunda muerte violenta en menos de una semana, no era algo que se pudiera comparar con la muerte del hombre del bosque. Mientras uno de ellos había caído en una extrema locura, casi fuera de lo humano, el otro lo había hecho sobre su propio corazón. Para describirlo de otra manera, él era como una rueda de cuyos radios dependían cientos de personas, desde jardineros hasta granjeros, desde cocineros hasta guardabosques. Que lord Elcombe fuera amado u odiado, o que sencillamente dejara consternada a la gente, no venía al caso. Él –o su posición– aseguraba que muchos hombres y mujeres y sus hijos también tuvieran un techo, comida y ropa a cambio de su trabajo. Y saber de su muerte, especialmente en semejantes circunstancias violentas, era sentir que el mundo temblaba.

Hasta nosotros los actores sentíamos profundamente la pérdida de un cliente. Y ahora estábamos en su casa como invitados y, cualquiera que fuera el motivo de este noble para patrocinar a la compañía Chamberlain, no podíamos sino estar agradecidos por su reconocimiento.

La incertidumbre que se había adueñado de las personas a su cargo, era el peor aspecto de toda la situación, o mejor dicho, uno entre los varios que se disputaban por ser el peor.

En principio la familia tuvo su momento privado de duelo, es decir, lady Elcombe y Cuthbert Ascre. Penélope pasó encerrada casi todo el día con el párroco Brown. Cuthbert despareció de la vista. Como ocurre con el primer impacto de una muerte, la madre y el hijo debieron de quedar horrorizados por el hecho de que el asesino de lord Elcombe compartiera la misma sangre. Hay un horror particular en un parricidio.

Pero allí no terminaba tal horror; este no era un día cualquiera en Instede. Algunos de los invitados importantes se reunieron para celebrar la unión de Harry Ascre y Marianne Morland. Ahora el padre del novio estaba muerto, asesinado violenta y horrorosamente y el novio y heredero de Instede se encontraba aprisionado en la gran casa que, al menos por su apellido, ahora le pertenecía. Todo el mundo había sido expuesto brutalmente a aquella división y odio engendrados en el seno de la gran familia.

Ya no había comentarios sobre la boda, por supuesto.

Antes de que acabara el día, la mayoría de los invitados se había marchado con aspecto sepulcral y algunas lágrimas. Los Devon y los Cornwall, los Winchester y los Derby, Inglaterra se marchó de Instede. Y como si fuera un acto de burla o rebeldía al sentimiento humano, el sol brillaba impasible mientras se iban. Yo mismo vi a los Morland subirse a su carruaje. Tenemos un deseo natural de observar cómo otros soportan su angustia –al menos si no los conocemos– así que observé con un ojo escrutador cómo el matrimonio Morland había perdido la gracia que había rebosado alguna vez en aquel banquete. No pude ver a la hermosa hija porque llevaba un velo, pero cuando subió a aquel carruaje preciosamente elaborado tropezó y su madre la cogió del brazo para ayudarla. De repente sentí una tremenda lástima por aquella muchacha, alguien con quien ni siquiera había hablado y a la que nunca me acerqué a menos de diez metros. ¿Quién sabía si ella había elegido a Harry Ascre como esposo o, no sería mejor decir que él había sido elegido para ella por culpa de sus hambrientos padres? ¿Quién sabía si ella estaba dispuesta a casarse o resignarse a ello?

Por lo que había observado en el banquete de anoche no se veía mucho sentimiento entre los esposos, ni miradas profundas o ávidas, ni caricias discretas. Sea lo que fuera que sentían, el sufrimiento y la situación en que se encontraba ella era algo penoso de ver y seguramente, mucho más doloroso de soportar. Despertarte en la mañana de tu boda con una fiebre de expectativas y luego descubrir que todo te lo arrebatan tan violentamente. Volver a la casa paterna, incomparable y ahora con un miembro menos, con un futuro quizá oscurecido para siempre… llorar la muerte de su suegro, y lo peor, de manos de su esposo que sería probablemente acusado de su asesinato…

Así que este era el destino de Harry Ascre: detención, encarcelamiento, juicio y condena. Y luego vendría el inevitable final de aquellos que son acusados de asesinato. Ya se habían forjado los primeros dos eslabones de la cadena y ahora el tercero estaba por unirse. No permaneció mucho tiempo encerrado en la recámara de la planta baja. A la mañana siguiente llegó desde Salisbury el inspector. Antes de su llegada, un jurado compuesto por hombres de Rung Withers y dos o tres pequeños poblados de las afueras de la finca, habían sido convocados inmediatamente por Sam, el administrador. Apenas llegaron aquellos hombres se ocuparon de su tarea como buenos ciudadanos, sentados en la misma sala en la que habíamos ensayado y, casualmente, donde se iba a llevar a cabo un juicio por homicidio. El inspector evidentemente se esperaba tal hecho –en realidad era difícil ver qué otra conclusión podría sacarse– porque a Instede llegó con dos jueces. Inmediatamente citaron a juicio al joven y luego lo llevaron a Salisbury esa misma noche, acompañado por un escolta para que asegurarse de que llegaba a su destino. Supuse que sería alguno de los contactos que tiene la familia Elcombe.

El juicio fue sorprendentemente rápido, reflejo de la naturaleza seria del crimen y la jerarquía de la víctima. También se consideró que, sin duda, era mejor para todos que Harry se fuera de Instede lo antes posible para que estuviera en un lugar más apropiado y no en casa de su padre. Este sitio era la cárcel de Salisbury donde permanecería en custodia hasta las próximas actuaciones, que tendrían lugar en una semana.

En algún momento durante el interrogatorio el joven Harry argumentó que había encontrado a su padre por la mañana temprano en el jardín y que, en ese ínterin, debió de haberse manchado con sangre. Luego, no agregó nada más. Todo ese silencio continuo parecía acusarlo más allá de cómplice en la muerte de su padre, aparte de lo que probaba la sangre en su camisa y calcetines. A todo esto se añadía la sospecha, que no había sido muy comentada y ahora de pronto estaba en boca de todo el mundo, de que el joven Harry nunca había querido casarse, pero que le estaba obligando y presionando su tirano padre. Finalmente, todo llegó a un punto crítico en la mañana de la boda. Se decía que este había encontrado a lord Elcombe, ya sea intencional o casualmente, en el jardín de carpe. Quizá había hecho el último intento por convencerlo de que lo liberara del yugo marital. O, a lo mejor, había acusado a su padre de obligarle a tal destino solo por interés (y dinero) y de no preocuparse por su bienestar. Quizá su padre mostró una actitud desdeñosa y le dijo que no fuera tan idiota de esperar a amar a una mujer con la que casarse. ¿Para qué servían las prostitutas entonces? Quizá el padre pusiera en entredicho el talento de su hijo en la cama.

Quizá… quizá…

Nadie sabía nada pero casi todos pensábamos que habíamos oído alguna parte del diálogo entre padre e hijo antes de que este arremetiera contra el otro y lo dejara en el suelo tirado. Era una casualidad macabra que el padre estuviera boca arriba con la espalda sobre el reloj y aquella aguja filosa de latón. Y mientras la "daga" iba atravesando las costillas y perforarndo su corazón, ¿qué hizo su hijo? ¿Se quedó allí, aterrado, salpicado de sangre, mientras su padre se retorcía de dolor en su agonía? ¿Esperó impacientemente a ver qué haría después? ¿O le tapó la boca a su padre con la mano para sellar aquellos gritos? ¿O en esa furia que le cegaba aprovechó el momento y arrastró el cuerpo de su padre hasta la superficie plana para hincarle la punta que sobresalía del reloj en su corazón que estaba resbaladiza y llena de sangre?

Todas estas versiones del hecho circulaban ahora y probablemente otras muchas. Y todo aquel cotilleo, susurrado, doloroso pero de alguna manera escaldado, coincidía en un solo punto: que el joven Harry Ascre no había planeado deliberadamente matar a su padre aquella hermosa mañana de verano. En principio, si estuvieras planeando cometer un asesinato, casi nunca pensarías hacerlo en un espacio tan al descubierto como el jardín de carpe y con un arma tan engorrosa e inusual como la punta de un reloj de sol. Y después, todo el mundo coincidía en que no tenía carácter de asesino, lo que fuera que eso significara. El muchacho era, sin embargo, un joven intenso y claramente infeliz, y aún más infeliz a medida que se acercaba la boda. Yo mismo había sido testigo de esto cuando lo vi hablando entre dientes y refunfuñando en medio del jardín.

No había mucha diferencia si había planeado asesinar a su padre o no. Este hombre ahora se dirigía en una sola dirección pues lo iban a procesar en Salisbury pero también tendría la suerte de que se le concediera una audiencia de más de media hora. No aparecieron testigos en su contra, tampoco había a su favor, y si hubiera habido alguno, no necesariamente lo hubieran escuchado. Contra Harry Ascre se argumentó completo silencio, cercanía al lugar del asesinato, su ropa con sangre y la consabida diferencia que tenía con su padre sobre el matrimonio. Si se reunía todo esto, la decisión era o sería decisiva. Ascre tenía solo un destino: lo ejecutarían en público como a todo criminal, colgándolo de una soga. Sin piedad alguna, le negarían el hacha y la privacidad en el patio de ejecución que es una prerrogativa de los nobles. Solo la reina podía concederle el indulto. Igualmente, no había motivo alguno para que la reina Elizabeth perdonara al joven criminal que había arrebatado la vida de uno de sus principales cortesanos, aunque se tratara del propio hijo del cortesano. Habría sido mucho mejor para Harry Ascre (pensé cínicamente) que le hubieran concedido algunos de estos derechos, algo de gracia, de contención a un joven soberano que lo necesitaba. Pero no recibió nada de aquello. No, era hombre muerto en la celda de Salisbury.

¿Qué pasaría entonces? Supongo que Cuthbert Ascre heredaría tal título y propiedad. Bueno, si nunca podría pisar un escenario, al menos iba a ser libre de representar el papel de patrón para satisfacción de los actores.

Todo lo que he contado llevó un par de días en hacerse evidente. Y, por supuesto, en todo ese ínterin, la vida en aquella casa continuó en medio de esa infelicidad. Se hicieron luego los preparativos de inhumación de lord Elcombe en el panteón familiar de Instede. Su cuerpo yacería al lado del de su padre, el primero que obtuvo tal título. Lady Elcombe permanecía encerrada la mayor parte del tiempo, aunque un par de veces alcancé a verla envuelta en ese oscuro atuendo. Algunas veces, en compañía de Brown, el párroco, y otras, de Oswald, el mayordomo. Eran la noche y el día estos dos. Yo no tenía duda sobre quién preferiría tener para consolarme. Oswald adoptó un papel más central en esta casa y no parecía simplemente hablar en nombre de su difunto amo sino que, mientras el actual heredero padecía en aquella cárcel y antes de que su sucesor se confirmara, en realidad era el amo de todo lo tenía bajo su cargo. Su expresión me recordaba al suelo escarchado de una mañana de invierno. Sus largos brazos colgaban del cuerpo como intestinos atrofiados.

Había creído que la Chamberlain ya debía abandonar Instede, porque no había motivos para quedarse más tiempo. Naturalmente, el *Sueño* había quedado en el olvido; a nadie le interesaba ya disfrutar de ningún entretenimiento (aunque, en algún sentido, era lo que precisamente se necesitaba). Sin embargo, nuestros actores mayores Richard Sincklo y Thomas Pope tuvieron una charla extensa y avisaron a uno o dos más de que nos quedaríamos hasta que se rindieran las exequias de Elcombe. Según ellos, era porque el lord había sido un cliente fiel y entonces nosotros debíamos compensarlo y ofrecerle todo nuestro respeto ahora que se había ido. Estoy bastante convencido de que Sincklo y Pope creían en su propio argumento. Rendirle las exequias era una manera honorable de agradecerle. No éramos unos comerciantes que dependían del libro de cuentas para realizar sus negocios. La relación con nuestros amigos y clientes era cada vez más cercana. También se debía pensar en que cualquier relación con la familia Ascre no se cortaría con la muerte del padre. Otro vendría en su lugar. Y, por supuesto, ya habíamos creado una buena amistad con Cuthbert en el drama.

A pesar de ello, los miembros más jóvenes de la compañía estaban ansiosos por escapar de allí, salvo dos o tres como Will Fall, que había creado lazos cercanos con alguien, aunque se quejaba de que su insulsa Audrey se había vuelto menos comunicativa con el pretexto del duelo.

Laurence Savage puso su mirada cínica al ver que nos demorábamos en marcharnos.

–Es porque estos cabrones no nos han pagado todavía y probablemente no lo hagan ahora que Elcombe ha muerto y todo eso. Por eso el viejo Sincklo y Pope se reunieron y decidieron que debíamos ser recompensados con comida y bebida por un tiempo más, sobre todo porque había un funeral a la vista. Y un funeral es un gran detonador del apetito. Piensa un poco, seguramente usarán sobras del banquete de la boda.

–Contrario a lo que ocurre en *Hamlet* –dije–. Esta vez el festín del funeral saldrá del gran banquete de la boda.

–Conoces muy bien esa obra, Nicholas, ¿no es cierto? –dijo Laurence.

En cuanto a mí, no estaba del todo mal porque nos quedábamos un poco más. Y no era precisamente porque esperara avanzar algo con Kate Fielding… sino porque, es tal la falsa ilusión de un enamorado, que tampoco había abandonado las esperanzas. Y a veces basta con solo observar y contemplar todo desde la acera de enfrente. No podía esperar mucho más.

A pesar de que Adam Fielding no había intervenido en el juicio de Harry Ascre, permaneció en Instede con su hija para ofrecer su ayuda y apoyo necesarios a la desconsolada familia. O al menos eso podía deducir de su presencia.

Por supuesto tengo mi propia versión sobre la muerte de Elcombe. Aquel momento, aquella madrugada de verano en la que estaba agarrado al parapeto, mirando hacia el jardín en forma de ajedrez, donde la figura oscura y la figura blanca giraban juntas y se movían por alguna mano invisible, quedó retenido como una especie de sueño retrospectivo. Aquel paisaje lunar y pálido, el susurro del agua en la fuente, la manera sigilosa en que se deslizaba la sombra hacia la figura blanca, aquella escena borrosa y enigmática donde la luna quedó eclipsada por una nube y aquel agudo grito que detonó luego... ¿lo había presenciado realmente? ¿O se trataba de un ensueño, quizá inducido por la historia que me contó Laurence Savage sobre aquellos hombres en traje oscuro que venían a ofrecer un dinero que llevaba la sangre de un niño?

Pero en mi interior, más que en mi cabeza, sabía muy bien que no era un sueño. Era instinto, no la razón, la que me hablaba. En ese jardín habían estado estas figuras, y algún... asunto había ocurrido allí. ¿Tendría algo que ver con la muerte de lord Elcombe de manos de su hijo? Intenté recordar la posición que tenían las figuras con respecto al reloj de sol y la caseta de verano. Pero todo lo que mi retina había grabado de ello era una imagen oscura donde todo desaparecía en un instante como para saber qué era. Era bastante desagradable pensar que podría haber sido testigo de un asesinato y prefería encontrar alguna otra explicación, pero no podía. Suponiendo entonces que todo esto hubiera ocurrido realmente, que el asesinato se hubiera cometido mientras yo lo observaba, ¿aquella figura oscura debería poder identificarse con Harry Ascre y la figura blanca con su padre? Esto no parecía ser así. El rápido y fugitivo movimiento de la sombra se ajustaba mucho más a la naturaleza del padre mientras había algo de la figura blanca que parecía sugerir al desafortunado hijo. Aunque no había visto lo que ocurrió después, tenía la fea sensación de que la figura oscura, tal y como estaba, había acaparado a la blanca. Y si se hubiera dado algún tipo de pelea entre padre e hijo, este hubiera sido el resultado, sin duda.

No obstante, cuando el cuerpo había sido encontrado, transfigurado por el impacto de la aguja, Elcombe tenía su oscuro atuendo habitual. Y en cuanto a Harry, que había sido visto paseándose por un sendero, llevaba una camisa blanca y unos calcetines claros, en los que claramente se contrastaba la sangre de su padre. De esta manera, si el padre se hubiera montado sobre su hijo y allí hubiera comenzado la mortal lucha, la emboscada habría salido mal y la figura blanca habría derrotado a la oscura. ¿Pero, de todos modos, por qué el padre se iba a cercar sigilosamente al hijo? ¿No había Elcombe solucionado sus problemas con su hijo mayor? El joven Harry estaba por casarse y de esa manera iba a asegurar lo que su padre necesitaba. ¿Por qué Elcombe arriesgaría todo aquello por un encuentro nocturno con su hijo?

También el tiempo jugaba un papel importante aquí. Todo esto ocurrió alrededor de la una o dos de la madrugada, antes de que apareciera la mínima señal de luz por el este. Así que el hijo y heredero de Instede habría asesinado a su padre y luego se habría quedado deambulando durante cuatro o cinco horas más yendo y viniendo, temblando por el rocío de la mañana, mientras las manchas de sangre se imprimían en su ropa. Esto era posible, pensé. Este sería el tipo de comportamiento de un hombre que acabara de asesinar a su propio padre. Después de todo, ¿qué significaría el tiempo para él? Él acababa de matar el tiempo, ¿no?, arrojando a su padre encima de una aguja de reloj. Y este reloj ya no tenía utilidad hasta que le colocaran una aguja nueva. Tampoco creía que alguien fuera a estar ansioso por cambiar aquella pieza.

Padre... tiempo... padre... tiempo. Quizá el joven Ascre quería detener el tiempo, posponer el momento de su boda, para siempre.

Estos pensamientos, si fueran dignos de llamarse como tal, rondaban mi mente. Pero todo lo que pensaba era simplemente una manera de evitar tomar alguna acción con respecto a lo que había visto. La visión que había tenido bajo la distorsión de la luz de la luna no exoneraba a Harry Ascre; sino todo lo contrario, parecía confirmar su culpabilidad. Por otro lado, tampoco pensaba quedarme callado. Y obviamente la persona que sería mi confidente en esta historia debía ser el juez Adam Fielding nuevamente.

Primero, sin embargo, había otra cuestión que tenía que ver con todo esto que debía aclararse. Antes y después de representar la obra del *Sueño,* Laurence Savage me había contado la extraña historia de ese odio que le tenía a lord Elcombe y al mayordomo Oswald. Así era, aunque odiaba mucho más a su madre por aceptar el dinero por la muerte del pequeño Thomas, pero su desprecio hacia Elcombe ya se había manifestado desde que la Chamberlain había llegado a Instede. ¿Qué había dicho sobre estos dos individuos? "Los odio a los dos y lo haré por el resto de mi vida." Bueno, fue el amo quien murió primero. Y era algo bastante natural pensar que el propio Laurence tenía más claros motivos para asesinarlo. La última vez que lo vi fue merodeando en plena noche con una borrachera brutal y sumido en los recuerdos de la muerte de su hermano y la traición de su madre.

¿Podía caber la posibilidad de que Laurence se hubiera perdido por ahí, no muy lejos del área de escena, borracho, que despertara tras unas horas y se encontrara a lord Elcombe, también deambulando inquieto por los jardines? Habría una confrontación entre ellos. Mi compañero le habría hecho recordar a su cliente aquel incidente ocurrido hacía años en Fleet Ditch, cuando un carro que venía a toda velocidad arrolló a un pequeño. Quizá Elcombe habría dicho que no se acordaba de tal accidente. Quizá habría hecho caso omiso a aquello (después de todo, él tenía asuntos importantes que atender: la inminente boda de su hijo, el gran pedazo de dote de su nuera). Quizá habría bromeado sobre ello. Una broma era lo indicado. ¿Qué era un pobre niño para uno de los hombres más poderosos de la región? Algo de lo que dijera habría encendido la furia de Laurence y, en ese momento, el actor habría empujado bruscamente al noble, tan violentamente que caería sobre la aguja del reloj. Luego Laurence habría hecho más fuerza para empujarlo –o se habría quedado allí impaciente por ver a su enemigo retorcerse– o se habría tambaleado sin darse cuenta de lo que había cometido. En resumen, cualquiera de las reacciones que habían sido atribuidas al hijo de Elcombe.

Yo conocía a Laurence Savage, en realidad no mucho, sino más como a un colega del teatro. Esa mirada insulsa era ideal para cuando se necesitaba algún villano encubierto, aunque la comedia era su fuerte. En general, su naturaleza parecía obedecer a una relación irónica con su apellido: era muy tranquilo, de carácter dócil. Por eso me había sorprendido todo esto, a pesar de que me hubiera emocionado con la historia de su pequeño hermano y con lo que había insinuado con su historia familiar después. No había estado bien que creciera en toda esa triste atmósfera, pero luego pensé, quizá siendo un poco injusto, en el papel que había interpretado en *Sueño de una noche de verano.* Bottom se vuelve un imbécil, aunque él no lo sabe, y crece con un carácter prepotente. Se trata de un cambio a base de amor. Aunque el odio puede causar los mismos cambios, y convertir todo en algo más desagradable y menos cómico que un imbécil. ¿Laurence se había convertido en un Savage con instintos asesinos, arrastrado por aquel odio y miedo a Elcombe?

Para ser honesto, no lo creo. Aún confiaba en el instintivo conocimiento que tengo del hombre; *aunque no podía estar seguro.* Había solo una manera de estar seguro de que Laurence no se encontraba cerca del jardín de carpe en medio de aquella noche: haberlo visto en el momento en que subí a la habitación más alta donde todos estaban durmiendo, o donde al menos la mayoría de nosotros habíamos estado durmiendo. No pude saber dónde estaría la cama de Laurence. ¿Quizá del otro lado de la habitación, cuatro o cinco camas más adelante de la mía? Tenía grandes sospechas. Pero de si su cama estaba ocupada o no la noche del asesinato, no tenía idea. Dos o tres de mis compañeros, en particular emocionados por la obra y con vistas a disfrutar de lo que vendría luego de una actuación, no se encontraban en sus camas. Con preguntarles si habían visto o si habían creído ver a Laurence Savage mientras se encontraban en medio de tal diversión, habría estado pidiendo una justificada ostia en la nariz. Todos podíamos cuidar de los demás en la obra, pero, salvo en casos extremos, cada hombre era responsable de sus actos.

Así que, había solo una manera de llegar al fondo del asunto. Tendría que ir y preguntar a Laurence directamente. Tuve en mente varias preguntas que luego aborté: "Bueno, Laurence, espero que estés contento de que tu lord esté muerto…" o "vi algo muy extraño cuando me subí a los tejados aquella noche, Laurence...", solo en caso de que Savage me ahorrara tener que ir directo al grano. Aparentemente este asunto le había estado perturbando a él también.

–Hablemos, Nicholas.

–He estado esperando hablar contigo, Laurence.

Nos dirigíamos al lado sur de la casa, a unos pocos pasos del jardín donde había tenido lugar el asesinato.

–Puedo adivinar tu inquietud. Tiene que ver con… la otra noche y la historia que te conté ¿no?, sobre mi madre, mi hermano, lord Elcombe y el mayordomo.

Por un instante pensé que Laurence estaba por admitir que había inventado todo. Que era simplemente un cuento.

–No quisiera tener que rendir cuentas de lo que digo –soltó.

Seguro que se había inventando la historia.

–No estoy negando lo que ocurrió en Fleet Ditch, yo estuve allí. Lo que he dicho, dicho está. Pero cuando te conté del accidente, estaba afectado por el alcohol y… por el desprecio que he estado engendrando cada vez más a ese hombre desde el primer momento en que vi ese montón de dinero. Fue un alivio hablar contigo, Nick. Sabes escuchar.

–Gracias –le dije, sin saber qué responder.

–A decir verdad, deseaba verle muerto y a su mayordomo también, y desde ese momento pensé que debía tener cuidado con lo que dijera, aún si estaba borracho o enfadado, sobre todo en esos dos casos.

–Puedes estar tranquilo, Laurence. A Elcombe le dio muerte una mano humana y la punta de un reloj de sol, y no tus severas palabras.

–Ah, gracias –apoyó la mano en mi hombro y me miró más relajado. Evidentemente había estado sufriendo con sus pensamientos, encadenando sus palabras con el destino de su enemigo. Solo un actor o un poeta pueden tener tanta fe, y temor, en el poder de las palabras.

–Durante su vida, lord Elcombe debió de haber acuñado toda una pila de palabras duras, por su naturaleza –dije.

–Ah, sí –dijo Laurence con avidez. Se le notaba aún más relajado ahora. Tendría que ser muy buen actor para simular esta aflicción que tenía. (Pero igualmente era buen actor.)

–¿Qué pasó contigo esa noche de verano, Laurence?

–¿Por qué lo preguntas?

–Por pura curiosidad, nada más.

–No puedo recordar claramente. Había bebido bastante y después de hablar contigo, seguí bebiendo. Supongo que deambularía por los campos como un desgraciado. Debí de haberme quedado en algún sitio porque recuerdo que me desperté y me encontré sobre la hierba. Luego supe que estaba tumbado en mi cama allí en nuestra habitación y que ya estaba amaneciendo.

–Así que de alguna manera debiste de poder subir las escaleras hasta el dormitorio y luego encontrar tu cama y acostarte en medio de la oscuridad.

–Bueno, Nick, ni Peascod ni Mustardseed me subieron hasta allí. Soy Bottom únicamente en la obra aunque haya hecho gilipolleces.

–Claro que no, claro que no –dije, queriendo evitar que brotara cualquier reacción de furia de Laurence–. Cuando estabas eh… vagando por allí, ¿notaste algo… alguien… por el jardín?

Le señalé hacia el jardín de carpe. A través de las ventanas y los arcos de ramas, los bordes y extremos de las estatuas daban un brillo blanquecino bajo el sol.

–Había mucha gente aquella noche, creo. Pero en mi estado apenas podía ver con claridad… o recordar quiénes eran y si los había visto.

–No, por supuesto.

–¿Qué viste tú? –preguntó Laurence de repente, casi bruscamente–. Sin duda, todas tus preguntas van dirigidas a algo en especial.

–Yo estaba en los tejados –dije–. Creí haber visto unas siluetas allí en el jardín. Pero era todo imaginación mía, espero.

Laurence se mostró curioso por saber qué era lo que yo había estado haciendo en los tejados de Instede, así que me lancé a contar lo más importante. Como había estado tan abierto tenía que explicarle todo esto. Pero no podía arrojar luz sobre el misterio de las figuras en el jardín y hasta podía insinuar que quizá yo había bebido algún licor más de la cuenta y por ello no podía recordar. Ya sea esto o aquello era todo un truco de la luz de la luna. Pura imaginación.

Mientras más lo pensaba, sin embargo, más me convencía de que yo había presenciado algo. Pero, ¿qué? No había alternativa. Tenía que hablar con el juez Fielding sobre esto. Estaba intentando evitar llegar con otra sospecha de muerte. Tras aquella última ocasión en la que, tras terminar la entrevista con lord y lady Elcombe, me había dicho bruscamente que yo estaba demasiado curioso, me preguntaba cómo reaccionaría a esto último.

Lo encontré justo escribiendo, como siempre, y me sentí mal por estar molestándole. No obstante, me invitó a pasar para hablar con él y no me trató de lunático. En lugar de ello, tomó muy seriamente lo que le conté y, dos o tres veces, me hizo repetir lo que había visto cuando me subí a los tejados. Ahora me tocaba a mí ser el interrogado. Me preguntó la hora exacta y por qué había concluido que era en mitad de la madrugada. Quería saber qué era lo que me había inquietado totalmente: un llanto, un grito..., ¿qué tipo de ruido en la noche exactamente? Insistí en que si hubiera sido un ruido lo tendría latente en la cabeza. Lo único que recordaba era que me acerqué hacia donde daba la fría luz de la luna. ¿Por qué me acerqué a la ventana entonces? No lo sabía. ¿Por qué la abrí? Tampoco lo sabía (en realidad, pensaba en una frase del maese Shakeaspeare, bueno de Bottom: "Por qué, si puedes dejar abierta una de las bisagras de la gran ventana de la sala donde actuamos", aunque ni se lo mencioné, porque cualquier cosa sonaba mejor que esa estupidez). ¿Por qué salí por allí? ¿Qué era exactamente lo que vi en el jardín allí abajo? ¿Cuánto tiempo permanecí ahí? Dos figuras, dije, ¿o tres?

Al final, me pidió que imitara la postura sigilosa que adoptó la figura oscura cuando había avanzado hacia la blanca. Agachándome, atravesé la habitación del juez, me paré y luego miré ladeando la cabeza antes de volver a deslizarme. Como todo actor, debo convertirme en lo que interpreto y entonces ya era toda una sombra de la noche que asechaba a su presa. Fielding dio unas palmadas, ya sea en forma de elogios, un tanto secos, o para indicarme que ya era suficiente. Luego me dijo que me pusiera de pie y me quedara en la postura de la figura blanca. Así lo hice, moviéndome y dando tembleques sin animarme a dar la vuelta, y todo el tiempo teniendo esa fea sensación de que me estaba absorbiendo a mí mismo de alguna manera.

Afirmé no estar seguro de haber visto nada, sin hablar de las dos figuras que tenían los papeles claramente definidos, el depredador y la presa. Aquel era un comentario simplemente de estilo. Y sabía incluso que cuando me agazapaba como el depredador o me quedaba quieto, aterrado, en posición de presa, todo era una simple reproducción de aquella realidad que había visto en el jardín. "Lo sabía" no por mi cabeza sino más bien por la guía infalible de mi instinto.

–¿Señor? –dije cuando terminé–. ¿Adam?

Fielding se dejó caer sobre una silla que no parecía para nada cómoda.

Se le veía tan solemne como siempre le había visto. Su mirada grisácea reflejaba cierta introspección y su barba de aspecto anguloso le daba ese aire profesional, aunque a cada rato sus sinceros rasgos se ensombrecían con algo. Era de esperar, supongo, que la muerte de Elcombe y la encarcelación de su hijo le habían afectado mucho, dada la amistad de tantos años que tenía con la familia. Todo el abatimiento y agitación que se percibían en la casa parecían destilarse en este buen hombre.

–¿Qué, Nicholas? –dijo agitado, como si aún estuviera asimilando lo que le había mostrado hace unos momentos.

–Vine a contarle esta historia con cierto temor, porque la última vez que hablamos, sobre el asunto de Robin, no llegábamos a..., bueno, a ponernos de acuerdo. Pero ahora vengo con algo que hasta para mí resulta inconcluso, usted me interroga detalle a detalle y parece aceptar lo que le cuento.

–Estos momentos están siendo muy terribles para la familia y para todos los que la conocen –dijo Fielding, intentando evitar aquella pregunta tan implícita que le hice–. Perder al jefe de familia en cualquier momento es bastante duro, pero perderlo en unas circunstancias tan violentas es un golpe muy doloroso. Y luego tener al hijo procesado por el asesinato del padre...

Y mientras tanto negaba con la cabeza como si las palabras no alcanzaran.

–Debemos también –continuó– recordar el sufrimiento de Cuthbert y de Penélope. Ellos perdieron al padre y al esposo; y corren el riesgo de perder también a un hijo y un hermano.

Recordé a lady Elcombre cuando la vi con ese aspecto demacrado pasando por la puerta. ¿Quién sabía lo que pasaba por su corazón? Solo el párroco Brown quizá; u Oswald, que estaba todo el rato detrás de ella atendiéndola, podían saberlo. Y en cuanto a Cuthbert, de hecho se le había visto demasiado poco desde la muerte de su padre.

–¿Está seguro de que Harry Ascre mató a su padre? –pregunté, teniendo en mente la imagen de aquel joven en la cárcel de Salisbury.

–¿Cuál es tu opinión, Nick?

–Estuve intentando cuadrar lo que presencié en el jardín con lo que había ocurrido en realidad. Si mis ojos no me engañan, vi a una persona de ropa oscura que montó alguna especie de emboscada en aquella figura de color más claro. Pero no sé qué fue lo que pasó al final.

–La luna estaba oculta, ¿la luz se fue?

–Así es.

–Entonces esto no está en ninguna contradicción con lo que ha ocurrido –dijo Fielding–. Debió de haber algún forcejeo entre lord Elcombe y quien fuera el que lo asesinó. Quizá tú solo viste la primera escena de todas, el prólogo.

–No estoy seguro –dije.

–¿Por qué?

No quería decirle a Fielding que yo había identificado en mi mente a la figura oscura con Elcombe y a la blanca con su hijo y que en tal encuentro era casi seguro que el padre, aquel hombre implacable, que no toleraba ningún obstáculo, se impondría a su agresor, en vez de dejar que lo estacaran con la aguja de un reloj de sol. Lo que dije fue, que como esto ocurrió en medio de la madrugada y el cuerpo no se encontró hasta por la mañana muy temprano, que si fueran Harry y su padre a quienes vi, el hijo debió de haber permanecido en el jardín durante las siguientes horas, temblando y lleno de sangre.

–¿En vez de volver a la casa a limpiarse y destruir la ropa, etc., etc.?

–Sí.

–Este tipo de actos hablan de un hombre cuidadoso, un hombre que tiene la destreza y la voluntad para protegerse a sí mismo. Supongamos que Harry Ascre había perdido esa destreza y voluntad.

Asentí con la cabeza. Esto era lo más aproximado a la noción que yo tenía del carácter del hijo. Después de todo, el mero hecho de que lo hubieran encontrado deambulando, lleno de sangre y confundido en el jardín del padre, aunque las pruebas mostraban su culpabilidad aparente, también demostraba que no era un asesino calculador ni el tipo de persona que se molestaría en borrar sus huellas.

–No obstante, él no asesinó a su padre. Estoy convencido –dijo Fielding tranquilamente–. Conozco al muchacho desde que era pequeño y lo vi crecer. Es un chico extraño, temperamental e introvertido, pero no es un asesino.

–¿Qué podemos hacer al respecto, Adam? Lo van a colgar.

Fielding se puso de pie. Aquella actitud reflexiva que había tomado cambió a una mirada decidida.

–Podemos aplicar la misma destreza y voluntad para asegurar que lo eximan de esta acusación.

En base a su actitud, veo que el juez Fielding debe de tener mucho respeto a las leyes y tribunales ingleses pero hasta yo, inexperto en este tipo de cosas, sabía que a partir de que uno comparece ante un tribunal, no hay nada que hacer. La acusación formal solo se pronuncia contra los culpables, todo el mundo sabía eso.

–¿Cómo?

–Averiguando quién asesinó realmente a lord Elcombe.

Minutos después nos hallábamos Fielding y yo en el jardín de carpe al lado del reloj de sol mortal. Todo lo que restaba era un pedestal de piedra, una chapa de latón con la parte frontal y lo que quedaba de la aguja que se había sacado cuando se extrajo el cadáver de Elcombe. Había como vetas o manchas en la base del pedestal que podrían ser de sangre, así como también se veían manchones en la hierba. El canto de los pájaros encantaba el lugar. Las mariposas revoloteaban en el aire templado de la media mañana. El sol brillaba como siempre, con indiferencia.

Esta vez había sido Adam Fielding quien requirió mi presencia donde yacía aquel trozo de piedra sin aguja. Cuando nos acercamos al jardín, me pidió que intentara ubicar las figuras que había avistado desde lo más alto de Instede y que encontrara la posición que estas tenían en aquel "tablero", puesto que le había contado la similitud entre el jardín y un tablero de ajedrez. No era bueno decirle que había intentado hacer esto en mi mente sin lograr nada. Teníamos que investigar el terreno juntos.

Tal y como lo hizo cuando examinábamos el sitio donde Robin murió en el bosque, el juez se quedó cierto tiempo con las manos y rodillas en el suelo para investigar la base del reloj. Me imagino que la circunstancia ideal habría sido que la tierra estuviera un poco suave y húmeda, sensible a las huellas, pero no habíamos tenido lluvia desde que llegamos al campo. Me quedé pasmado, sin embargo, cuando vi un par de huecos profundos en el césped a ambos lados y solo un poco más adelante del pedestal del reloj. Fielding pasó a explicarme.

–Estas marcas son de Henry Ascre, del padre. Las últimas marcas que dejó en esta tierra. Imagine. Clavado en la punta como estaba, y sin poder salir, no tenía la fuerza para impulsarse o hacer palanca y liberar la parte del cuerpo donde estaba atravesado. En su agonía, dio golpes en el suelo con sus pies y golpeó tan fuerte que dejó estas huellas con sus talones. Pobre hombre.

Hice un gesto de dolor ante esta imagen.

–Pero no hay signo de nada más. Las marcas en la tierra se extienden unos tantos metros más alrededor de este sector pero esto lo explican las pisadas que dio aquel enorme grupo de criados cuando vino a buscar el cuerpo para llevarlo a la casa. No se nos pierde nada aquí.

–¿Pierde?

–Al menos desde mi punto de vista. Vine aquella mañana del asesinato para ver qué podía encontrar. Y a veces vale la pena hacer una revista. Nunca se sabe qué puedes estar dejando sin resolver.

Me quedé pensando en la combinación inteligencia y agudeza de este hombre, en la manera en que me había inspeccionado cuando nos conocimos en su casa de Salisbury. Algunas de estas cualidades se reflejaban en su hija, sin duda. Quizá era la presencia de Fielding la que me estimulaba a intentar deducir algunas cosas por mi propia cuenta.

–Creo que lord Elcombe conocía a la persona que le dio muerte –dije–. Quiero decir, aunque no se tratara de su hijo, él conocía a esta persona.

–¿Y cómo?

–Lo conocía y confiaba en él… o en ella quizá –agregué cuando se me ocurrió de repente esa posibilidad.

–No hagamos las cosas más complicadas, Nicholas. Supondremos que se trata de un hombre. Ahora dime, ¿qué tienes en mente?

–Tenga paciencia conmigo, señor. No soy tan rápido como usted. No había signos de violencia en el cuerpo, aparte del único golpe que tuvo sobre el reloj.

–No lo creo –dijo Fielding.

–Y Harry Ascre estaba lleno de sangre de su padre, pero tampoco había marcas en él, ningún signo de violencia. No tenía ni un solo moratón, ni un solo rasguño en los brazos y las manos.

–Ya veo por dónde va, Nicholas. Quiere decir que no hubo tal forcejeo entre padre e hijo o entre ellos y alguien más.

–Sí –dije, sin parecer tan seguro como me sentía.

–Sin embargo, murió un hombre.

–Sin habérselo esperado, sin haber estado preparado, Elcombe no tenía con qué defenderse, ¿no? y tampoco tuvo cuidado. Si venía aquí para encontrarse con alguien, o los encontró por casualidad en la mañana temprano, no preveía ningún peligro para él. Permitió a quien fuera que se le acercase, alguien que puede estar entre alguna amistad o algún familiar.

–Coincido con eso hasta ahora. ¿Luego…?

–Intercambiarían algunas palabras, algunos insultos, pero ambos estaban cerca el uno del otro. Estaban lo suficientemente cerca para arremeter y atacar de golpe de manera que Elcombe fuera sorprendido con la guardia baja... y luego empujado nuevamente encima de este pedestal. Él retrocedió unos pasos, resbaló y se cayó. En ese caso, no habría sido necesaria la violencia para causar la muerte de Elcombe, ni siquiera la más mínima violencia.

–Un solo brazo que empujara ya era suficiente –dijo Fielding–. Habría sido suficiente para mostrarse más amenazante.

–Por eso dije él o ella, recién.

Aunque, incluso antes de haber soltado esa frase, me puse a pensar y casi descartaba la idea de que Elcombe hubiera sido atacado por *alguien,* ni hablar de una mujer.

Mientras consideraba lo que había escuchado, Adam Fielding se acariciaba suavemente aquella barba en forma de espada.

–Así que, si vamos a buscar otro culpable como alternativa a este joven, me estás diciendo que debemos buscar en el círculo de gente en la que Elcombe confiaba o a la que al menos les permitía cierta intimidad. Ya que en tu... interpretación del caso, el hombre murió o lo asesinaron sin haber sospechado nada, fue bien de cerca y solo una persona allegada a él habría tenido aquella libertad.

–Sí, eso pienso –dije, sin estar seguro de que ahora mi interpretación de los hechos se viera con la luz del día.

–¿Entonces lo que viste en medio de la madrugada no tenía nada que ver con la muerte de Elcombe? Tú hablas de una emboscada, de una figura oscura que avanza sobre una figura blanca. Eso es muy diferente a la escena que me acabas de describir.

–No sé cómo, pero creo que guarda alguna conexión –dije.

–¿Y qué te lleva a creer eso?

–Mi instinto –dije.

–Bueno, eso no quiere decir que sea un guía menos fiable que cualquier otro, a veces.

–Señor, tengo una pregunta. La muerte de Robin, el hombre del bosque, que no me parecía, no me parece, que haya sido un suicidio, está relacionada con... todo esto, ¿no?

Hice un gesto indicando el lugar donde habían descubierto a lord Elcombe, inmovilizado, pero también el sitio más grande del jardín donde había visto a la figura oscura abatiendo a la otra.

–Claro que está relacionado –dijo Fielding bruscamente.

–Mi padre tiene buena opinión de usted –me dijo ella.

–¿De verdad?

–De su agudeza e imaginación. Dice que es muy imaginativo.

¿Era un cumplido? ¿O me estaba llamando lunático?

Kate Fielding y yo estábamos dando un paseo por la orilla del lago de los campos de Instede. Paseando con todo el lujo, mejor dicho; aunque me pese admitirlo. Bien vestidos, tomándonos del codo. Habíamos dado un lindo paseo por el lago y cuando encontramos una cuesta en la sombra, nos sentamos para admirar la vista. Desde aquí, el este, aquel lado de la casa se veía con claridad, con su entrada tendida de negro. A pesar de aquella sensación de luto, el sol brillaba tanto como cuando pusimos el primer pie en este campo. La luz regalaba destellos en el agua del lago.

–¿Nada que imagine, Nicholas, ningún poema? Eso es de lo que siempre hablamos.

Advertí el uso de mi nombre de pila, como así también la manera suave en que me transmitió la "buena opinión" de su padre sobre mí. Mientras me alegraba con aquella actitud más amena de Kate, no pude evitar preguntarme si habría algún motivo más importante. Algo de Instede sembraba sospecha; algo que era casi sorprendente, quizá, en una casa donde hubo un asesinato. Ese ataque de latidos potentes que comenzaban en su presencia, habían amainado un poco, quizá por la pesadumbre y dolor que se vivió los últimos días. Sin embargo, mis manos aún sudaban y mi boca quedaba seca.

–Me temo que no he traído conmigo a maese Richard Milford esta mañana. Todavía está debajo de mi almohada.

–No hay duda de eso. Pero usted, ¿puede improvisar algún verso?

–No soy un auténtico poeta, Kate, en absoluto realmente... no puedo escribir ni canturrear apropiadamente.

–A pesar de la imaginación que tiene.

–Tengo que estar inspirado –dije desesperado, evitando que insistiera en probar mi talento como poeta (inexistente), pero sin dejar de abandonar la línea de bromas que habíamos creado.

–¿Y qué es lo que le inspira?

–Ah, usted sabe, lo de siempre... la fugacidad y la belleza... la curva de una ceja... la brisa en primavera... la caída de las hojas en otoño... los labios de mi dama.

–¿Tiene dama?

Dudé un instante y eso debió darle la respuesta.

–Una vez me habló de mi amigo Milford y de sus versos, "no creo que haya mujer alguna en este caso". Así que esa es mi respuesta a su pregunta.

–¿No hemos oído demasiado ya de flores en primavera y hojas en otoño? –dijo, cambiando el tema de conversación y girando la cara hacia el agua–. Si yo viviera en la ciudad, creo que es sobre lo que debería escribir... si escribiera. Sus vistas, olores, su grandeza, el rimo de vida de la gente.

–Pero tiene una tía en Londres, ¿no es verdad? Así que sabe lo que es una ciudad.

–Solo de visita.

–Yo también estoy de visita, por unos años, nada más.

Era extraño que lo hubiese admitido tan rápidamente, dándole duro al provincialismo, a una mujer a la que quería impresionar. Normalmente estaba deseoso de que me tomaran como alguien nacido y criado en Londres. Quizá percibí aquella sencillez, su franqueza. Ese era el camino hacia ella.

–Sí, me acuerdo de que viene de estos lugares. Sus padres son gente de campo.

–Mi padre era párroco en el poblado de Somerset y mi madre, su esposa. Ambos están muertos.

–Mi madre murió cuando yo era muy pequeño pero no antes de que pudiera guardarla en mi memoria –dijo Kate–. Mi padre muchas veces me habla de ella. Dice que me parezco un poco a ella.

–Debió de haber sido... una hermosa mujer.

La pausa que siguió no fue a propósito, lo juro.

–Es un testigo parcial –dijo sonriendo.

–Todos los testigos son parciales –dije sin sentido–, particularmente cuando creen que no lo son.

–He oído que presenció algo extraño la otra noche.

Me sentí un poco confundido –no molesto– al ver que Adam Fielding no guardaba secretos con su hija.

–Sí, le conté a su padre algo que vi, o creí ver. Pero no quisiera que esta historia se difundiera.

–¿Por qué no?

–Porque se dio como un sueño o una pesadilla... una imagen borrosa que se movía. Usted no querría que sus sueños se expusieran a extraños.

–¿Yo soy un extraño?

–No quise decir eso. ¿Podemos hablar de otra cosa?

–Lo siento si lo he incomodado, Nicholas.

Se inclinó un poco y medio tomó mi mano. Realmente valía la pena estar enfadado para que me tocara. Luego, apartó la mirada.

–¿Qué hay ahí en el agua, justo ahí?

Seguí su mirada y todo lo que pude ver fue el destello del sol en el agua. Kate se puso de pie y se acercó unos pasos a la orilla del lago llena de musgo.

Cubrió sus ojos del sol y miró detenidamente al agua. Yo me levanté y fui a acompañarla.

–¿Dónde?

Señaló para mostrarme. No pude ver nada excepto las suaves ondas y plantas flotando que iban de un lado a otro cerca de la orilla. De repente, algo pareció agitarse en el fondo oscuro detrás del punto donde yo estaba mirando. Unas burbujas brotaron a la superficie y a la par se oyó un sonido muy agudo. Al principio pensé que era un pez que salía a la superficie –un pez sorprendentemente grande– monstruosamente grande. Como estaba Kate, me armé de valor para evitar echarme atrás de la orilla del lago. Lo que fuera que estuviese ahí, podía montarse sobre la tierra. No era ninguna bestia acuática sin embargo, sino más bien un bulto incoloro, de forma cilíndrica y que parecía avanzar pesadamente desde el fondo del lago, dando vueltas sobre sí mismo y dibujando un serpenteo irregular en su camino. El reflejo del sol y el suelo arenoso del lago se combinaban para ocultar la identidad de aquel objeto.

Kate me agarró fuerte del brazo y oí que respiraba agitada. Justo cuando el objeto parecía romper en la superficie y darse a conocer, bruscamente volvió a caer sobre el agua sin dejarse ver, como si algún ser o algo peor lo hubiera empujado hacia el lecho del lago. Sobre el punto donde había desparecido aquel objeto en forma de fardo se vio una agitación momentánea. Luego todo volvió a estar tranquilo y calmo.

Nos quedamos ahí de pie un poco más, Kate aún aferrada a mi brazo. En otras circunstancias habría estado contento de ello, contento de tener la oportunidad de tranquilizarla. Pero la verdad es que hasta yo estaba conmovido.

–¿Qué fue eso, Nicholas?

–No lo sé –dije con escalofríos–. Pero algo huele mal aquí en Instede.

–Nick, tienes que venir a ver esto –dijo Will Fall.

–Ya lo has dicho tú.

–Esperamos que los Paradise Brothers ofrezcan algo especial.

–¿Esperamos? Will, hablas como un miembro de familia laica, si me permites –dije, apenas intentando evitar ese tono irritante–. Cualquiera diría que nunca has visto un grupo de actores antes, y ni hablar de ser parte del misterio como miembro de la Chamberlain.

Los tres –Will, yo, y su insulsa muchacha de la cocina, Audrey– estábamos caminando hacia el gran granero donde los Paradise Brothers estaban por representar una nueva "obra" para el alimento espiritual de los trabajadores de la finca. Estaba un poco sorprendido de que, en este periodo de dolor por la muerte de lord Elcombe, ellos hubieran considerado estar autorizados para actuar. De todos modos, estaban motivados por una especie de fervor espiritual, y no por la recompensa material que nos incentivaba al resto.

–No pongo a mi propia compañía en entre dicho –dijo Will–, pero los Paradise me recuerdan tiempos lejanos en la interpretación.

–No eres tan antiguo.

–Una época que era más natural –siguió con su discurso, ignorando mi comentario–. Una época donde no existían tantas restricciones.

–Te refieres a que era todo en bruto.

–Me refiero a lo tosco y a lo honesto.

–Bueno, en eso estamos de acuerdo –dije.

–Igualmente, Nick, anhelo ver los milagros que pueden salir de trabajar con pedazos de cable y correas. Disfrutamos viendo colgado a Judas la última vez, ¿no es verdad, Aud? Casi tan bueno como en la vida real.

La moza bajita enrojecida al lado de Will parecía haberse sorprendido al ver que se dirigió a ella y le dijo algo incomprensible.

–Me pregunto a quién matarán hoy –dijo.

Tomé aquel comentario como fuera de lugar por lo que había ocurrido recientemente en la gran casa, pero era inútil responder a Will, su naturaleza era de un tipo honesto y espontáneo. Decía lo que pensaba, sin pensarlo.

Cuando llegamos al granero estaba la misma multitud de trabajadores con sus atuendos que se había reunido allí hacía un par de días para disfrutar del drama de Judas. Entre estos, localicé a Sam, el codicioso jefe del granero y guardián de la soga, y a Davy también, mi informante en la casa. Era interesante ver que, aún en circunstancias precarias como aquellas para una representación, una especie de expectativa, y hasta de emoción, se apoderaba de la audiencia. Me preguntaba con qué nos sorprenderían Peter, Paul, y Philip Paradise. Sin duda, versaría sobre algún asesinato o suicidio, como en la vida real.

Quizá, por deferencia a los trágicos hechos que sucedieron en Instede, los Brothers se habían decantado por una historia sin violencia: la parábola de Dives y Lázaro. Esta es conocida. El rico en el castillo y el pobre en la puerta del mismo. Acto seguido, el rico es arrojado al infierno mientras el pobre es elevado a los cielos, donde descansa en paz en el seno del Padre Abraham. Esto era un consuelo para todos nosotros los pobres (o no tan ricos) porque nos hablaba de que finalmente nos compensarán si tenemos una vida en la tierra llena de privaciones. Y lo que es más importante, *nos hablaba de que los ricos sufrirían por tener comodidades.* La mayoría de los hombres, si tienen que elegir entre mimarse o castigar a sus enemigos, preferirían seguramente lo último. Así que, como digo, esta es una parábola satisfactoria.

Me pregunté al principio si aquella pequeña y rústica audiencia se habría decepcionado por la ausencia de algún asesinato o suicidio, como si no hubiera bastado con lo que a unos pocos metros de allí habíamos estado viviendo. Pero el trío Paradise era muy talentoso. Sabían como cautivar a la audiencia con unos simples o rudos colores y efectos: la arrogancia de Dives y la humildad de Lázaro; el descendimiento del primero al infierno, la ascensión del segundo a los cielos. Este último efecto lo lograban ágilmente con las mismas correas y poleas que habían servido para colgar a Judas Iscariote. A medida que Paul "Lázaro" Paradise se elevaba lentamente en el aire hacia las más altas vigas del cielo del granero, donde el sol apuntaba sus rayos a través de algunas grietas del tejado, Philip "Dives" Paradise se hundía en el suelo lleno de pajas del infierno, donde se retorcía en su merecido destino.

Luego, Peter Paradise, que interpretaba al Padre Abraham, con su protuberante barba y ceño fruncido, nos hizo notar aquel abismo que divide el Cielo del Infierno y que nadie podía cruzarlo. Aún llamándonos "hermanos", como si su vida dependiera de ello, nos instruyó en dar la espalda a la riqueza y al placer y preservar nuestro lado espiritual puro y sano. ¿Qué sabrían ellos sobre la riqueza? ¿Qué podría saber yo de la riqueza, si fuera el caso? Como en las dos últimas ocasiones, cuando había estado presente en una actuación de los Paradise, esto era asunto del párroco, era parte del espectáculo. El trío de actores, o al menos Peter Paradise, eran predicadores frustrados. Recuerdo los pequeños trucos y vueltas de mi padre en el púlpito. Bueno, no hay demasiada distancia entre ambas profesiones.

Pero Peter Paradise, con aquel atuendo claro y su arenga fue más allá de lo que se esperaba. En un momento dado –que no puedo definir exactamente– dejó aquellas generalidades del sermón que realmente no ofendían a nadie para ponerse a atacar a lord Elcombe. "*Allí*, gritó, existió un Dives, *allí* estaba la riqueza en todo su poder y arrogancia. ¿Y ahora dónde está este gran hombre, orgulloso? ¿Dónde está?" Se notaba cómo Peter fruncía el ceño furiosamente y cómo lucía su barba protuberante con orgullo. Miró alrededor como si estuviese esperando que lord Elcombe saliera de entre la multitud. Luego, señaló a Dives que aún se revolcaba sobre la paja del infierno. Elcombe está donde se merece estar. En el Infierno seguramente está, consumiéndose en la angustia.

Me sentí un poco más incómodo con aquello. *De mortuis nil nisi bonum*, querían decir, ¿o no (si es que habían tenido la ventaja de aprender el latín)? Con respecto a los muertos, no deberíamos hablar más que de las buenas cosas, aunque fuera por temor a lo que el resto pudiera decir cuando nosotros también nos vayamos. Por más que hubiera hecho lo que fuera lord Elcombe en su vida, no se hallaba no estaba todavía bajo tierra y he aquí su recuerdo traducido por estos sinceros actores. Yo no era el único que me sentía incómodo. Aquella multitud de trabajadores que había aceptado la parábola –y hasta disfrutado con la idea de evitar toda riqueza que ni siquiera poseía– ahora comenzaba a moverse e inquietarse. Se oían susurros y murmullos por ahí. Mientras Peter Paradise continuaba echando pestes, se oyó un curioso comentario.

–Eso no está bien.

–No eran tan malo, el amo.

–La riqueza es mala cuando se tiene, sin ninguna duda.

Un actor receptivo habría ajustado su sermón a estas señales de protesta e inquietud, habría sido mejor que le aconsejaran callarse, pero Peter tenía mucho de párroco feroz como para que le impidieran continuar con unas simples protestas. Al recordar las peleas en Salisbury, me temí algún conflicto. Los Paradise parecía causar revuelo adonde quiera que fueran, como si su nombre no hablara de armonía, sino de puro caos. Como si en verdad no fueran hermanos, como bien decía Cuthbert Ascre, y su discurso tuviera de todo menos un mensaje de fraternidad.

Como había procedido en otra ocasión, tiré del brazo de mi acompañante. Pero Will tenía el otro brazo sobre su señorita y estaba demasiado concentrado tocándole una teta como para prestarme atención, así que di la vuelta para marcharme y caminé recto hacia donde estaba el mayordomo Oswald.

No sé cuánto tiempo habría permanecido allí a la entrada del granero, observando las payasadas de los Paradise y escuchando el discurso de Peter sobre el infierno. Aquel rostro cadavérico mostraba rechazo, aunque en realidad era lo único que se registraba de él. El inminente choque que iba a producirse pronto le hizo moverse y protestar de alguna manera.

–Actores, ¿están ustedes locos o qué les pasa? –dijo–. ¿Es que no tienen ni destreza ni educación para hablar y actuar así en una casa que está de luto?

Por un instante creí que se dirigía a mí antes de advertir que su furia se disparaba contra el trío del escenario. Aquella voz seca tan peculiar, como una hoja crujiendo contra una piedra, tenía una fuerza envidiable. Tiraba el granero abajo. Las cabezas giraban sorprendidas y alarmadas. Sam, el jefe del granero, se hundió en sí mismo. El ambiente se asemejaba a aquel en el que pillan a los niños haciendo novillos. Para enfatizar su mensaje, Oswald extendió su brazo derecho y apuntó al escenario con el dedo, acusándolos.

Peter Paradise paró en medio de su perorata. Fingía ahora haber notado la presencia de un intruso.

–¿Quién es el que osa interrumpir la palabra de Dios?

Se sintió un pesado silencio. Casi nadie en la audiencia obedeció a Oswald, pero todos en el escenario reconocieron al individuo. Creo que Peter Paradise también lo reconoció. Y las palabras que luego soltó Oswald así lo confirmaron.

–Como todos sabrán, soy Oswald, el mayordomo de Instede, y quiero decirles que no tienen ningún respeto por el lugar ni por la persona ni por el momento que se está pasando.

Tenía que admirar los tonos de voz imperiosos y secos, hasta intimidantes que usaba. Y debía admitirse que tenía algo de razón en todo ello. Evidentemente, así lo percibió la multitud en el granero, al margen del temor natural que pudieran tenerle al mayordomo.

–Nosotros respetamos solo la palabra de Dios, hermano.

Aquellos rayos de sol que penetraban las grietas y partes rotas de la construcción se sintieron de repente más abrasadores. El aire se espesaba cada vez más con las motas de polvo y trozos de paja que flotaban por ahí. Hubo un suspiro colectivo de la audiencia ¡Esto sí que era puro drama!

–No, actorcito, aquí respetará mi palabra. Y digo que no tienen educación para estar tirando pestes sobre una casa que está de luto.

Allí se oyó un ferviente apoyo de la audiencia, que asentían a todo, y no simplemente porque querían quedar bien delante de Oswald, sino más bien porque, el mayordomo les había hecho recordar lo que era correcto y apropiado. Era una cuestión de educación. Lord Elcombe habría podido ser el mismo Satán, pero no era el caso –no era una actitud de inglés– patear a un hombre que estuviera muerto en el suelo.

Incluso Peter Paradise, armado en su atuendo blanco y rectitud aún más clara, sintió que había perdido el control de la multitud. Sus dos compañeros, Paul y Philip, quienes ya se habían levantado de sus respectivos lugares, permanecían al lado de su hermano más fuerte. Hacían una buena trinidad. Pero, por todo esto consideré que Oswald era un igual para ellos. Peter se retiró de la plataforma y se dirigió hasta el fondo del granero, caminando por la multitud que se abrió paso mientras este pasaba. Discretamente, me aparté un poco de Oswald. Y luego noté que Will Fall y Audrey se habían ido juntos en algún momento de esos últimos minutos. Tenían cosas más importantes que hacer.

Ahora, en la entrada del granero, Peter y Oswald quedaron frente a frente, intercambiando el aliento, cruzando miradas duras. El actor-predicador le llevaba uno o dos centímetros al mayordomo pero este lo compensaba en masa corporal. El atuendo de Oswald era mucho más oscuro de lo normal, en honor a su amo, mientras Peter Paradise vestía un atuendo blanco que le hacía parecer uno de los elegidos más elegidos. Detrás de él estaban sus supuestos hermanos, dispuestos a seguirlo adonde fuera necesario.

Se produjo un gran silencio mientras cada uno aguardaba a que el otro reaccionara primero, ya sea acobardándose, diciendo algo o levantando un puño.

–Ten cuidado, mayordomo –dijo Peter finalmente.

–Usted cree que porque es un actor capaz está autorizado a decir lo que le plazca.

–Tenemos la autorización de mi lady, hermano –disparó Peter.

–Ya no. Ella me ha encomendado a presentarles el despido.

–Oiremos eso de boca de ella solamente.

–Ella tiene otros asuntos pendientes en este momento.

–No hay otro asunto más grande que el de Dios, Oswald. Y no precisamente los suyos.

–Cuando el amo aún vivía –dijo Oswald–, le permitía a ella invitar a grupos muy variados como vosotros porque lo que le agradaba a ella le agradaba a él, pero ya no es necesario, no es necesaria su presencia.

Paradise sintió vergüenza ante aquella respuesta. En un momento dado, su barba le quedó hacia abajo. Si la patrona había realmente desistido de su invitación, ya no había lugar para los Paradise en Instede. Quizá sin saber que más decir, repitió:

–Ten cuidado, mayordomo.

Aquel que es obligado a repetir algo en una disputa ya la tiene perdida (según ley de Revill). Quizá intuyendo esto, el actor de Paradise continuó, con su mismo tono feroz.

–Dije que tenga cuidado, mayordomo, porque se puede encontrar un día de estos durmiendo fuera en la oscuridad, como su amo.

Entonces Oswald el mayordomo hizo algo muy curioso, extremamente curioso por ser él. Soltó una carcajada. Abrió su fina boca más de lo normal y soltó un sonido como crujiente, más bien como el que hace una madera seca arrojada al fuego. Aquel ruido me dio dentera.

También afectó a Peter Paradise, le afectó más de lo que podrían haberlo hecho sus palabras. Si normalmente actúas de Dios, Moisés y Abraham, creo que luego te acostumbras a que te traten con respeto. Paradise retrocedió un paso y levantó el brazo, tal y como lo hizo en Salisbury cuando estaba por hacer la marca en Caín. Pero Oswald ni se movió. Y Paradise, bajando el brazo, recurrió nuevamente a aquellas oscuras amenazas.

–Le estoy diciendo, mayordomo, que tal como Dios encontró a su amo, su dardo también dará contra usted, y cuando menos se lo espere. Únicamente Dios suelta la flecha del tiempo y ningún hombre puede escaparse de su arco.

Oswald permaneció impasible ante esta amenaza o desahogo poético. Finalmente, como se dio cuenta de que no habría confrontación con este hombre, Peter se quitó de en medio y se dirigió adonde daba la luz del sol directa. Philip y Paul lo siguieron. Del granero se oyó un suspiro generalizado, de alivio y, posiblemente, de lamento al ver que todo aquello no terminó en un forcejeo físico entre estos dos hombres (Mi apuesta habría ido a Oswald).

El mayordomo, que aparentemente tenía su propia idea del teatro, esperó un tiempo antes de lanzar su fría mirada a los trabajadores de la finca. Nadie se atrevía a mirarle a los ojos. Luego agregó mostrando cierto desprecio:

–Sois unos vagos, triviales. Volved a trabajar.

Con una actitud dócil, salieron en masa del granero como escolares castigados. Yo me quedé allí, intentando diferenciarme del resto. Oswald fijó su mirada en mí por un instante pero, antes de que yo la hubiera cortado y mirara para abajo, la apartó y salió del granero.

Tiempo después me encontraba deambulando por ahí, reflexionando sobre lo que había visto y oído. El día continuó bien, los pájaros cantaban alegremente, pero mi corazón pesaba con todo lo del asesinato.

El asesinato de lord Elcombe, eso es. Perseguía aquellas ideas que le había presentado al juez Fielding, particularmente la noción de que, como debieron de estar muy cerca uno del otro, Elcombe ya conocía a la persona que lo mató. Sin embargo, tal como acababa de ver en el encuentro que tuvieron Peter Paradise y Oswald, los enemigos también están cerca uno del otro; cuando están por meterse en una pelea.

Y las últimas palabras que pronunció Paradise brotaban en mi mente. Todo ese discurso sobre los dardos y flechas del tiempo. Una metáfora del discurso, obviamente, porque el tiempo no posee dardos ni flechas. El tiempo no posee nada, aunque controla todo lo que poseemos. Pero un reloj de sol tiene una especie de dardo, en forma de aguja. Si se busca la flecha del tiempo en cualquier parte se debería encontrar en la cara de un reloj de sol. ¿Había sido mera coincidencia que Paradise hubiera empleado esas palabras? ¿O es que estaba haciendo alguna broma sutil sobre la muerte de Elcombe? Si era así, era solo por la falta de respeto que mostró cuando quiso acabar su actuación. Claramente, no había estado lamentando la muerte de Elcombe, aquel hombre rico e impío.

De repente tuve otro pensamiento: si generalmente actúas de Dios, ¿cuánto tiempo emplearías hasta representarlo como realmente es, en ese caso? ¿Cómo de duro podría ser adoptar la convicción de que uno es el representante de Dios en la tierra, facultado para soltar la flecha del tiempo antes de tiempo? No, no duró, mejor dicho, ¿cómo de fácil podría ser? ¿Venir a desterrar una vida que tú –y mejor dicho, Dios– desaprueba?

Me detuve en medio de ese paseo por el bosquecillo que bordeaba los límites de la finca. ¿Me estaba diciendo a mí mismo, que los Paradise Brothers se habían creído con derecho a juzgar, condenar y castigar? Miré alrededor. Ahí cerca estaba la casa de Sam, el jefe del granero, donde investigué sobre la soga que había ahorcado a Robin. Si era así, si esta trinidad Paradise se había atribuido el derecho a juzgar, ¿cómo encajaría lo que ocurrió con Robin en este esquema? Según Fielding, todo estaba relacionado y hasta mi instinto me dictaba lo mismo.

De golpe recordé las divagaciones de Robin sobre el diablo. Hablar del diablo podría resultar muy ofensivo para alguien que se cree Dios. ¿Y sería suficiente ofensa como para que uno quisiera taparle la boca a aquel que habla? Después me puse a pensar en la experiencia de los Paradise Brothers, en la habilidad que tenían con las cuerdas y las sogas para subir y bajar en el escenario. ¿Cuándo había llegado este trío a Instede? ¿Fue antes o después de que se hallara el cuerpo del hombre del bosque? Un poco antes, pensaba. Algunas sospechas rondaban mi mente.

De pronto oí unas risillas y otros sonidos que provenían de algún lugar del suelo. Me puse tenso, pero luego me relajé por un instante. Luego reconocí la risotada que sobrevino a aquella risilla.

–¿Will? –dije.

Se oyó de pronto un grito agudo de chica, luego silencio, y una voz masculina dijo:

–¿Nick?

–No, un espíritu del bosque viene a controlar tus actividades lascivas.

–Esfúmate, Nick. Audrey y yo estamos hablando sobre el campo.

De repente explotaron otras risotadas. Por más tristeza que pudiera sentir Audrey por la muerte de su amo, era evidente que había recobrado sus ganas de hablar.

Me aparté del lugar.

Bueno, supongo que era alentador saber que algunas actividades persistían a pesar de la flecha del tiempo.

El ambiente en Instede se estaba poniendo agobiante. Aquella muerte repentina parecía colgar en torno a nosotros, tal y como de la casa colgaban guirnaldas y decorados negros. A pesar de toda la grandiosa belleza del lugar, había algo dentro que olía mal, como le dije a Kate.

El día anterior al funeral, decidí marcharme de la finca. Mientras se hacían los preparativos para la inhumación de Elcombe, Instede House estaba contaminada por una sensación de pesadumbre y hasta yo sentí que vestía una espantosa máscara. Era difícil recordar cómo era una risa o una sonrisa. Estoy exagerando, pero no tanto. Cuando deambulaba por los campos hasta pensé en silbar, pero habría sido un acto de rebeldía y no algo natural. Y tampoco logré hacerlo porque momentos después vi a lady Elcombe venir con su hijo Cuthbert y Kate Fielding, manteniendo una profunda conversación. Me puse contento al ver que estaba en compañía de alguien joven, hasta que vi a Oswald aproximarse a ellos. Aquel hombre duro como un palo se inclinó y susurró algo a mi lady, sin duda para recordarle los procedimientos de la ceremonia. Después, ella siguió su camino con los otros. Pasé cerca de Adam Fielding también, que se mostraba sombrío y con el ceño fruncido como el resto. Casi ni me dio los buenos días.

Bueno, pensaba, el momento llega cuando has tenido suficiente con los males que hay en el mundo y con probar la copa del dolor, sobre todo si no la has preparado tú. El mundo –o lo que queda sano de él– sigue su curso. Gracias a Dios.

Me levantó el ánimo ver que me acercaba al camino que formaba la grandiosa entrada principal de Instede. Era como si me estuviera fugando de una prisión o, según Cuthbert Ascre, de entre las barras doradas de una jaula. No me dirigía a ningún lado en particular pero de pronto me encontré en el pueblo de Rung Withers, que estaba justo al lado de la finca. Después de toda esa magnificencia de la gran casa, me sentí cómodo en medio de aquellas casitas hogareñas con sus pocas ventanas y puertas torcidas. Hasta las casuchas hablaban del toque inglés mientras del montículo de basura a la entrada del poblado emanaba un irreprochable hedor bajo el sol de la mañana. Había una humilde capilla y una utilitaria taberna que recibía con orgullo el nombre de Ye Cloe Pole, una herrería, una panadería, etc. Los cotilleos se reunían en la calle principal (la única calle) y en ocasiones algunos carruajes pasaban por el lugar. Ese sencillo aire que tenía todo aquello me recordaba a cuando era niño en mi pueblo natal de Miching.

Aunque, no era tan fácil escapar de aquel rollo después de todo. No hablo de los problemas en Instede esta vez, sino de regresar a Salisbury. De pronto eché un vistazo a un individuo que venía tambaleándose por la calle en mi dirección. Encontraba muy familiar la manera de andar de este tío. ¿Quién era? Con su mano derecha sostenía una botella que, a pesar de estar medio borracho, se la podía echar sobre la boca. Tenía una manera propia de hacerlo, no derramaba nada, ni una gota siquiera. Pero luego, vi que balbuceaba algo dejando caer unas gotas:

–No *ez* justo. No *eztá* bien. No *ez* justo.

¿Dónde había oído aquello antes? Sin duda, en aquella escena de Salisbury cuando los Paradise habían sido apartados del escenario por el borracho durante unos momentos. Era el campesino, tan borracho como una cuba, ¿Tom se llamaba?, a quien Caín le había dado una hostia en la cabeza. Evidentemente, la borrachera de Tom no era solamente un gusto que se daba por la noche sino que era una necesidad matutina.

Nadie se daba la vuelta para mirarlo mientras caminaba por la calle. Estaban acostumbrados a verlo así. Quizá vivía allí. Traté de apartarme un poco de su camino y cuando nos cruzamos noté aquella mirada atenta que solo los borrachos tienen, siempre en alerta por si alguien les dice algo sobre su estado.

–Ey tú.

No me di la vuelta.

–Ey tú, forastero.

Sí, aparentemente me estaba hablando a mí. Me apresuré esperando que, como todo tío despreciable y de mal carácter, me dejara en paz cuando saliera de su campo. Pero no tuve tanta suerte.

–Espera, tío.

Entonces me paré y me di la vuelta para decirle algo. A esa altura ya había unos cuantos chismorreando y otros que pasaban en espera de alguna discusión o algo peor (¿y qué sería mejor desde su punto de vista que algo peor?). Aquel caballero venía balanceándose hacia mí. Con aquellos ojos redondetes y brillosos, no vería más a la luz del día que lo que podría ver a la luz de aquellas antorchas en el mercado de Salisbury. Me eché hacia atrás, intentando mantenerme lejos de la botella vacía, y con los puños cerrados en caso de que la balanceara. Arrastró un poco los pies hasta pararse a unos pocos metros de mí y ahí sentí el vaho de cerveza. Tenía una especie de fajo de papeles en la mano.

–*Ezztuyo.*

Y efectivamente era mío.

–Mi Lisandro –dije reconociendo aquel rollo de papel por el extremo arrancado tan característico.

–¿Lisandro?

–Sí, ese soy yo.

El rollo estaba perfectamente asegurado con una cinta y marcado con las letras N. R. por fuera junto con las iniciales de los antiguos Lisandro.

Claro que mis versos ya no tenían ningún uso en particular tras haber acabado el *Sueño*, pero cuando vas de bolos, se supone que debes conservar tu papel y devolverlo al guionista cuando regresas al The Globe. Hacer una copia en limpio de los versos es una faena que, si pierdes la copia o se te cae sobre la cena, el guionista está autorizado a deducirte de tu salario el costo por reemplazarla. Cuando el borracho –ahora ya no era un patán sino un buen samaritano– me dio el papel, llevé la mano automáticamente a mi alforja para guardarlo. La cinta se había soltado y todas las palabras del maese Shakespeare estaban de repente desparramadas por la mugrienta calle de Rung Withers.

–*Eztá* bien, Lisandro –musitó, aparentemente creyendo que yo era de verdad el tal Lisandro.

Cogí los papeles de sus manos sucias. Por fortuna, mi cartera aún estaba dentro de la alforja y tanteé para buscar un penique para darle al borrachín de Tom por los servicios que prestó en este drama. Sostuvo la moneda justo bajo los rayos del sol y la mordió (algo que jamás había visto antes), luego se marchó sin decir nada dando tambaleos en dirección a Ye Cloe Pole para ir a gastar la moneda antes de que se evaporara. Todo aquel tumulto de gente se dispersó, con cierta decepción por no haber visto nada emocionante. Todos se esfumaron, salvo un hombre que se me aproximó.

–Usted debe de ser maese Revill –dijo.

–Y usted el párroco Brown –dije.

Era el sacerdote. El pequeño y regordete sacerdote de Rung Withers, el que consolaba a lady Elcombe. Ya lo había visto en el banquete de la boda y luego en la gran casa.

–¿Cómo es que me conoce, señor? –pregunté. Él no tenía necesidad de preguntarme por qué yo sí lo conocía. Pues por algo vestía esa ropa oscura de su oficio.

–Me quedé sorprendido por su actuación la otra noche. Pregunté su nombre al juez Fielding. Fue todo antes de aquella tragedia.

Bueno, aunque ahora el contexto de aquel cumplido era la tragedia que se vivió en Instede, seguía siendo un *cumplido.* Y los actores deben aceptar cumplidos hasta del mismo Satán. Así que, si un párroco te felicitaba por tu actuación, tenías casi una obligación sagrada de no simplemente aceptarla sino hasta de deleitarte con ella. Además, aún conservaba suficiente respeto por ese atuendo, para ser sincero, digamos cierto respeto reverencial por él. Mi padre, como es sabido…

–¿Disfrutó de la obra?

–No, maese Revill. O si fue así, todo quedó opacado por lo que sobrevino, no correspondería disfrutarlo.

Me sentí regañado, solo un poco.

–Claro –dije–. Disculpe mi pregunta.

–No es un desprecio a vosotros los actores. Hicísteis un buen trabajo. No se desanime ahora.

Eso estaba mejor. Algo parecía mantenerse abierto, algo confiable en este pequeño hombre regordete. Después de un rato y habiéndome sometido a un par de preguntas, de repente me encontré contando la historia de mi vida atropelladamente. Cómo había nacido, cómo había sido criado en un lugar tan cercano como el pueblo de Miching, cómo había tenido un padre párroco, cómo habían fallecido mis padres durante la plaga después de la cual luego me fui a probar suerte a Londres; y no era que hubiera hecho fortuna con el teatro, no esperaba hacerlo, solo salarios simples, sino que había sido únicamente por una sincera y quizá respetable vocación. Y agregaría: a pesar de que mi padre párroco no aceptaba lo del teatro. Yo seguía parloteando. Quizá era porque me había alejado del ambiente sofocante de Instede.

–No hay nada de malo en el teatro, creo –dijo mi nueva compañía mientras paseábamos por Rung Withers. Noté cómo lo saludaban alegremente y con sumo respeto.

–El púlpito es muchas veces el enemigo del escenario –dije.

–No siempre los que hacen el bien tienen su recompensa, ni los criminales reciben su castigo. El púlpito y el escenario están creados por la misma madera.

El párroco Brown hablaba de una manera muy concisa. Tenía un acento educado, por supuesto, pero detrás de todo había un tono que no era ni local ni de Londres.

–Siempre reciben su merecido, los criminales siempre son castigados –dije, recordando una conversación similar que tuve con Cuthbert Ascre–. O casi siempre. Aunque a veces los inocentes deben sufrir.

–Por tanto debemos creer que tienen su recompensa en el cielo, maese Revill.

–Sí. ¿Ha estado en Instede recientemente?

–Hay una pobre familia. Una pobre familia.

–¿Pobre? Ah, ya veo…

Aunque soltaba frases muy escuetas, el párroco Brown dio un genuino tono de compasión. Este era el hombre que había pronunciado algunas palabras por la muerte de Robin, el hombre del bosque.

–Necesitan mucha contención –agregó.

–Mi padre no tenía mucha... eh... variedad dentro de Miching. De una gran casa a una casucha, de ricos a pobres.

–Quizá era porque no hacía distinción entre ellos.

–Porque todos son iguales ante los ojos de Dios, quiere decir –dije, intentando mostrar devoción.

–No creo que sean iguales –dijo este extraño clérigo–. ¿Quién dice que Dios no está a favor de la gente humilde, de su condición? Hábleme de la parroquia de su padre.

Así que comencé a contarle fragmentos con la voz entrecortada. Sobre el sacristán de mi padre, John, sobre Molly, que vivía lejos en Salvation Alley, sobre mis amigos de adolescencia, como Peter Agate. El párroco Brown y yo veníamos caminando lentamente por la calle principal de Rung Withers hasta que terminé de contarle. Y fue cuando dijo:

–Yo tuve una parroquia así una vez, en el norte.

Eso explicaba por qué todavía le quedaban rastros de su acento.

Cualquier otra conversación que empezáramos a trabar fue interrumpida por Tom cuando salía del Ye Clode Pole. Evidentemente se había gastado en bebida el penique que le di y ahora se disponía a caminar por la calle para buscar caridad fresca. Aún sostenía aquella botella como si fuera una especie de amuleto.

De repente resonaron gritos calle abajo. Eran los gritos de Tom.

–*Noez* justo. *Noztá* bien. *Noez* justo –y al vernos a mí y al párroco Brown, gritó–: *Noez* justo, párroco. *Noztá* bien.

Me quedé sorprendido por la rapidez y decisión con la que procedió Brown, al menos teniendo en cuenta su robusta figura. Mientras permanecí allí observando, se aproximó a Tom, diciendo en tono conciliador.

–Claro que no está bien. *Tienes* razón –luego, cuando se apartó del borracho, se inclinó y arrancó la botella de la mano de aquél.

Tom apenas sabía qué estaba pasando. El párroco después apoyó su mano gentilmente sobre el hombro del borracho, desafiando el fuerte aliento a cerveza, y lo llevó con paciencia por la calle principal, hablándole bajo todo el tiempo. Antes de irse hizo un gesto con la mano en dirección hacia mí, queriendo decir que nuestro encuentro había acabado.

No sé adónde llevaría al borrachín. Lo llevaría a dar una vuelta por las casas y luego lo dejaría en medio de aquel muladar asqueroso. El párroco podría haber mostrado verdadera caridad cristiana al llevarlo a su hogar, y podría haberlo encerrado en una cárcel por su seguridad, pero, cualquiera fuera el destino de Tom, no podía dejar de sorprenderme por la manera tan dócil en que Tom se dejó acompañar por el párroco. ¿Qué había dicho Brown? "Necesita mucha contención".

El funeral de lord Elcombe era un tema triste. Quiero decir, particularmente triste por las circunstancias violentas en que se dio la muerte y por el hecho de que su hijo mayor estuviera esperando su condena por aquel asesinato. Se acercaba el día del juicio en Salisbury pero antes de que se le condenaran culpable y lo colgaran, tenían que sellar el ataúd del padre en el panteón familiar para el día del juicio final. Y antes de eso, todos los habitantes de Instede debían rendir honor a su amo y patrón. Aquella mañana del funeral, nosotros estábamos justo en una fila que se extendía desde el vestíbulo de los dormitorios de la pareja hasta las escaleras. El ataúd de Elcombe, cubierto con una tela de terciopelo negro y decorada con su escudo, había sido colocado en una cámara interior cerca del panteón. Las habitaciones que conducían hasta allí estaban cubiertas por unas cortinas oscuras y los espejos del interior habían sido invertidos contra la pared. La luz del verano que se colaba por las ventanas golpeaba con fuerza las paredes y allí moría.

Mientras caminaba arrastrando los pies por la silenciosa fila donde estaban mis compañeros de la Chamberlain y pasé por el ataúd, no pude evitar recordar aquella ocasión en la que había pasado por estos mismos dormitorios, junto con Adam Fielding. Hacía poco se organizaba una boda, ahora se hacían preparativos para un funeral. Algunos de los ilustres nombres, aquellos de países y ciudades de Inglaterra que habían sido invitados a la frustrada boda, estaban de vuelta en Instede para el entierro, aunque estos grandiosos invitados rendirían honor a Elcombe después de que lo hicieran primero los más humildes apellidos. Noté que ni Marianne Morland ni ningún familiar suyo estaban presentes; ya sea porque se hubiesen quedado lejos de todo por discreción o dolor, ya porque su ausencia indicara que cualquiera que fuera el tema que hubiera sido, no estaba relacionado con el amor. No lo sabía.

Allí no muy lejos del ataúd y bajo la luz directa que penetraba por las ventanas, estaban lady Penélope y Cuthbert. A poca distancia también estaba el párroco Brown, quien al verme, hizo un leve movimiento con la cabeza. Otra vez me preguntaba sobre la variedad de su ministerio, desde los poderosos caballeros y damas hasta los borrachos pueblerinos. Oswald tampoco guardaba mucha distancia. Él se encargaba de inspeccionar la cara y actitud de cada hombre, mujer y niño que pasaba por el ataúd y que se hacía la señal de la cruz o inclinaba la cabeza antes de seguir. Oswald ya tenía una victoria a su favor. Había podido deshacerse de los Paradise Brothers. Inmediatamente después de su encuentro con Peter en el granero, el trío se dispuso a cargar su carro y se marchó a paso de tortuga de la finca, aunque me contaron que pensaban instalarse en los alrededores. El mayordomo estaba a la, derecha por supuesto. Los invitados de Instede debían de tener su mente en algo más urgente que las payasadas de estos provocadores beatos. Cuando fue mi turno para pasar por el ataúd, eché una rápida mirada a la viuda y al hijo. Lady Penélope llevaba la cara tapada con un velo mientras Cuthbert mostraba las mismas facciones duras que de repente se volvieron como una máscara imposible de leer. Sin inmutarse siquiera, me lanzó una mirada. Brown frunció esa boca gruesa que tenía.

Yo seguí avanzando por donde estaba la cabeza del ataúd envuelto en telas. Luego noté que Laurence Savage no estaba entre nosotros, los actores; su odio hacia Elcombe iba más allá de la tumba. O quizá temía no poder comportarse con suficiente seriedad ante su ataúd y sentiría placer con la muerte del hombre que había destruido la vida de su pequeño hermano.

Una vez fuera de las dependencias de Elcombe, fui abordado por Adam Fielding, que estaba esperando su turno para entrar. Kate estaba con él. Estaba preciosa; el luto se hizo sobre ella. No habíamos hablado desde el día anterior cuando, paseando por el lago, vimos aquel objeto en el agua.

–Nicholas –dijo Fielding.

–Su excelencia.

–Qué ocasión triste. Y la inhumación será aún más triste.

La expresión de su cara mostraba que no eran solo palabras. Estaba realmente dolido.

–Sí –es todo lo que pude decir.

–¿Te estás yendo pronto?

–Ya no hay motivos para que nos quedemos más después del funeral. Nuestros jefes dicen que la Chamberlain ya habrá cumplido con su deber para entonces. Partiremos bien temprano por la mañana, así cogeremos todo el día de viaje.

–¿Pasará por Salisbury mañana? –preguntó Kate.

–Probablemente, no lo sé.

–¿En el Ángel?

–De todo eso se ocupa Richard Sincklo.

–Bueno –dijo Kate–, donde sea que se aloje el resto de su compañía, *usted* estará seguramente en Salisbury mañana por la noche con nosotros. En nuestra casa.

–Muy amable –dije, sintiéndome ridículo pero contento por sus palabras, que denotaban más una orden que una invitación.

–Pero primero, Nicholas –dijo su padre, acariciándose la barba y poniendo una mirada seria–, quiero pedirte algo.

–¿Señor?

–¿Conoces a tus compañeros actores bien?

–Trabajamos, respiramos y dormimos juntos. Creo que eso basta.

–Bueno, después del funeral, ¿podrías elegir a unos tres o cuatro de ellos, los que sean más dignos de confianza? Tú incluido desde ya.

–Todos son dignos de mi confianza. Bueno, casi todos.

–Claro, Nicholas –dijo Fielding haciendo un gesto que dejaba ver su gracia por primera vez–. Todos dignos de confianza, todos de confianza. Pero aquellos que elijas deben ser muy fuertes también.

–Ahí se ve aquel desconocimiento suyo sobre la materia, si me permite, señor. Un actor debe saltar, bailar y pelear para ganarse la vida. La fuerza es un requisito fundamental.

–Me alegra saber que estás tan fuerte por tu profesión.

Ahí noté unas miradas cómplices entre padre e hija.

–¿Será esto después del funeral?

–Hay un banquete al que debemos asistir solo por formalidad. Pero tan pronto como puedas reunirte con tu pequeño grupo después de ello, nos marcharemos mientras los demás estén ocupándose de alimentar su dolor.

–¿Marcharnos adónde? ¿Y para qué quiere que nos reunamos un pequeño grupo?

–Preferiría no decírtelo todavía –dijo Fielding.

–Hay un grupo grande de hombres fuertes por la finca que podría reclutar indudablemente.

Le estaba dando unos empujones de alguna manera, para captar sus intenciones.

–Prefiero los actores.

–¿Para un drama?

–Ah, puede ser un drama –dijo Fielding–. Pero no al que estás acostumbrado.

Bueno, viendo que no iba a ningún lado preguntando el propósito de esta expedición, me limité a averiguar simplemente la hora y el lugar que debíamos acordar.

De cierta forma no me sorprendía lo que me dijo el juez Fielding; tampoco estaba muy entusiasmado pero ya era demasiado tarde para echarme atrás.

Si el funeral había sido sobrio, el banquete que venía después lo era mucho más aún. Mi experiencia en estos eventos no era muy amplia. Como todo muchacho, prefería estar fuera en la hierba o sumergido en mis libros en lugar de estar viendo cómo mi padre oficiaba un entierro, pero me había dado cuenta al menos de que, por más que el entierro fuera algo bastante serio, luego durante el día lo que prevalecía era un ánimo mejor. De hecho, ver y oír a la gente tras un funeral, sobre todo cuando habían comido y bebido muy bien, ya era suficiente para convencerte de que estabas escuchando lo que decía una nueva raza de inmortales. Hablaban y actuaban como si ellos nunca fueran a morir, se ponían cada vez en plan más altanero y arrogante. Y hablando de eso, recuerdo cuando era niño, estaba en un banquete de campo, y subí las escaleras para escapar del alboroto y los chismes y allí encontré a la nueva viuda Blakeman muy intensa y renovada en... Bueno, esa es otra historia que no es adecuada ni necesaria en este momento.

El funeral de Elcombe y el ambiente que dejó no se habían sentido con esa energía. El párroco Brown presidió la ceremonia con el tono más solemne. Había obviamente algo honesto y sencillo que apelaba a mi lady. Había algo de fino canto y rezo susurrado. A la viuda detrás de aquel velo no se le escapaba ni un sollozo, ni un llanto. Luego Cuthbert y tres de los más importantes que estaban allí de luto cargaron con los restos mortales de Elcombe hacia el panteón familiar, al lado de la capilla. El sacerdote y unos pocos, incluida lady Elcombe entraron en procesión hasta el panteón mientras el resto de nosotros esperaba en silencio. Luego los que cargaron el cajón volvieron a salir de la gran capilla y se oyó el ruido de un poderoso candado que cerró las puertas del panteón como si fuera la propia mandíbula de la muerte en mármol. Me dio un tembleque.

El banquete del velatorio se realizó en el mismo salón donde se había celebrado la boda y también por la tarde. Pero este era en un ambiente consumido y apagado, sin esa lucecita de ánimo que, como he notado, siempre se enciende después de un funeral en el campo. Nadie de los presentes podía haber olvidado ese banquete de la boda, ni podía dejar de darse cuenta del doloroso contraste que había ahora. Y pensaba que, mientras podía ser lo suficientemente desagradable perder un esposo (como la viuda Blakeman no tardó en demostrar), debía de ser mucho peor para el pesar de la familia saber que un hijo odiaba o temía tanto a su padre que acabó por matarlo. Aquí había el doble dolor, por una muerte repentina y por una traición al corazón de la familia.

Claro, yo sabía que el juez Fielding, convencido de que Harry Ascre era inocente, se dispuso firmemente a descubrir al verdadero asesino. La razón por la que me pidió reclutar a un grupo de actores tenía que ver, supongo, con su investigación. Aunque juro por mi vida que no sabía adónde quería llegar con esto. No obstante, tras confiar en Fielding y en su opinión, había hecho lo que me pidió, convoqué a Jack Wilson y Will Fall, ambos muy buenos compañeros. Solo les insinué algo sobre una misteriosa participación, sabiendo que una intriga así era muchas veces más potente que un hecho. (Tampoco les hice saber que ni yo mismo sabía del asunto.) La preocupación de Will por Audrey parecía haber menguado, quizá porque no consideraba que un trozo de campo valiera la pena como para ponerse a ararlo otra vez, y ya se había visto abogado a otro asunto más urgente.

Michael Donegrace, que había actuado de Hermia para mi Lisandro en este ahora lejano *Sueño*, estaba sentado al lado de nosotros e inmediatamente se ofreció a ayudar. Yo estaba por decirle que era demasiado joven pero habría sido una excusa barata. ¿Demasiado joven para qué?, porque no tenía idea de por qué nos solicitaba Fielding además de la fuerza joven. Los aprendices son todos rudos y fuertes. Bueno, tienen que serlo, para interpretar papeles femeninos. Así que Michael se unió al grupo. Les dije que debían esperar a la señal que les diera cuando hubiera tenido a su vez la señal de Adam Fielding al finalizar el festín.

Pero primero tuve que escuchar algunas palabras de Cuthbert, al que no me esperaba y que apareció por nuestra mesa, de traje negro y con la cara pálida. No habíamos cruzado palabra desde que presentamos el *Sueño,* cuando declaró que habría tirado todo por la borda con toda la alegría del mundo para entrar en una compañía de teatro como la nuestra. Me acuerdo perfectamente la manera fría en que comentó que su padre nunca lo habría permitido. Así fue cómo me di cuenta de qué quería hablar. Con una actitud confidencial, se inclinó para decirme algo.

–Maese Revill, ¿recuerdas la última vez que charlamos?

–Desde luego... señor. Fue después de la grandiosa presencia de Demetrio.

–Me apena recordar que, en ese momento de exaltación, en toda esa emoción de la obra, dije cosas que no debería haber dicho.

–¿De ser actor?

–Sí –se le notó como una punzada de remordimiento en la cara–. Y de que mi padre no lo permitiría.

–Me acuerdo. Y de jaulas doradas y todo eso.

Hizo otro gesto de dolor.

–Bueno, maese Revill, quizá podrías hacerme el favor de olvidar aquellos comentarios tontos que hice.

–¿Qué comentarios?

–Gracias. Te agradezco.

Cuthbert se dio media vuelta y se dirigió hacia la mesa con los demás caballeros de luto. Naturalmente, sus palabras no fueron más que para recordarme –y preguntarme– algo que de hecho ya había olvidado. Si se decidiera quién fue el que ganó y quién el que perdió en este caso, habría sido fácil ver que Cuthbert estaba a la delantera. Quizá no hubiera podido cumplir su sueño de ser actor, pero con su hermano entre rejas (más que un hecho) estaba frente a un sueño mucho más sustancial: heredar Instede, tan tapada de deudas como podía estar. Como viuda, lady Elcombe tendría un derecho vitalicio a los bienes de su esposo, pero el control último de todo caería en manos de Cuthbert.

Entonces, tomando unos trozos de carne de aquel banquete, me senté y empecé a interrogarme.

Debía de haber algo oscuro y fértil en el ambiente de Instede, por todas estas cualidades dulces y veraniegas, lo que me hacía reflexionar sobre mis sospechas. Pues, suponer que Cuthbert Ascre recibía con mucho gusto la fortuna que, estaba de hecho por caer en sus manos, era también suponer que este aceptaba la idea de que su hermano era un asesino. Intenté ponerme en su lugar. Si yo tuviera un hermano, ¿consideraría que una buena finca sería suficiente recompensa para la deshonra de la familia y el dolor personal que podría traer aquella ejecución de tu propio hermano? Tampoco era tan inocente como para pensar que cada familia es un mundo. No todos están atados por las obligaciones y el afecto, quizá particularmente en vastas regiones donde habitan los Ascre y compañía. Ni tampoco existe una norma que diga que un hermano debe amar al otro. De hecho, para algunos, el odio entre hermanos debe engendrarse desde la misma cuna. De repente me venía a la mente ese verso que sale de boca del primer asesino, cuando Caín le pregunta a Dios: "¿Yo debo cuidar de mi hermano?"

Y ahora observaba a Laurence Savage en la mesa, hundiendo el cuchillo en la comida y la bebida, quizá motivado por avanzar sobre los pertrechos y arrasar con la casa del enemigo. *¿Yo debo cuidar de mi hermano?* Laurence intentó cuidar de su hermano, ¿no es así? De su pequeño hermano Thomas. Pero no lo logró. De golpe vi, mientras recordaba la tragedia, que parte de aquella ira iba hacia él mismo por no haber podido cuidar de Thomas.

Así me encontré de repente tan absorto reflexionando que casi no advertí la mirada del juez Fielding cuando pasó por la mesa. Me dijo que tratara de hacer como que me estaba por ir de casualidad, así que los cuatro, Jack, Will, Michael y yo nos levantamos en intervalos como queriendo ir a hacer pis. Había muchas idas y venidas de invitados y criados, suficientes para hacer pasar la huida inadvertida. Como me había explicado Fielding, sin decirme exactamente lo que haríamos, no era tanto que él requiriera nuestro secreto como que lo que él quería sería más fácil lograrlo sin tener curiosos casuales. En este sentido, el banquete del funeral era suficiente distracción.

Una vez fuera atravesamos los campos en dirección al este hasta llegar al lago. Por primera vez desde que llegué a esta grandiosa y melancólica casa, las nubes habían comenzado a tapar el cielo y la brisa estaba un poco brusca. Adam Fielding nos estaba esperando en la orilla del lago. Inclinó la cabeza a medida que iba presentando a los muchachos y luego rápidamente nos indicó lo que quería que hiciéramos. La expresión tan expectante que tenían mis compañeros probaba que, al menos para ellos, esta iba a ser una gran aventura. Probablemente yo también me mostré así.

Anclado a la orilla había un bote con un remo medio endeble que se balanceaba suavemente con la brisa. Había unas lonas de arpillera en el bote, que apenas parecían suficientes para dos. Yo justo me había quedado en la orilla cuando mis compañeros empezaron a remar, pero era evidente que Fielding me había elegido de capitán de esta tímida tripulación. ¿Por qué siempre estoy destinado a estar en el agua? ¿O dentro del ella? En todos los casos debió de ser porque tengo aversión, como los gatos, a este elemento traicionero y, por supuesto, es justamente la razón por la que me ocurre esto.

Lo peor era ver la facilidad que los otros tres tenían para avanzar en el agua y conducir el bote sin problemas. Podrían haber sido barqueros del Támesis (y no puedes esperar un insulto peor que ese). Me resbalé y casi me sumerjo en el agua cuando estaba intentando subir por un lado, o por a la borda, creo que se llama. El bote no parecía más grande cuando trepé por la parte de atrás con mi ropa empapada y resoplando, o por la popa, como la llaman los marineros de agua dulce. La cresta que dejaba el bote en el agua se extendía hacia el horizonte. Jack levantó el extremo de una de las lonas y encontramos varios rollos de cuerda y una colección de anzuelos y anclas pequeñas. Will, el carretero de la compañía, cogió los remos con tanta delicadeza como si se tratara de un par de andadores para bebés. Michael Donegrace se instaló en la proa. No había pensando en preguntarle a Fielding dónde había conseguido el bote. Supongo que se utilizaba para los objetos que se perdían de vez en cuando en el lago de Instede, y que el juez tenía la suficiente autoridad como para reclutar una nave y el equipo apropiado.

Nos quedamos aguardando, con el balanceo del agua, mientras Fielding seguía en la orilla y mirándonos por encima del hombro bastante ansioso. Poco después mi corazón empezó a latir más rápido al ver a Kate caminando por el campo hacia donde nosotros estábamos. Intentado actuar como si fuera un barquero experimentado y contento de que no me hubiera visto cuando tropecé en el agua, me senté firme en la popa. Intercepté miradas cómplices de uno o dos de mis compañeros; pero bueno, ¿qué me importaba si sabían lo que yo sentía? Kate saludó con una sonrisa a los cuatro que estábamos en el bote, pero en mi mente sabía que ese saludo era especialmente para mí por la cándida sonrisa. Luego, tomando al padre del brazo, lo llevó por la orilla del lago.

Sin decir una palabra, Will enterró los remos en el agua y nos vimos de repente en medio del agua, balanceándonos con cierta angustia. Nuestro pequeño y peligroso bote mantenía el paso ligero que daban padre e hija. Un pato hacía un ruido estrepitoso entre los juncos y todos miramos sorprendidos. El viento fresco me daba en la nuca y los calcetines húmedos se me pegaban cada vez más a los tobillos, y, ahora que los miraba, estaban engalanados con un verde brillante de las malas hierbas. Justo encima de nosotros, unas nubes en forma de barcos atravesaban el cielo. Anduvimos bordeando varios sectores con juncos y lirios antes de que nuestra preciosa guía se quedara quieta en la orilla y señalara en nuestra dirección. Le dije a Will que dejara de remar.

–¿Aquí? –preguntó Jack Wilson.

–No es fácil ver cuándo tu remo está en el agua –dije.

–Es ahí, Nicholas, ¿no? –dijo Kate Fielding. Su voz repercutía desde la orilla. –Estábamos sentados ahí y charlando bajo esos árboles.

Hubo más miradas obvias entre mis compañeros.

–Sí, creo que sí.

–¿Sabes qué tienes que hacer? –preguntó Adam Fielding.

Como respuesta, cogí una de las anclas pequeñas que Jack había amarrado con una cuerda y la tiré a un costado con todo el tacto de un marinero experto. El bote se meció violentamente y casi volcamos. El agua se derramaba a los lados del bote. Hice una mueca a los demás, como diciendo: “No se preocupen, sé lo que tengo que hacer”. Will Fall elevó su mirada como aclamando al cielo. En ese momento, Kate llevó rápidamente su mano a la boca y gritó entre los dedos, “¡Oh, tenga cuidado, Nick!” Hay que creerlo, pero ese gesto y aquellas palabras habrían merecido que me tirara al agua.

–¿Y qué pasa con nosotros? –preguntó Jack, en tono bastante alto–. Podemos ahogarnos, supongo.

–¿Qué clase de pez estás intentando pescar, Nick? –preguntó Michael Donegrace con cierta picardía.

–Hombres muertos –dijo Will–, para cuando nuestro amo marinero de la popa ya haya acabado con nosotros.

–¿Pero qué tengo que buscar? –preguntó Michael–. Todo lo que dijo el juez fue "busquen".

–Una cosa blanca –dije.

Jack me miró curioso.

Nos habían indicado a mí y a mis amigos que teníamos que tratar de encontrar y recuperar algo del fondo del lago. Y no era que a mí me lo hubieran explicado mejor. La única diferencia era que yo (y Kate) había de hecho avistado aquel objeto misterioso que, por razones que aún desconozco, Fielding consideraba que era necesario recuperar, si es que podíamos.

–Avanza un poco más, Will –dijo Jack, levantando un poco la cuerda sujeta al ancla para dar mayor movilidad al bote–. Ve en círculo y luego haz un círculo más grande. Vamos a ver si se engancha.

La pequeña incursión que había hecho con el anzuelo y la soga casi nos tira abajo, así que estaba contento de poder dejarle el trabajo mecánico a él. Era mejor no hacer nada a partir de ahora, además, no quería quedar como un imbécil frente a Kate Fielding. Will movía los remos con manos expertas mientras dábamos vueltas en círculos cada vez más grandes. Michael Donegrace estiró el cuello para mirar; se asemejaba al mascarón decorativo de la proa. Jack lanzó la cuerda por encima, intentando mantener el anzuelo lejos del fondo. Yo me senté ahí, sacándome las algas de los calcetines, echando unos vistazos de vez en cuando y preguntándome qué profundidad tenía el lago. Pasé a ser de capitán a grumete.

De repente, el bote se frenó y se levantó como si se hubiera detenido por una gigante mano invisible. Jack Wilson casi pierde el equilibrio cuando la cuerda que sujetaba se tensó. Se oyeron gritos de asombro e insultos antes de que el veloz Will remara hacia atrás para recuperar más soga. Al principio pensamos que debía de ser un pez pero no lo era, porque la cuerda flotaba en el agua mientras que un pez la habría estado empujando hacia el fondo tensándola. Kate y Adam Fielding observaban todo con atención desde la orilla.

Jack tiró de la cuerda no muy fuerte. Pero nada. Volvió a tirar, más fuerte. Tampoco. Solo salían unas burbujas que rompían en la superficie y un olor espantoso que las acompañaba. Sentí mi nuca fría. Pero tomé control de mi temor y del bote nuevamente.

–Michael, Will –dije–, ponte ahí para hacer peso y luego tú, Jack, vuelve a tirar. Yo te ayudaré.

Cogí parte de la resbalosa cuerda mientras Jack la sostenía con fuerza y juntos tiramos de ella. La concentración que puse allí me desterró el miedo. También sentía que, lo que fuera que estuviese del otro extremo de la soga, lo que fuera que estuviese enganchado al anzuelo, se entregaría más fácilmente a una dulce persuasión que a unos violentos tirones. Tal y como algunas personas y animales pueden finalmente entregarse sin violencia, esta "cosa" se daría a conocer si fuéramos sutiles... pero insistentes. O quizá lo que me decía a mí mismo no era más que una manera muy peculiar de aplacar mis nervios.

–Ahí viene –gritó con ansiedad Jack.

Yo también sentí cómo cedió la cuerda, aunque esta vez no hubo mucha resistencia; menos resistencia y más peso.

Una serie de burbujas que brillaban con el sol de manera insidiosa explotaron en la superficie.

–Buen trabajo, muchachos –gritó el juez Fielding. Sentimos extrañamente cierta calma con su voz y presencia.

–Mantenla quieta ahora –dijo Jack–. Quieta.

Valientemente tiramos de la soga, mano sobre mano, como si realmente estuviésemos capturando un pez grande (y en cierta medida dócil). Ya casi no sentía miedo porque esperaba ver qué había en el otro extremo de la cuerda.

Se oyó un ruido al final, como entre un eructo y un sorbetón, y entonces Jack y yo nos tambaleamos casi sin aliento ante nuestro gran premio mientras el bote se inclinaba.

Una maraña de hierbajos y matas verdosas brotaron en la superficie, como un bolo de flema gigante que el lago creyó apropiado soltar finalmente. La cuerda y las anclas se habían enredado en las esteras. Esta era nuestra valiosa presa. Esto fácilmente explicaba por qué la cuerda se había hecho una maraña y cómo finalmente había cedido a nuestros tirones. Era toda una masa verde pero no tan pesada cuando se desprendió del fondo. Con todo el jaleo que habíamos formado, la maraña se movió en nuestra dirección y se pegó al bote. Olía espantosamente.

Miré hacia los Fielding e hice un gesto como pidiendo disculpas. ¿Y ahora qué? Pero no me estaban mirando ni a mí ni al bote. Sus ojos se abrieron de par en par y se concentraron en un solo punto sobre mis encogidos hombros. Me di vuelta.

A unos metros del bote, una serie de burbujas volvieron a reventar y agitaron el agua desde las profundidades del lago. De repente, emergió un hombre. Primero se le vio la cabeza, luego los hombros y finalmente el tronco. Tenía una expresión horrorosa en la cara. La tenía hinchada y verdosa del musgo.

La sorpresa y el horror que se sintió en el bote fueron tan intensos que casi nos damos la vuelta otra vez, cuando intentábamos alejarnos de esc individuo salido de las profundidades. Por suerte, el islote de hierbajo que ahora flotaba cómodamente al lado del bote actuaba como ancla y evitó que volcáramos.

–¡Madre mía! –gritó Jack.

Michael Donegrace estaba pálido como un fiambre. La boca de Will Fall permanecía abierta. Podía ver mis propias reacciones en ellos.

Desde la orilla, Kate estaba mirando todo petrificada. Pero Adam Fielding supo demostrar su compostura y gritó:

–Tranquilos, señores. No puede haceros nada.

Después de todo, me preguntaba si este hombre sabía –o tenía el presentimiento– de que encontraríamos esto aquí. Cualquiera que sea el caso, acertó. El cuerpo que había en el agua no tenía signos de violencia, ni de que la hubiese dado o recibido. Era simplemente la manera en que emergió bruscamente del fondo la que daba esa apariencia aterradora. Se habría soltado de su ataúd de musgos con los movimientos circulares que hicimos y por el islote de pastos que revolvían las aguas. Una vez en la superficie, el cadáver no parecía hundirse pero flotaba sobre las ondas con el pecho sobresaliendo en forma de barril. Instintivamente sabía que este era el objeto blanco que habíamos visto Kate y yo casi flotando en la superficie y que luego se perdió de nuestra vista. Supongo que en aquel momento, hace unos días, no estaba listo para salir a la superficie. Se sabe que todo hombre ahogado, por más que carezca de movimiento, posee una voluntad propia de ir y venir con el agua. Aquellas cintas blancas que habíamos observado eran trozos de tela que se habrían enredado en el cuerpo abotargado del hombre. Solo servían para destacar que estaba desnudo, y a la vez amarillento y verdoso. Las hojas que se veían a la deriva parecían ortigas.

Después de todo esto, Fielding ya no nos tenía que decir qué hacer. Esto era lo que nos habían encomendado recoger del lecho del lago. Y ahora el cuerpo, espontáneamente, nos había hecho el favor de salir a la superficie.

Ya sin hacer bromas como las que nos habían entretenido apenas comenzar la travesía en el bote, y de hecho sin siquiera decir una palabra más que aquel monosílabo murmurado, nos desenredamos de aquella maraña y remamos en dirección al cuerpo que nos estaba esperando.

Calculamos mal la velocidad y dimos contra él haciendo un ruido de bofetada.

Parecía que daba giros en el agua y por un instante creí que se iba a hundir una vez más. Pero pronto se quedó quieto gracias a toda esa autonomía que solo un tapón de corcho tiene sobre el agua. ¿Qué dije sobre el ahogado y su actitud decidida? Su cara hinchada tenía la boca semiabierta, indiferente a todo; luego vi horrorizado que los ojos estaban hundidos. Hasta ese preciso momento, ya había visto demasiado como para saber que, quienquiera que fuera este hombre, yo no lo conocía.

Miré hacia abajo y luego aparté la vista, contento de ver que al menos, modestamente, tenía sus partes nobles cubiertas con ropa; bueno, un chisme para los peces de por ahí. Haciendo un poco de esfuerzo, Jack y yo logramos arrojar unas cuerdas al cuerpo mientras Will Fall tiraba de ellas hacia un sector libre de musgos, que justo estaba por donde habíamos partido de la orilla. El joven Michael Donegrace hizo algo que no pensé que haría, por lo que le tuve cierto respeto, y fue que ajustó la cuerda que estaba en uno de los brazos para acortar el tirón desde el bote y así mantener el cuerpo en una posición más o menos firme.

Mientras nos tomábamos el tiempo para asegurar el cuerpo y comenzar a arrastrarlo a la orilla, Kate (supongo que a petición de su padre) había ido a la casa a buscar ayuda. En ese ínterin, el juez Fielding caminaba por la orilla, intentando mantener el paso con respecto al bote y cada tanto se tocaba la barba. Pronto la noticia de lo que estaba sucediendo se desparramó tan rápidamente en el banquete del funeral que vinieron caballeros y criados en masa hasta la orilla del lago. Por la luz del sol que daba detrás de ellos, parecían una bandada de aves oscuras carroñeras. No pude evitar preguntarme qué les habría pasado por la cabeza cuando los llamaron para recoger un cuerpo, dejando de atender a otro.

Más cerca, vi que en aquellas caras pálidas se imprimía la confusión, la preocupación y la consternación. ¿Es que nunca se iba a acabar esta mala racha que afectaba a Instede? Al frente del grupo estaba Fielding y no se le veía menos preocupado que el resto. A medida que nos acercábamos a la orilla varios hombres aparecieron para ayudar a empujar el bote en el último tramo, casi inundando el bote con nosotros dentro. Para cuando pisamos tierra los cuatro estábamos tan empapados como el cuerpo. Afortunadamente, otros se encargaron de realizar la tarea, con las indicaciones de Fielding, de intentar montar sobre la orilla el bulto que llevábamos amarrado. Mientras que en el agua este desdichado individuo había parecido abotargado e hinchado, ahora, tumbado en la hierba de la orilla, parecía de cuerpo pequeño e indefenso. Los espectadores formaron un círculo en torno al cadáver. Fielding y otros más lo examinaron superficialmente pero, quizá horrorizados por la figura sin ojos, de boca semiabierta, se echaron para atrás. Aparentemente nadie conocía a este hombre o, al menos, nadie se animaba a reclamarlo. Por el estado en que estaba el cadáver, no parecía llevar mucho tiempo bajo el agua.

No sé cuál es el motivo de lo que ocurrió luego; quizá era el impacto de la inquietante historia del lago; quizá la visión de aquellas figuras –aves oscuras carroñeras– mirando desconcertadas el amarillento cuerpo en el suelo; pero de repente, sentí como si se interpusiera una pantalla entre aquellos personajes y yo, y que estaba observando a una especie, una raza de seres que no conocía bien. Aquí había un hombre muerto, desnudo, excepto por algunos jirones de tela. Había un grupo de personas vestidas de negro azabache que se habían reunido para llorar la muerte de lord Elcombe pero que ahora se encontraban directamente ante un cadáver superfluo. Estaba claro que ninguno de ellos, ni nosotros, sabíamos qué hacer. De repente recordé una imagen que una vez vi en la parroquia de mi padre, en el campo, de un rebaño de ganado que se había amontonado en torno al cuerpo de un ternero. El ternero estaba muerto. Uno del rebaño, supongo que sería su madre, lo lamía para volverlo a la vida, pero todo intento era en vano. Aunque el resto del rebaño no paraba de observar, inmovilizado, inmutado.

La escena del lago duró unos pocos segundos pero aquellos segundos parecían durar una eternidad.

Así, todos permanecimos de pie. Excepto uno.

Mirando más allá de la multitud noté una figura que se apartaba del resto lentamente. Sin haber podido darme cuenta del todo de su presencia mucho antes, supe de inmediato que era Oswald, el mayordomo, y también sabía que, si había alguien que podía aclararnos este asunto, era él. Lo sabía instintivamente.

En ese mismo momento en que iba decidido a ver qué estaba haciendo allí, la multitud se desplegó un poco. Era como si un hechizo hubiera caído sobre ella. Se empezaron a oír unas voces. Alguien fue a buscar la lona del bote para cubrir el cuerpo mientras otros se preparaban para cargarlo.

Yo también me abrí paso por la multitud. Oswald tenía más ventaja que el resto y de repente vi su figura que se mimetizaba con las luces y sombras de la casa pero que, por algún truco de aquellas en este atardecer, parecía a la vez proyectarse más grande que nunca. Cuando me fui, pasé al lado de Adam Fielding e intercambiamos una mirada de… reflexión, comprensión.

Toda la secuencia que acabo de describir –pedir ayuda, cargar el cuerpo hasta la orilla, los momentos inquietantes mientras en silencio nos amontonamos alrededor de nuestro hallazgo– todo esto había llevado menos tiempo del que tomé en contarlo. Pues, aún se veía gente saliendo de Instede rumbo hacia el lago para ver qué había detrás de toda esa conmoción. Solo dos hombres corrían contra la masa de gente, Oswald, el mayordomo y Revill, el actor. Este hombre duro como un palo ni siquiera miró para atrás, y esto, más que cualquier acto sigiloso o la más urgente actitud, era lo que me convencía de que este hombre estaba metido en algún asunto que prefería mantener en secreto.

Su manera de caminar resuelta y firme me facilitaba reconocerlo mientras avanzaba por el lado sur de la casa y después por la cuesta al oeste que daba al bosque donde Robin había vivido y dejado de vivir. En un punto determinado se detuvo y observó el bosque, luego avanzó con un ligero cambio de sentido. Parece como si estuviera buscando a alguien, pensé, y luego me di cuenta de que este era el motivo por el que no había mirado alrededor: Oswald siempre ponía atención al frente. Cuando estuvo cerca de los árboles, su delgada figura pareció haber desaparecido en la sombra.

No había mucha posibilidad de ocultarme en el campo abierto que separaba la casa del bosque así que volví a la cima de la colina, y observé el lugar por donde se había metido Oswald. Cuando vi que había desparecido entre la penumbra, esperé un momento para luego descender de la colina corriendo. A medida que me aproximaba a los árboles fui más despacio y traté de respirar más tranquilo. Y allí, una vez más, tenía todo el bosque frente a mí, un precipicio cargado de verdes, inquietante y tremendo.

Me pareció que Oswald había entrado por la izquierda de donde yo estaba, no lejos del lugar donde había conocido a Robin y a la vez cerca del olmo donde se había ahorcado. Caminé pasando por el límite entre la pradera y los árboles preguntándome qué debía hacer. De todas formas, no necesité indagar mucho. Desde algún punto a mi derecha me llegó un susurro de conversación. Las voces se oían bajas y era imposible saber de qué hablaban. Solo había una manera de descubrir quiénes eran, o más bien quién era aquel otro hombre y qué tenía que ver con Oswald.

Así que, seguí avanzando lenta y cuidadosamente. De hecho, la penumbra del bosque dificultaba cualquier tipo de movimiento. Sin embargo, por el tono de conversación que se oía, parecía que los dos individuos estaban más concentrados en sus propios asuntos que en estar alertas por si apareciera algún espía. La conversación continuaba, excitada aunque de alguna manera contenida. Con cuidado, pude quitar las ramas que colgaban y me acerqué más a los interlocutores. Di a un pequeño claro del bosque donde estaban las dos siluetas, una oscura y otra pálida. Me eché un poco hacia atrás y me puse en cuclillas en medio de la sombra de un anónimo arbusto. Mi ropa aún estaba fría y húmeda por el agua. Dentro de esa oscuridad espesa natural del bosque resultaba difícil visualizar todo claramente, pero tenía la ventaja de conocer a uno de ese par de individuos. Oswald se puso frente al otro, más o menos en dirección opuesta a mí. El otro estaba de espaldas y solo le veía sus fornidos hombros.

–Ya has llegado al final –dijo Oswald.

–¿Me has llamado solo para decirme eso?

–Ya no tienes nada que sacar de Instede House.

–Eso no me preocupa.

Su voz me resultaba familiar. ¿Quién era?

–¿De qué viviría entonces? –preguntó Oswald, con un aire de desprecio.

–Como los pájaros, hermano.

¡Claro! Era Peter Paradise. Aquel individuo bien fornido, que empleaba la palabra "hermano" para todo el mundo. ¿Pero por qué Oswald estaba hablando con este actor a quien acababa de echar de la finca?

–Como los pájaros, cómo, ¿de gusanos y moscas?

–De lo que nos den, digo. De lo que Dios nos envíe –dijo Paradise mostrando su dignidad ya desgastada.

–¿Y si te envía... esto?

Al decirlo, Oswald levantó uno de sus alargados brazos en ademán de pegarle pero después lo bajó. Me sorprendí de ver que el mayordomo, que normalmente ni se inmutaba y se controlaba en cualquier situación, cediera ante este tipo de amenaza de fuerzas.

–Te dije que ya no tienes nada que hacer aquí, Paradise.

Oswald casi escupió el nombre cuando lo dijo.

–No, no, ese es un viejo cuento.

–¿Y tú sabes lo que les pasa a aquellos que se aprovechan de su visita aquí? ¿Te lo digo en tus propios términos? Se encontrarán durmiendo aquí en medio de la oscuridad.

–¿Como el hombre del bosque que fue encontrado colgado aquí? –dijo Paradise.

–Como él.

–¿Como tu amo?

–No hables de él.

–¿Y aquel al que no le crecieron branquias todavía viviría bajo el agua?

Me pareció increíble que Peter Paradise se hubiese enterado tan rápido del cuerpo en el lago.

–Puedes ver que Instede es… un lugar peligroso –dijo Oswald.

–Es un lugar lleno de pecados y corrupción, eso puedo ver –dijo Peter Paradise–. Pero en cuanto a lo que decías de ir a la oscuridad, ahí hay muchos más de los que hay aquí. Los muertos siempre deben exceder el número de vivos, hermano, en todo caso. Y recuerda que no habrá oscuridad para todos. No, no me asustas.

De hecho, por el tono de voz de Peter Paradise, no parecía afectarle lo que decía el mayordomo ni la violencia que este mostraba. Lo que estaba presenciando era básicamente la misma escena que se había dado en el granero después de la aparición de Dives y Lázaro. Amenazas y contraamenazas. En aquel momento, había sido Paradise quien, furioso, había levantado la mano primero antes de pegar la retirada, pero ahora parecía haberse dado la vuelta a la tortilla. Hubo una larga pausa; Oswald giró sobre sus talones y se adentró en el espeso bosque, aparentemente intentando buscar una salida.

Peter Paradise esperó un poco más y luego se dio la vuelta para avanzar pero vino dando tumbos entre las ramas hasta el arbusto donde yo estaba escondido. Se veía cómo su alborotada barba blanca y su ceño fruncido flotaban en la penumbra. Si el individuo hubiera mirado hacia abajo por un costado me habría descubierto. Pero no lo hizo.

Yo también aguardé un momento. Aguardé y pensé. Luego me dispuse a perseguir a Oswald. De los dos, este parecía la presa más prometedora. Podía oír al mayordomo haciéndose camino entre el espeso verde, y creo que tenía mucha curiosidad por saber qué haría.

La búsqueda entre los árboles se estaba convirtiendo en un hábito, pero también en estúpida. Y así lo comprobé en esta ocasión. Probablemente habrás oído antes lo suficiente sobre un tal Nick Revill que se perdía en los bosques, así que cortaré aquí y simplemente diré que llegó un momento en que, minutos después de que me embarcara buscando a Oswald, advertí que ya no se oían ruidos en el bosque. Me detuve y contuve la respiración.

Todo era silencio, a pesar de los sonidos de algunas pequeñas criaturas nocturnas.

Lo había perdido. Bueno, yo no era un perro de caza.

De repente, una rama me pegó en la nuca, y supe que Oswald, si era él, había podido estar dando vueltas en semicírculo alrededor de mí y ahora haberse puesto a mis espaldas. Hay un abismo entre la emoción de perseguir a alguien y el horror de ser perseguido. Yo sabía que Oswald era un tipo peligroso, quizá un hombre terrible. ¿Me había visto? Yo iba de negro (por el funeral). No me animaba a mirar sobre mi hombro por miedo a que pudiera ver mi pálida cara en aquella espesa oscuridad. Pero sabía que era él. Mi nuca me lo decía.

Pude sentir el primer brote de pánico. Empecé a respirar más agitado y me esforcé por contenerme. Desesperado, miraba a mi alrededor. Estaba casi en plena oscuridad en medio del bosque aunque el cielo apenas mostraba un atardecer, que por cierto estaba nuboso y triste. Habíamos perdido el buen tiempo de este verano. La forma de los árboles me resultaba familiar. De repente reconocí el escondite de Robin, su guarida, o mejor dicho el grupo de árboles grandes que cubrían la entrada.

Detrás de mí, sentí el susurro de unas hojas, luego una pausa, y otro susurro. La advertencia del ruido me hablaba de un acercamiento sigiloso. Sin pensarlo, me dejé caer en cuclillas. Quizá el instinto me hizo tomar una postura de animal. En el suelo, intenté visualizar intensamente, entre la pesada oscuridad, el agujero que llevaba al escondite de Robin. ¡Allí estaba! Me arrastré un poco pero no me encontré con nada más benévolo que un manto de sombra. Me moví hacia la izquierda. Tampoco estaba a salvo. A esa altura del suelo cada vez se oían más ruidos y crujidos. Como un animal acorralado miraba de lado a lado. Levántate y enfréntate a tu enemigo como un hombre, me decía a mí mismo, pero no me moví. Luego me pareció ver una figura por encima que se movió rápidamente en dirección contraria. Y por pura casualidad me vi retrocediendo hacia la guarida del hombre del bosque. Este sucio y apestoso agujero ahora me parecía familiar y reconfortante. El pasadizo se abría hacia un sector más limpio y ahuecado. Se veían luces tenues a través del entramado de raíces.

Ahí me quedé, primero en cuatro patas y luego moviéndome para tomar una posición más cómoda. Mi situación era la de un animal huyendo a su guarida mientras una bestia más grande merodea por ahí, olfateando la entrada. Intenté agudizar los oídos pero no pude sentir más que los ruidos silvestres. Quizá me había confundido, puede que Oswald no hubiera estado merodeando astutamente en círculos para cogerme por sorpresa, y lo que después oyera y alcanzara a ver fuera simplemente producto de toda la exaltación de mi mente. Aún así, decidí permanecer un poco más en el escondite de Robin. Mientras que en las últimas visitas estuve francamente incómodo, ahora parecía el sitio más seguro del bosque.

Al intentar estirar los brazos –si iba a estar aquí más me valía ponerme cómodo– toqué algo duro que terminó moviéndose. Por el tacto, más que por la vista, pude determinar que se trataba de una caja. Obviamente me acordaba de la caja que Robin me había mostrado y que después vine a buscar para mostrar a Fielding lo que contenía, animales (escarabajos) y vegetales (trozos de papel) pero por lo demás nada interesante. ¿Robin tenía una reserva secreta de cajitas en su escondite? La agité. Nada. La sujeté fuerte para examinarla después.

Ya me había cansando de estar agachándome en la oscuridad. Aquellos ruidos en el escondite del hombre del bosque –los susurros, crujidos, choques, murmullos y suspiros– no habían sido muy claros como para ser de un humano, entonces calculé que, si hubiese alguien allí, se habría cansado de esperar también y ya se habría marchado.

Y así fue. Nadie se abalanzó contra mí cuando salí agachado del apestoso agujero. Nadie me agarró de los talones cuando volví a la penumbra del bosque una vez más; decidí entonces no volver a entrar ya por ningún motivo. Llegué hasta campo abierto más aliviado. Estaba oscureciendo. No había ningún movimiento en la cara oeste de Instede. Eché un vistazo a la caja que sostenía en la mano; se parecía a la original en cuero, la que desbordaba bichos y papeles y que se había roto al caer al suelo. De hecho, me pareció que le habían hecho un primitivo arreglo pegándole la tapa. Esto era, bueno, algo extraño.

Ya de pie, entre la pradera, el bosque y la casa, me dispuse a abrir la caja delicadamente. No se escabulló ningún escarabajo, pero sí había un fajo de papeles, cuidadosamente doblado. Evidentemente, en esta aventura, le tocaba a Revill encontrarse con estas cosas aunque luego, como siempre, quedara en ridículo. Pero antes de correr desesperado hacia el juez Fielding para contarle mi último hallazgo, me tenía que asegurar de que fuera algo realmente interesante. Así que removiendo un poco los papeles, dejé la caja en el césped y luego desdoblé las hojas. Había unas seis, casi impecables. Sentí mi corazón exaltarse al ver que cada una contenía algo escrito en letras grandes. Y diría que no era obra de una mano culta, aunque eran lo suficientemente claras como para poder leerse.

Suficientemente claras para este objetivo. El cual era… sencillo, pero no tan sencillo. Los leí una sola vez. Luego, quedándome cada vez más perplejo, volví a leerlos. Se trataba de un cuento mediocre. Empezó a venirme la imagen a la cabeza. Era como ver un paisaje a través de una neblina que se va esfumando para dejarte visualizar las siluetas de las colinas y los prados antes de espesarse una vez más y dejarte confundido sin saber dónde estás, hacia dónde vas.

Con cuidado volví a doblar las hojas y las metí en la caja para luego colocarla bajo mi brazo y, sí, corrí desesperado a la casa a buscar a mi guía en estos casos, el juez Adam Fielding.

–Tengo que comunicarle una desagradable noticia, mi lady.

Lady Penélope se sentó en su silla con cierta rigidez en una habitación de sus dependencias, el lugar que hasta hace poco compartía con su esposo. Iba de negro y llevaba su velo, el que luciría durante muchos años, aunque ese color negro acabaría convirtiéndose en un atractivo púrpura oscuro. De manera espontánea, me puse a pensar sobre su futuro matrimonial. Y creí que sería bueno; y aunque recientemente había pasado unos días terribles de angustia, y a pesar de que le quedaban muchos otros por vivir, el fallecimiento violento de su esposo, la encarcelación e inminente ejecución de su hijo, ella aún mostraba esa belleza, avejentada, demacrada. Debía de haber varios que se sintieran atraídos por su nombre y su actitud refinada. Además, había observado que el matrimonio era una especie de situación cómoda y de hábito; si temporalmente no hacías caso a la muerte de tu pareja, con la mayoría de la gente parecía que solo pasara un momento antes de volver a meterse el traje de casamiento, como si no pudieran deambular por el mundo desnudos y valerse por sí mismos. Huelga decir que, hablo sin tener experiencia en este asunto, pero un día… sin duda…

–Créame Penélope –continuó Fielding–, que no habría solicitado una asamblea si no hubiesen existido razones urgentes; razones que tienen que ver con todos nosotros.

Noté que había llamado a lady Elcombe directamente por su nombre de pila. La explicación vino solo después.

Lady Penélope con gracia –y casi de forma coqueta, al menos así parecía– inclinó su cabeza hacia Fielding. Sí, pensé, seguramente se volverá a casar y muy pronto; y a la vez me quedé maravillado por la extraordinaria capacidad que tienen las mujeres de soportar pruebas que derribarían a los hombres.

–Me pregunto si existe algo más doloroso –murmuró ella.

Adam Fielding dio un vistazo general a la habitación. Estábamos unos seis reunidos allí. Además de lady Elcombe, el juez y yo, también estaba Kate, por supuesto, y Cuthbert Ascre y Oswald (que no parecía para nada haber venido del bosque). La noche se imponía sobre las ventanas. Fielding sostenía los papeles que le había entregado hacía unas dos horas. Lo que decían estos papeles era tan increíble que había inmediatamente convocado a una asamblea a mi lady, su hijo y el mayordomo, pidiendo disculpas por interrumpir la ceremonia de duelo.

–Mi joven amigo acaba de encontrar estos papeles en el escondite de Robin. Y como correspondía, me las vino a traer. Cuentan una historia que solo usted, mi lady, puede confirmar. Y aunque sea doloroso para usted tener que hacerlo, le aseguro que, si esta historia es verdad, podremos liberar a Harry por la muerte de su padre.

Lady Penélope apretaba sus manos mientras permanecía con total rigidez sentada en la silla, pero no decía nada.

–Mi lady, ¿recuerda cuando inmediatamente después del, eh… día de la boda, hablé con usted y con lord Elcombe sobre la muerte de Robin?

–Sí, lo recuerdo.

–Su esposo dijo que aquel desgraciado había nacido en la finca y luego había partido con su madre para luego regresar un día incierto y quedarse a vivir en la morada del bosque de Instede House por muchos años, quizá. Parece ser que Robin había regresado a su lugar natal cuando su madre murió, aunque nadie sabía si esto ocurrió o no, es decir, nadie sabía si Merry, así se llamaba, ¿no?, si Merry estaba viva.

–¿Por qué deberían?

La voz de lady Elcombe revelaba toda aquella tensión que se había acumulado esos días. La tensión se hacía sentir. Hablaba casi susurrando.

–En realidad, ¿por qué deberían? –replicó Fielding–. Ella era solo una mujer sencilla que se hacía llamar de cierta manera entre los trabajadores de la finca.

–Esto ocurrió antes de que yo estuviese.

Susurró de nuevo.

–No exactamente, mi lady; incluso si ella realmente abandonó Instede poco después de que llegara usted aquí.

–¿Está seguro de sus argumentos, juez Fielding? –dijo Cuthbert, que se había movido en dirección a su madre, quizá por el impulso de protegerla. Kate mostraba una expresión encantadora pero preocupada, aunque no sabía si era por su padre o por lady Elcombe. Oswald observaba todo sin inmutarse, como un obelisco.

–No del todo seguro –dijo Fielding–. Por eso debo abordar esto con cuidado. Quizá... quizá sería menos desagradable que yo contara la historia. Después de todo, qué puede haber en estas hojas, solo ficción.

–Cuénteme la historia, señor, y terminemos con esto de una vez.

–Muy bien, mi lady. Había una vez una mujer que llegó recién casada a una gran propiedad. Al cabo de medio año o así ella cumplió la hermosa tarea de darle un heredero a su esposo. El niño llegó mucho antes de lo previsto y por un tiempo creyeron que no sobreviviría. Pero sobrevivió, creció y creció fuerte y sano. Aunque era evidente que el niño probablemente saldría adelante, también estaba claro que no todo iba bien en él. No con respecto a su cuerpo, sino a su cabeza. La madre pronto supo de ello, y el padre, aunque no pudo darse cuenta de inmediato, se enteró también. Bueno, esta pareja era de buen corazón, al menos no lo expusieron a nada ni lo abandonaron en el mundo como nuestros antepasados pudieran haber hecho. Sin embargo, no podían aceptar la idea de que este... simplón... un día creciera y se convirtiera en un hombre. La muerte sería una excepción, muchos niños mueren, particularmente los no deseados. Pero este era diferente. Por más desequilibrado que estuviese, se mostraba perfectamente sano, como si toda su fuerza se hubiera escapado de su cabeza y se hubiera convertido en pura energía. ¿Quién puede culparlos por lo que sentían? Al menos estaban tranquilos ya que muy poca gente sabía de aquel nacimiento. El niño había llegado antes de lo previsto, como he dicho, y cuando ya se sabía claramente que no todo estaba en orden, hicieron lo posible para mantenerlo fuera de la vista de la gente.

Había un profundo silencio en esta oscura habitación. Solo la iluminaban unas velas. Me sorprendí de la crueldad con que actuaba el señor Fielding y tenía que confiar en que estaba cumpliendo con un deber y propósito importantes. Lady Elcombe había cambiado un poco su postura en la silla pero, como el resto de nosotros, estaba atenta a cada palabra que decía el juez.

–En aquella finca también vivía una mujer trabajadora que se había ganado la fama de ligera y descuidada. Ella también tenía un niño, uno medio torpe que se volvió incontrolable. Habría tenido otros sin duda, que se descontrolaron tanto que terminaron en la tumba. Concretamente, había dado a luz recientemente a un niño que lloraba casi todos los santos días antes de que pasara al otro lado. Y fue al cuidado de esta mujer a quien la madre y el padre..., o quizá el padre solo, entregó al pequeño. Muchos niños son entregados a las nodrizas. Ahora, la nodriza puede ser pobre pero debe ser una mujer de buen carácter ya que todo el mundo sabe que los niños lo maman de sus amas de crianza con su leche. Esta mujer era pobre, por supuesto, pero no con buenas cualidades. Era una mujer abandonada, descuidada, negligente y un poco desequilibrada; y esta fue la misma razón por la que la madre y el padre… o quizá el padre solo se lo entregaron. Ellos sabían que la mujer no se esforzaría demasiado por su cuidado y que, aunque no buscaría deshacerse activamente de él, no haría mucho por mantenerlo con vida. Así fue cómo el bebé fue entregado al cuidado de Mary, y la madre y el padre desentendieron de su primer hijo.

–No –dijo lady Elcombe, con el mismo tono bajo, y apartando la vista de nosotros–. No, por favor no piensen que la madre olvidó a su hijo. Ella creyó que estaba condenada por lo que hizo. Creyó que Dios la castigaría por ello, o al menos que se quedaría estéril.

–Pero no ocurrió así –dijo Fielding con un tono más suave–. En ese periodo de tiempo ella dio a luz a más de un hijo que estaba bien en todos los sentidos. El padre estaba contento. La sucesión a la propiedad estaba asegurada. Y como prueba de ello, los padres dieron al hijo mayor el mismo nombre que le habían dado al primero. La mujer había cumplido con su tarea. La nodriza Marry también cumplió su parte de alguna manera, o hizo lo que se esperaba de ella. Inmediatamente después de aceptar tener el bebé a su cargo, desapareció completamente. Entonces se fue con aquel niño torpe y quizá con su otro hijo. Nadie sabía si el niño aún vivía o si había muerto y lo habían enterrado completamente en secreto en el bosque. Cualquiera que fuera el caso, su desaparición debió de causarle un gran dolor a la madre y al padre. Quizá hasta le pagaron para que desapareciera… o quizá fue el padre solo… que era el que siempre resolvía los problemas.

»La nodriza se fue a vivir bien lejos de la finca. Y lo que hacía allí, o cómo se sustentaba en otra ciudad, no está escrito en el cuento. Pero el hijo, quiero decir, su propio muchacho, en algún punto dejó a su madre y regresó al lugar donde había pasado su niñez. Acostumbrado a una forma de vida dura e incivilizada, el muchacho, ahora un hombre joven, comenzó a vivir en el bosque sobre los confines de la gran propiedad y soportó una larga sucesión de veranos e inviernos. Se puso de nombre Robin o lo llamaban Robin; el salvaje, el hombre del bosque.

»Mary no seguía siendo una descuidada ni una abandonada. La historia cuenta que se reformó o que la reformaron. Siendo ya una ciudadana del pueblo, se convirtió en una mujer temerosa de Dios. Miraba su pasado salvaje con remordimiento y vergüenza. Finalmente, falleció en su cama en paz; al menos, espero que así fuera, porque la historia que les cuento es obra de ella y por sus manos está escrita, y lo único que no podemos contar en nuestras narraciones es la forma en que morimos.

Adam Fielding sujetó fuertemente el fajo de papeles. Daba pasos lentos por la habitación mientras hablaba, rumiando cada cosa, casi como si él mismo estuviera narrando la historia en vez de estar leyéndola del papel. Lady Elcombe ni se había movido de la silla. El resto de nosotros estábamos allí atentos, consternados.

–Antes de morir, Mary, la nodriza, escribió una especie de... confesión. Brevemente contó cosas sobre aquellos primeros años, pero principalmente sobre el niño. No sobre el desgarbado muchacho que había regresado a vivir al bosque sino sobre el noble niño que le había sido encomendado a ella y con quien se había marchado lejos. Como veis, este individuo no había muerto ni había sido enterrado completamente en secreto en el bosque. No, él había vivido... y no especialmente en beneficio de sí mismo o de alguien más. Lejos de deshacerse de su responsabilidad con negligencia, la nodriza cuidó de él con ternura y a pulmón. Se convirtió en una madre, si es que puede llamarse así. Y el niño en todo ese tiempo creció fuerte y sano, aunque no así de mente.

De golpe se oyó un sonido brusco, una especie de sollozo incontrolable de la mujer sentada en la silla. Parecía temblar pero luego se puso rígida otra vez. Me daba mucha lástima verla así, aunque creo que a ella no le importaba mucho.

–Él tenía un nombre. Por supuesto el niño había sido bautizado. Se llamaba como lo habían llamado sus padres. Y era el nombre de su padre, Henry. No era del todo inteligente. Carecía de capacidad de entendimiento, pero tenía un poco de sentido común; suficiente para memorizar fragmentos de lo que decía su "madre", la nodriza. ¡Y qué historias le contaba! El pequeño retuvo algo de las historias de amor que le leían de niño en los años en que, sin saber cómo, ya era adulto. Ella le contaba historias del libro sagrado. La historia de Caín y Abel quizá. Y le debió de repetir una y otra vez de dónde venía aquella historia: de una gran casa, de una familia de nobles. Creo que ella tuvo que hablarle mucho de ello porque Robin, el hombre del bosque, solía hablar de eso también. De hecho, he oído de otro actor en este cuento cómo, aparentemente, el hombre del bosque creía que él sería el heredero de la gran propiedad. Lo de Robin es pura imaginación, seguramente todos esos años viviendo fuera le había comido el coco. Pero en el caso de Henry, era verdad lo que le contó la nodriza. ¿No era él el descendiente de una gran casa? El hijo de un gran hombre, el primogénito de un hombre poderoso, ¿uno muy rico? Sí, era todo eso. ¡Y tenía mucho sentido para él! Quizá ella le dijo que su padre lo había abandonado cuando era un niño. O quizá le dijo que fue su madre y cómo, en cierto sentido, ella tenía derecho a contárselo. ¿Quién sabe?

»Lo cierto es que, en alguna parte de su pensamiento, Henry concebía la idea de volver a la gran casa y a la familia de la que había oído tanto hablar. Cuando Mary murió, ya no había nada que lo atara a aquel alejado pueblo. Tomando la carta de confesión de su madre, se marchó rápidamente hacia el sur. Regresaba a su hogar. Atravesó campos y bosques buscando refugios para pasar la noche y manteniéndose fuera de la vista de los hombres. Vestía de blanco, porque para este sencillo individuo, ese era el color de luto, o porque esa era la ropa con que lo vestía su nodriza. Al final, por supuesto, tras duras noches y días de viaje, aquella ropa blanca estaba mugrienta. Ya no tenía una madre que cuidara de él.

Una vez más se sintió ese sollozo desde la silla. Me sorprendía la soltura y seguridad con la que se manejaba Fielding en el asunto y consideraba que aquí había algo más que crueldad. Mucho después me di cuenta de que era la única manera de armarse de valor para pasar el mal momento de esta asamblea: tratar esto como un relato, que debía desarrollarse, pulirse y entregarse a su destinatario. Continuó con el cuento.

–Y ahora la historia se torna un poco oscura –dijo Adam Fielding–, pero debemos hacer un esfuerzo para imaginarnos todo claramente y, si es necesario, irlo desmenuzándolo con nuestra razón e imaginación. La vida de un hombre está en peligro. Cuando Henry alcanzó a llegar a los alrededores del lugar donde había nacido, lo reconoció inmediatamente, desde luego no con su memoria sino por las historias que le contaba su nodriza. La gran casa sobre la colina, el lago y todos los demás escenarios. Su hogar. Pero ahora que estaba de regreso a su hogar, ¿quién advertiría su existencia? Él era un ser cauteloso, mortalmente cauteloso, como un animal, pero también sencillo. No tenía palabras con qué anunciar su regreso y como autoridad, solo contaba con la confesión de una mujer que agonizaba, las palabras que no era capaz de leer pero que de alguna manera sabía que eran esencialmente importantes.

»Se refugió en el bosque. Y ahora se puede ver que hay una sola dirección en la que se desarrolla esta historia. En el bosque él encontró naturalmente a esa pequeña criatura, Robin. Ambos compartieron a una madre, si es que se le puede llamar así. Ellos eran, en cierta medida, hermanos. Henry no tenía la capacidad de leer pero aún así podía decir quién era él, es decir, el heredero de la gran propiedad y demás posesiones, pero entre los árboles se encontró con otro pretendiente a todo aquello, otro extraño ser que durante años se había creído con derecho a una gran herencia.

A todo esto, Cuthbert Ascre dejó soltar una violenta… risotada. Como el resto de nosotros, tenía ya la paciencia colmada y deduje que se debía a la manera en que lo manifestaba. Noté unas miradas fugaces que hacía Kate a su padre y a lady Elcombe.

–Dos pretendientes, ya sea que fuesen hombres del bosque o emperadores tendrían finalmente su enfrentamiento como rivales. Ningún reino puede albergar dos reyes. Darían lucha hasta acabar con el asunto y el victorioso resultase el único propietario de todo. Así se dio el caso. Henry podía haber sido sencillo, pero era fuerte, aparentemente más fuerte que aquel individuo al que llamaba "hermano", un individuo que era mayor en edad y cuya fuerza había sido socavada por haber vivido todos esos años fuera de su hogar y sin ningún refugio. No es agradable imaginarse lo que viene. Tras unos pocos días de haber llegado Henry, el odio entre este y Robin había crecido tanto que ambos ya eran enemigos mortales. Si Robin tenía un mejor conocimiento del entorno, a Henry podríamos atribuirle una mayor fuerza… y ferocidad.

»Saben lo que a continuación ocurrió. Una noche de verano o ya cerca del amanecer, Henry sorprendió a Robin y puso fin a su vida. Lo colgó de un árbol. Y recordando aquellas historias que la nodriza le contaba del libro sagrado, el odio de Caín por su hermano Abel, o cómo el hijo de David, Absalom, fue colgado de un roble, o cómo Iscariote se balanceaba del saúco, este colgó a Robin de un árbol.

Adam Fielding hizo una pausa. Detuvo un poco el ritmo. Le salía una voz ronca y avejentada. Apenas se molestaba en pensar que estaba contando una "historia" en este momento; más bien hablaba en tono directo. Miró hacia abajo y se sorprendió al ver que yo tenía los puños cerrados. Fuera, la oscuridad ejercía presión sobre los amplios ventanales de Instede y me preguntaba cuándo volvería la aurora.

–Pero aun así esto no es el fin de una historia de dolor. Una vez más, no estoy seguro de lo que ocurrió después, nadie lo sabe. Pero creo que hubo un... hostil encuentro entre el señor de la gran casa y el angustiado hijo que había regresado para reclamar su lugar. Maese Nicholas Revill fue aquí un testigo distante del asunto pero puede contarnos qué sucedió una noche a la luz de la luna.

Empecé a oír mi nombre y a darme cuenta de que Fielding me llamaba para que describiese aquella escena surrealista que había visto en el jardín de ajedrez con las figuras blancas. Sin tener la soltura y convicción que tenía Fielding, me dispuse a relatar dejando oír una voz entrecortada lo que había visto o creído ver, sin dejar de lamentar haberme levantado de mi cama y acercarme a la ventana aquella noche.

Cuando estaba por terminar mi breve relato como testigo, Fielding tomó las riendas de la conversación nuevamente. Ahora hablaba suavemente, con algo de dificultad, casi forzándose para que salieran las palabras de entre sus dientes. De todas estas terribles especulaciones, la que siguió fue seguramente mucho peor.

–Pues, mi lady, parece como si hubiera existido un encuentro entre estos dos individuos, padre e hijo renegado. Apenas pudo darse alguna confrontación porque Henry, quiero decir, Henry hijo, era incapaz de mantener una conversación de este tipo. Si se intercambiaron o no palabras nadie lo sabrá nunca. En medio de la noche, el espectro blanquecino del hijo perdido hacía mucho tiempo, se sublevó contra su padre y este, paralizado por el horror, se enfrentó al hijo que había desterrado de su vida todos esos años. ¿Henry sabía verdaderamente su identidad? ¿Su padre lo conocía, por instinto o de alguna otra forma? Yo no condeno al hijo de la maldad, pobre ignorante; él no sabía lo que estaba haciendo o qué efecto iba a tener aquello. De alguna manera el padre se incorporó... se tropezó... y calló sobre el gran reloj de sol del jardín, la aguja perforó su corazón y él pereció tras una breve agonía.

–Pero aun así esto no es el fin de una historia de dolor. Una vez más, no estoy seguro de lo que ocurrió después, nadie lo sabe. Pero creo que hubo un... hostil encuentro entre el señor de la gran casa y el angustiado hijo que había regresado para reclamar su lugar. Maese Nicholas Revill fue aquí un testigo distante del asunto pero puede contarnos qué sucedió una noche a la luz de la luna.

Empecé a oír mi nombre y a darme cuenta de que Fielding me llamaba para que describiese aquella escena surrealista que había visto en el jardín de ajedrez con las figuras blancas. Sin tener la soltura y convicción que tenía Fielding, me dispuse a relatar dejando oír una voz entrecortada lo que había visto o creído ver, sin dejar de lamentar haberme levantado de mi cama y acercarme a la ventana aquella noche.

Cuando estaba por terminar mi breve relato como testigo, Fielding tomó las riendas de la conversación nuevamente. Ahora hablaba suavemente, con algo de dificultad, casi forzándose para que salieran las palabras de entre sus dientes. De todas estas terribles especulaciones, la que siguió fue seguramente mucho peor.

–Pues, mi lady, parece como si hubiera existido un encuentro entre estos dos individuos, padre e hijo renegado. Apenas pudo darse alguna confrontación porque Henry, quiero decir, Henry hijo, era incapaz de mantener una conversación de este tipo. Si se intercambiaron o no palabras nadie lo sabrá nunca. En medio de la noche, el espectro blanquecino del hijo perdido hacía mucho tiempo, se sublevó contra su padre y este, paralizado por el horror, se enfrentó al hijo que había desterrado de su vida todos esos años. ¿Henry sabía verdaderamente su identidad? ¿Su padre lo conocía, por instinto o de alguna otra forma? Yo no condeno al hijo de la maldad, pobre ignorante; él no sabía lo que estaba haciendo o qué efecto iba a tener aquello. De alguna manera el padre se incorporó... se tropezó... y calló sobre el gran reloj de sol del jardín, la aguja perforó su corazón y él pereció tras una breve agonía.

Fielding volvió a hacer una pausa. Suspiró.

–Esto está muy bien.

La voz, sorprendentemente dura, pertenecía a Cuthbert Ascre. Se alejó de donde estaba su madre sentada. La luz era en la habitación y la poca que había venía de una vela colgada en medio del techo. En aquel círculo tenue, Cuthbert dio un paso adelante.

–Todo esto está muy bien –repitió–. ¿Pero con qué pruebas cuenta usted, su excelencia?

Percibí un leve desdén en aquello. Adam Fielding guardó silencio por un momento y volvió a acariciarse la barba.

–Como dije antes, aquí hay mucho para desmenuzar con nuestra razón e imaginación. Pero no hay dudas sobre la sustancia de la historia. ¿Alguna duda, mi lady?

Hablaba muy tranquilo, en tono de súplica.

Lady Elcombe por primera vez miró directamente al que hablaba. Se levantó el velo y luego, cuando habló, mostró una voz sorprendentemente serena, tal como su hijo. Era eso, supongo, lo que confirmaba mi idea de que todo era cosa de sangre y de familia.

–No, juez Fielding, usted tiene razón. Sí existió tal niño...y fue puesto al cuidado de una nodriza en las circunstancias que usted mismo describió. Pero juraría ante Dios que nunca, nunca, fue con la intención de asegurar su muerte. Por... por... mi parte, al menos.

Adam Fielding inclinó su cabeza considerando lo que acababa de decir.

–Aunque cuando la mujer pereció, yo pensé que también el niño se había ido, quiero decir, lo creí muerto. Luego llegaron los demás niños, que sucedieron al otro que ya no...

–Penélope –dijo Fielding, con el mismo tono suave–, ¿usted sabía que Henry, el primer Henry, había regresado?

–Tenía el presentimiento de que sí.

–¿Nada más que eso?

Y yo podía ver por qué estaba así. Había sabido de buenas a primeras que le sobraba un hermano, y que este era un individuo ignorante. Luego había tenido que oír que *este* hermano fue quien procuró la muerte de su padre en lugar de Harry, que permanecía en la cárcel de Salisbury…, y todo esto era suficiente para perturbar a alguien, hasta al mismo Satán.

–Es tu hermano –dijo lady Elcombe a su hijo; ahora desconcertado, su tercer hijo. El silencio que luego invadió la escena solo se cortó con un suave suspiro de Kate.

–¿Cómo lo sabe? –preguntó Cuthbert–. No puede saberlo después de tantos años.

–A "aquello", como lo has llamado, he ido a verlo. Una madre podría conocer a su propio hijo por instinto, pero había una marca infalible en él. Tenía solo tres dedos en su mano izquierda –se estremeció–. Nació así, sigue teniendo los tres dedos pero ahora yace tendido y pálido. Es Henry.

–No había contado nada sobre esto, madre –dijo Cuthbert, haciendo un gesto con su dedo para referirse a todo el asunto, a toda la historia.

–Pensaba seguir dejándolo en secreto ahora, como en aquel momento, pero Dios no lo ha querido.

Con aquella tenue luz, creí ver una lágrima que bajaba por su rostro como un caracol. Y si era así, ningún movimiento hizo para limpiarla.

Una vez más Cuthbert intervino, ya sea para salvar a su madre de una mayor exposición o para dar rienda suelta a su furia y confusión.

–Muy bien –dijo tragando saliva–. Muy bien; pero no podemos saber si se había encontrado con mi padre.

–Yo puedo responder sobre ello.

Ahora Oswald, el mayordomo, dio un paso al frente en aquel círculo de luz. Su rígida expresión y alargada cara iban a tono con su voz, que era tan seca como el crujido de una hoja.

–Yo no presencié el encuentro con su hijo, pero creo que la versión del juez Fielding es correcta. Existió tal encuentro, eh... acordado entre lord Elcombe y esta persona. Y mi amo fue lo suficientemente cortés para admitirme su confesión, en cierta medida. El resultado de aquel encuentro debió de haber sido como el juez lo describió.

Aguardé a que Fielding presionara a este hombre. ¿Quién había acordado ese "encuentro"? ¿Cómo podría uno encontrarse con un simplón que supuestamente no sabe ni contar las horas y los días? ¿Y para qué? No tenía sentido, o no del todo.

Fielding me sorprendió al no arremeter con estas preguntas. En lugar de ello, dijo:

–Gracias, Oswald. ¿Harás un juramento a tal efecto, de que sabías las intenciones de tu amo en este asunto y demás?

Oswald no dijo nada y apenas asintió con la cabeza.

–Mi lady, ¿podrá firmar una declaración dando cuenta de cómo quedan las cosas en su familia? Sobre la existencia, quiero decir, de un hijo que ahora está fallecido.

Lady Elcombe no dijo nada ni tampoco asintió a ello.

–Para salvar a otro hijo de la horca –instó Fielding.

–Veo que debemos exponernos al mundo –dijo ella con resignación.

–¿Y Nicholas?

–Ah, ¿qué?

Tenía mi cabeza en otra cosa, intentando digerir lo que estaba ocurriendo.

–¿Tú también prestarás declaración de lo que viste en el jardín?

–Por supuesto, su excelencia. Pero no es gran cosa.

–Esto es una historia compuesta de varias piezas, y juntas, todas estas piezas serán suficientes para asegurar la salida de Harry Ascre de la cárcel de Salisbury. Es perfectamente cierto que Henry, que murió, es culpable de la muerte de su padre. Un hombre muerto no puede ser sometido a la horca, pero puede entrometerse en el camino de un vivo.

–¿Pero cómo fue… fue a parar Henry al lago? –pregunté (ya que nadie parecía indagar en eso).

–Tras la muerte de su padre, me imagino que estuvo deambulando por ahí confundido por aquella escena –explicó Fielding ligeramente–. Debió de haberse manchado de sangre. Quizá estuvo intentando limpiarse en el lago; o quizá se arrojó a él en un arranque desesperado. ¿Acaso importa? Damos por finalizado el encuentro.

–Sí –dije.

Pero no había acabado, claro.

Lo percibía.

Lo puedes percibir tú también.

GIBOSA MENGUANTE

Al día siguiente Adam Fielding y yo nos fuimos de Instede House. Jamás me puse tan contento en mi vida por cambiar de rumbo. La compañía Chamberlain había llegado para celebrar una boda y contribuir con nuestro grano de arena en las celebraciones presentando *Sueño de una noche de verano,* de William Shakespeare. Pero en vez de tener la armonía de Himeneo, asistimos a una triple celebración de muerte. El deceso de Robin, el hombre del bosque, fue precusor del posterior asesinato de lord Elcombe y de la última muerte, ya sea por accidente o suicidio, de su pobre hijo simplón.

Pero aquellos destinos no iban a quedar consumados con este catálogo de misterio. Una pobre alma ahogada yacía en la habitación de abajo de la gran casa, testimonio sin vida de la crueldad de su padre todos esos años atrás y ahora reproche atormentador para la madre viva. El mayor de los hijos, ahora revelado como el hijo del medio, aún estaba en la cárcel por aquel asesinato de su padre, aunque el juez Fielding parecía convencido de que todos esos juramentos que llevaba en su bolsa asegurarían la liberación del joven. Y aún más, una boda había sido frustrada y la esperanza y ambiciones de dos familias habían sido violentamente arrebatadas, dejando así a una de las familias completamente destruida.

Me preguntaba si, aun si Harry fuese liberado, la unión con Marianne Morland seguiría en pie. Parecía haber dudas sobre ello. Con aquellos vistazos que eché a los Morland durante el banquete, me pareció ver que estaban más interesados por la dorada jerarquía que por cualquier otra cosa. Ellos ya tenían dinero. (Con los Elcombe pasaba aparentemente lo contrario: tenían jerarquía pero no los medios pecuniarios para mantenerla. Todo esto es relativo, supongo. Para mí, Instede House y sus ocupantes sin duda parecían muy prósperos; infelices, pero prósperos.) No parecía probable que la familia de mercaderes de Bristol considerara aliarse con una casa noble en la que la vergüenza y la posibilidad del cadalso figuraban tanto. En todo caso, había existido poco entusiasmo por parte de Harry para casarse. Ahora, sin la insistencia de Elcombe, no parecía haber razón para materializar tal alianza.

El juez Fielding y yo veníamos atravesando los amplios prados del noroeste de Salisbury. Aún se oía cantar a las alondras bajo aquella bóveda celeste y el ánimo del verano había regresado. Era por la tarde, habíamos perdido mucho tiempo en Instede tomando las declaraciones de lady Elcombe y Oswald, cada uno en privado. No creo que hubiesen accedido a ello sin que Fielding continuara asegurando que eran necesario sus testimonios para levantar la acusación contra Harry Ascre. También había tomado la mía sobre lo que había visto aquella noche de verano desde el dormitorio de los actores. A pesar de que varias veces insistí en que lo que allí vi era confuso y dudoso, Fielding sentenciaba que ello contribuiría a liberar al joven Ascre.

–Es parte de la película –decía–. Una piedra del camino.

Toda esta tarea de tomar declaraciones supuso una gran demora en mi salida de Instede; así pues, con previo acuerdo, quedé con Adam Fielding en partir de regreso juntos. Mis compañeros emprendieron su regreso por la mañana, como estaba planeado, ya habiendo acabado las obsequias del funeral de lord Elcombe y rendidos nuestros honores al tal valorado patrón. (Claramente, nadie aparte de mí sabía algo de las intimidades de esta sombría familia.) La Chamberlain se fue a pie pero, para cuando el juez y yo emprendimos viaje era bastante tarde, así que no esperábamos adelantarlos. De hecho, probablemente ya habrían llegado a Salisbury y a la posada del Ángel.

Kate Fielding también había partido temprano hacia Salisbury para prepararse y recibir a su padre. Me aseguró que la invitación para pasar la noche en su casa seguía en pie. Por seguridad y compañía, Kate viajó de regreso con la Chamberlain. Le habían cedido un sitio de honor en el carro al lado de Will Fall, con los señores Sincklo y Pope cediendo gentilmente su asiento compartido a una dama durante el viaje. Cuando vi que le habían otorgado el sitio, pensé que aunque nuestro medio de transporte careciera de refinamiento, había una gran cortesía por parte de los hombres de la Chamberlain para atenderla.

Will Fall, sin duda, se encargaría de que estuviera bien entretenida durante el recorrido. Sentía una punzada de celos directa al corazón, pero luego pensaba que Kate apenas me pertenecía –no pertenecía a casi nadie–, al menos así creía, como para estar celoso. En todo caso, los gustos de Fall van más por el camino de las muchachas sosas como Audrey, la de la cocina. Audrey intercambió muchas frases entrecortadas con su amado antes de permitirle montarse junto con la dama de Salisbury. Quizá estaba celosa también. Hasta las sosas tienen sentimientos. Me pregunto qué le habrá prometido Will a esta muchacha campesina: ¿amor eterno?, ¿infinitos recuerdos?, ¿un sinfín de besos?, hasta la próxima ciudad y próxima moza. Él no volvería a Instede. Instalado perfectamente al lado de Kate y dándole una sonrisa cómplice, Will azuzaba al viejo Flem. El caballo parecía haber recibido muy buen cuidado en los establos de Instede; así pues, sin resollar, el jamelgo se ponía en marcha.

No, Will no regresaría. Ninguno de nosotros volvería a Instede, al menos eso esperaba yo profundamente. Unos pocos de la casa se habían reunido para despedir a la compañía y se quedaron mirándonos mientras la fila desaparecía en el horizonte. Para sorpresa nuestra, Cuthbert Ascre había salido para dar la mano a nuestros actores mayores, quienes le dijeron una vez más que podría haber sido un actor… sí, un buen actor. Él parecía haber superado aquella furia y exaltación de la noche anterior y también parecía volver a mostrarse agradable. No había rastro de Oswald por ninguna parte. Tampoco de lady Elcombe. No esperaba verlos a ambos allí, pero algunos otros menos importantes, como Sam, el jefe del granero, y mi amigo, el criado Davy, aparecieron y se mostraron sinceramente tristes por nuestra partida. Sin duda, esto se explicaba en parte por el manto de penumbra que se había posado sobre Instede, pero también era como tributo al distintivo y alegría que nosotros los actores llevábamos a todo lugar donde viajábamos; no podemos evitarlo. La vida debe de parecer muy aburrida cuando nos vamos.

Como dije antes, yo era uno de los regazados que me quedé ayudando a Fielding a reunir las pruebas que eximirían a Harry Ascre del castigo. Ahora íbamos atravesando los llanos campos en una hermosa tarde, siguiendo las huellas de los que habían hecho el recorrido a pie hacía unos días. Era bastante posible olvidar todo, la casa, todos los recuerdos de esas repentinas muertes, suicidios y asesinos. Bastante posible, pero no del todo. Me ayudó a mantener mi cabeza lejos de aquella angustia el haberme puesto un caballo sobre el cual concentrarme. Lo que significa que uno de los muchachos de Instede me había prestado aquel animal a pedido de Adam Fielding. El mismo juez montaba su propio palafrén, para mantener su nivel. Nicholas Revill, mientras tanto, debía amaestrar y montar la chata criatura de patas blancas y de cuerpo medianamente colorido, que tenía un desmesurado interés por la monta tan elegante de Fielding, ya sea por simpatía o por hacerme sentir mal. Sweathland era la raza, según me dijeron, o algún nombre por el estilo –¿por qué aquellos que sabían cómo hacerlo siempre se empeñaban en imponer su jerga a los ignorantes e indiferentes?–. A pesar de haber nacido en el campo, nunca acabé por familiarizarme con los caballos. Y ellos lo percibían. Mis intentos por controlar a este jamelgo en particular, que se suponía que respondía al nombre de Napper pero que de hecho no respondía a absolutamente nada, ni siquiera a los gritos de "¡cabrón!" o "¡Jesús!", divertían a Fielding y, me atrevo a decir, que mantenían de alguna manera mi mente lejos de aquellos días.

Aún así, había asuntos que quería tratar con el magistrado. Por más explicaciones que se hubieran dado en la habitación de mi lady la noche anterior y por más declaraciones que hubiera obtenido y que esperaba que liberaran a Harry Ascre de aquellas barras de la cárcel, yo no estaba absolutamente convencido de la interpretación que daba Fielding a su "historia". Había muchos cabos sueltos y aspectos completamente inexplicables; asuntos que nunca llegaron a entenderse en principio. Por ejemplo, para empezar con algo relativamente de menor importancia, no podía entender por qué Harry Ascre se había opuesto a casarse con Marianne Morland. Y si bien la unión parecía probablemente que no iba a darse, me aventuré a preguntar a Fielding qué opinaba sobre la obstinación con la que el joven se negaba a casarse. Dada su vieja amistad con la familia Elcombe, podría tener algo fresco que ofrecer.

Tomó unos momentos para pensar, acariciándose la barba con una mano mientras soltaba las riendas del caballo con la otra. Mientras tanto yo, con miedo, sostenía con fuerza las riendas de Napper.

–No todos los jóvenes se desesperan por contraer matrimonio –dijo finalmente–. Y antes de que lo digas, no es porque quieran continuar con su vida desenfrenada de lujuria y prostitutas; ni porque prefieran nuestro género. Y este no es el caso de Harry, al menos hasta donde llega mi conocimiento. Quizá simplemente no esté preparado para el matrimonio.

–Ah.

Fielding, quizá pensando que aquella era una simple e insatisfactoria explicación, dijo:

–A veces ocurre. ¿Y tú estás preparado para el matrimonio, Nicholas?

–¿No tiene que haber una mujer in situ?

–No necesariamente –dijo Fielding–. Aquellos que están dispuestos a casarse encontrarán a otros de su misma sintonía.

–Yo no lo sé, Adam. Supongo que si al responderle dudo, es porque mi respuesta debe de ser que no, que no estoy preparado.

No dije nada de que había una mujer con la que me habría casado mañana mismo.

–¿Pero tienes una mujer en Londres?

–Algo así –dije. Ah, ¡traición de aquellos que hablan de sus propios amigos cuando no pueden oírnos! Creedme, no me sentía *así* de indiferente con respecto a Nell–. De todas formas, cuando nos conocimos, describió mi postura con precisión. Usted dijo que cualquier joven que saliera de su pueblo en su primer viaje estaría, ¿cómo es? "preparado para otras aventuras".

–Tiene buena memoria.

–Estoy entrenado para recordar frases.

–Existe otro factor en el caso de Harry, creo –prosiguió Fielding–. Y es que, cuanto más insistía su padre en que se casara, mayor era su negación a aceptarlo; cuanto más importante fuera la familia, menos libertad tendrían sus miembros para sembrar su propio camino. Por supuesto, la libertad de las hijas estaba circunscrita, dirían algunos directamente, pero el hijo también podía hallarse de repente en una jaula que no fuera de su cosecha.

Era extraño oír a Fielding hablar sobre jaulas, haciéndose eco de las frases de Cuthbert Ascre.

–Pero los hijos no son criaturas tan dóciles como las hijas, no son para nada manejables. Pueden rebelarse contra las restricciones.

–¿Y eso era lo que estaba haciendo Harry? ¿Rebelarse?

–Sí, pero mediante su carácter, en silencio, no asesinando a su padre. Es bastante sencillo. No siempre deseamos que nuestros padres elijan por nosotros. Acuérdate de tu obra.

–¿Obra?

–El *Sueño* del maese Shakespeare. Hay un matrimonio convenido y cierta resistencia a él.

Adam Fielding tenía razón. Pero la actuación de la Chamberlain en *Sueño de una noche de verano* parecía haber tenido lugar en otra época y lugar y no tener nada que ver con dos hombres atravesando campos rumbo a Salisbury hablando sobre matrimonios y asesinatos.

–Yo fui rebelde alguna vez, si es que puede llamarse así, como tú dirías –dijo Fielding–. Yo no quería a aquella mujer que había elegido mi padre para mí.

–¿Qué ocurrió? –pregunté, contento de oír la pequeña revelación del juez, y también sorprendido, tal y como uno está cuando un hombre mayor y más sabio que tú reconoce alguna indiscreción o acto de rebeldía durante su juventud.

–Ah, yo seguí el consejo de mi padre, al final.

–¿Y…?

–Me casé con aquella mujer. Éramos completamente felices, o lo más feliz que uno puede estar cuando cruzas la puerta. Era la madre de Kate.

Algo en su tono desalentó cualquier otro comentario que quisiera hacer. Hubo un momento en que mi caballo Napper se detuvo. No digo que ralentizara y luego parara, sino que paró en seco, muerto de agotamiento. Si llegamos a ir más deprisa, me habría venido abajo. Y como se había clavado firme en el suelo, yo también lo hice, pero clavándole mis espuelas en las ijadas. El caballo había aprendido pronto quién era el amo. La respuesta llegó rápido: él era el amo.

Le hablé con tono severo, le hablé con tono suave, le hablé con tono suplicante. Todo para nada. El palafrén de Fielding continuaba por el civilizado camino marcado de blanco. No creí que el juez se hubiera dado cuenta de que me había quedado atrás. Cuando se dio la vuelta, su primera reacción fue largar una risotada:

–Nicholas, montas a caballo como si estuvieras sentado en una silla –el consejo vino después, lo gritó a cierta distancia–. Abandona toda esperanza, Nicholas. Piensa que tu caballo no volverá a moverse; hazle saber que no te importa. Silba o haz otra cosa.

Así pues, me crucé de brazos, silbé alguna cancioncilla de campo y actué como si estuviera despreocupado. Al final, Napper, picado por mi actitud, arrancó de nuevo. Cuando alcancé a Fielding, este estaba tratando de no soltar la risotada. Pero yo no había terminado de hacerle mis preguntas. Aún quedaban asuntos, asuntos de Instede pendientes de explicación.

Por ejemplo, ¿qué conexión tenía Peter Paradise, el líder de los actores beatos, con Oswald, el mayordomo, que odiaba el drama? Expliqué al juez cómo había seguido a aquel hombre duro desde el lago hasta el bosque, y también le repetí partes del diálogo a medida que me acordaba.

–Eso está suficientemente explicado, creo –dijo Fielding.

–Por cierto, ¿puedes mantener tu caballo un poco más lejos?.

–Lo intentaré, pero no es muy receptivo.

–Es una cuestión de dominio y de la indiferencia del dominio. No te preocupes si te obedece o no.

Tiré de Napper para evitar que rozara con el palafrén de Fielding y a su vez intenté mantener la conversación lejos de mi lamentable forma de montar y volver al tema de Oswald y Peter Paradise.

–Puede que esté explicado lo suficiente –dije un poco molesto–, pero es un misterio para mí.

–Tanto como la equitación, supongo –dijo Fielding–. Pero hablando de Oswald y del líder de los Paradise, se trata de otro caso entre hermanos. Oswald Eden es el hermano de Peter Paradise. Peter se cambió de nombre cuando comenzó a ir de bolos por este lado del planeta. Él advierte sobre un purgatorio pero promociona el paraíso.

–¿Qué? ¿Oswald? –dije sorprendido y aún, de algún modo, no tan sorprendido. Solo se trataba de un pequeño cambio de Eden a Paradise, después de todo–. ¿Oswald es familiar de aquel grupo de beatos?

–No de todos. De todas formas, no son todos hermanos. Creo que solamente Peter está oficialmente bendecido con el apellido Eden, o Paradise. Pero Peter llama "hermano" a los otros dos y sin duda son realmente felices por vivir bajo el estandarte sagrado de su apellido, su supuesto apellido.

–¿Así que cuando Peter le decía "hermano" a Oswald no solo lo decía, sino que realmente quería decir que lo era... ? ¡Espera! ¡Quieto ahí!

A mi pequeño caballo, a mi pequeño Napper ahora se le había ocurrido en esa cabeza de chorlito hacerse un circuito personal por el campo. Finalmente, hice fuerza con las riendas, y con un par de apuros verbales, lo pude volver a poner recto. O más bien eligió volver a su posición cuando le apeteció.

–¿Es por ello entonces que se toleraba a los actores en Instede? –pregunté cuando recobré el aliento–. ¿Por la relación fraternal que había entre el beato Peter y Oswald?

–Tan fraternal como Caín y Abel, creo –dijo Fielding–. No, fue más bien mi lady la que promovió su presencia. Ella misma se hizo beata tras aquellos años de juventud. Anoche nos enteramos del por qué. Ella pensó que sería condenada por causar... por permitir que separasen a su primer hijo de ella. Esta era una manera de enmendar lo que hizo, una de sus maneras. En el fondo es una buena mujer.

"Un caso entre hermanos..." Repetí aquella frase de Fielding para mis adentros. Entonces, me vino un pensamiento repentino bajo aquel cielo del campo, junto con otras tantas cosas que me inundaban la cabeza de una sola vez.

–Adam –dije, con mucha emoción–. ¿Alguna vez vio a Robin, el hombre del bosque? El hombre que se colgó o no a sí mismo, o el que fue o no desterrado por su hermano bobalicón, o cualquiera que sea la verdad de… ¿lo ha visto alguna vez?

–Era una criatura tímida del bosque. ¿Cómo podría haberlo visto? ¿Por qué?

–Es que se parecía un poco a Elcombe. Compartían los mismos rasgos huesudos.

–¿Y?

–Todo lo que decía era sobre ser heredero de una gran propiedad.

–Vivir en el bosque lo desgastó mentalmente.

–Y cuando interrogó a lord Elcombe sobre Merry –continué impertérrito–, ¿recuerda lo que dijo sobre ella? Que ella estaba abierta a todos, ¿cómo era?, que cualquier tío de la finca podría habérsela "beneficiado".

–¿Y qué?

Aquella actitud desdeñosa de Fielding me fastidiaba. Después de todo, había escuchado demasiado sobre sus ideas. Así que continué:

–El padre de lord Elcombe, de quien he oído hablar muy poco, sin duda se comportaba con la… la licencia que le otorgaba su categoría. Supongamos que se hubiera "beneficiado" a esta mujer en su propiedad, cuando era joven quizá. Esto explicaría la semejanza entre Robin y Elcombe, quizá hasta explique por qué uno sufrió la presencia del otro en su propia tierra.

–Podrías estar en lo cierto –dijo Fielding tras unos momentos–. La misma idea se me ocurrió casi en el mismo instante en el que lord Elcombe me dio aquella respuesta.

–Ah, bueno… –estaba confusamente decepcionado.

–Aunque no ayudaríamos a nadie con este descubrimiento –dijo Fielding–. Tienes razón sobre el comportamiento del viejo Elcombe. En aquella época existía una mayor licencia, reminiscencia del último rey, supongo. Es *posible* que el viejo Elcombe fuera el padre del pobre Robin. Pero en estas circunstancias, con apenas cierto conocimiento, aún si fuera factible, solo aumentaría el dolor de la familia, para ningún buen propósito. Debemos quedarnos con la duda, debemos dejar todo como está. Dejemos descansar a aquellos cuerpos en paz.

Podría haberme puesto a discutir con él, aunque no era realmente asunto mío. Pero en ese preciso instante, Napper optó, maliciosamente, por avanzar. En esta ocasión, en vez de ir por el circuito, eligió un camino recto; pero no el que Fielding y yo habíamos estado siguiendo. Más bien nos encaminamos por una pendiente que atravesaba los grandes prados. Apenas sabía hacia donde íbamos mi corcel y yo porque estaba ocupado aferrándome a esta querida vida agarrándome de las riendas, de la crin, de la perilla de la montura, de lo que fuera. En cualquier momento me podría haber caído bruscamente a aquel suelo tan duro y lleno de cosas cortantes, y tener el placer de conocer los montículos de rocas que decoraban la llanura.

El paisaje se iba quedando borroso atrás. El horizonte subía y bajaba según saltaba sobre Napper, sacudiendo mis huesos con el traqueteo. Los cascos del caballo golpeaban fuertemente el suelo, haciendo tronar todo a su paso. Aunque mi corcel era bajo y de alguna manera rústico en su forma de comportarse, podía ir rápido, muy rápido, más rápido posiblemente que cualquier animal que jamás se hubiese movido o que hubiese movido a un ser humano antes. Me convencí de que Napper iba tan rápido no por propia diversión sino porque quería meterme miedo por lo que pudiera pasar con mi vida. Me convencí de que el muchacho del establo de Instede me había encajado deliberadamente el animal más testarudo y salvaje de compartimiento. Soltaba insultos e improperios al aire y, cuando eso no funcionaba, le susurraba ternezas al oído (en aquellas ocasiones en las que estaba lo suficientemente cerca de él), intentando calmar y halagar a la bestia para que fuera más despacio. Pero Napper corría a su propio estilo. No me animaba a mirar alrededor, no podía mirar, así que no sabía si Fielding estaba enterado de mi desgracia. Más bien estaba cómodamente montado en su inmaculado palafrén, bramando para molestia mía.

Con aquella visión tambaleante que tenía, me pareció ver algo blanco y como en bloque que tomaba forma en la distancia. A medida que nos acercábamos me di cuenta de que era la extraña agrupación de piedras que había visto cuando pasábamos por ahí rumbo a Instede House, las piedras que me habían recordado a los pilares y vigas de la casa de un gigante y que, según Richard Sincklo, habían sido llevadas a ese lugar y colocadas por la magia de Merlín en la época del rey Arturo. La otra vez, viajando con mis compañeros, no nos habíamos acercado a ellas tanto como ahora Napper estaba decidido a acercarse. Desde la distancia, los pilares y vigas eran bastante imponentes, en parte por su rareza y el misterio de sus orígenes, y en parte por el camino que creaban bajo aquel vasto cielo. De cerca, eran tan inquietantes como los dientes de Dios.

¡Cerca... más cerca... y más cerca todavía! ¡Madre mía, cuándo iba este caballo a detenerse o a ir más despacio, o a virar por el camino por el que deberíamos ir!, ¡me iba a estampar el cráneo y todos los huesos contra la dura piedra!

–¡Napper! ¡Napper! –grité, chillé, supliqué–. ¡Napper!

Pero no hacía caso. Aquellos poderosos bloques de piedra se elevaban allí como fragmentos del costado de un precipicio. Evidentemente mi corcel, que decidió que ninguno de nosotros merecía seguir viviendo, planeaba lanzarse precipitadamente contra algún objeto inanimado mucho más grande y duro que yo. Me abracé a su acalorado cuello mientras se me cruzaban por la cabeza unas pocas frases en forma de plegarias sin orden ni concierto.

Y en el último instante, Napper viró bruscamente y se detuvo tan de golpe que casi doy vueltas en el aire. Luego, sin detenerse, empezó a comer en los pastos, que se hacían más espesos en la base de estos bloques, de tal manera que cualquiera que nos hubiera visto pensaría que habíamos estado dando un apacible paseo. Me bajé apresuradamente del lomo antes de que cambiara de parecer. Sentía las piernas completamene entumecidas por haberme agarrado tan fuerte a las ijadas desde que partimos de Instede, y también temblaba del terror que tenía, así que casi me fallan y me caigo al suelo. El caballo se dispuso a pastar alegremente, con sus patas fijas en el césped como si nada lo fuera a mover de allí. Me alegró que no se diera cuenta de lo débil que estaba. Aunque, me atrevo a decir que este era consciente de ello. Los animales son así.

Tras unos momentos recobré el aliento y destreza suficientes como para comenzar a estudiar mi situación. Estaba de pie justo fuera del perímetro de la gran pila de dientes blancos. Un par de segundos más y ya habríamos seguramente chocado contra aquel monstruo, y los sesos de Revill –por no decir que a Napper le faltan– estarían desparramados por todas esas piedras. Bueno, solo era cuestión de esperar a Adam Fielding para alcanzar a ir juntos. Luego, alegando la intransigencia de mi caballo, le suplicaría montarme en su civilizado palafrén gris los pocos kilómetros que quedaban para Salisbury. Napper podía quedarse pastando, o dar la vuelta hacia Instede o irse al demonio, que a mí no me importaba.

Aguardé. Mi espalda sentía cómo el viento susurraba suavemente entre las piedras, y no podía evitar imaginar que alguien estaba silbando entre esos dientes. Me quedé atento para escuchar el galope pero solo oía el perezoso murmullo de una tarde de verano, zumbidos de insectos, cantos de pájaros. ¿Dónde estaba Fielding? Seguramente debía de haber visto en qué dirección me había salido. Dispersas sobre el borde de los bloques circulares había losas y rocas caídas. Trepé a una de estas losas y pude apreciar la ventaja que da una posición estratégica en toda esta planicie. Ocultando los ojos de la luz, eché un vistazo al oeste brumoso, preparándome a pegar un grito o hacer un gesto cuando el juez Fielding apareciera a la vista. Pero no apareció. Algunas ondas del terreno me entorpecían la tarea. El viento soplaba tristemente entre las piedras y los pastos danzaban con la brisa. Me dio un ligero tembleque al pensar una vez más en aquella raza de seres poderosos que debieron de haber troceado y construido esta imponente obra, a menos que la magia de Merlín la hubiese creado. Estando en ese lugar, era fácil creer en la magia.

Yo me encontraba solo en aquella planicie, bajo la gran bóveda celestial, al lado de los dientes de Dios. Incluso Napper, aquel corcel autodestructivo, había desparecido de mi vista, y supuse que estaría mascando los pastos a la vuelta de la esquina. Bueno, me dije a mí mismo, esperaría unos minutos más y luego retomaría el camino a Salisbury fiándome del medio de transporte más seguro y sólido: las piernas. No distaban más que unos pocos pasos hasta la ciudad. Pensaba que, en esa dirección, dando la vuelta, en dirección al este... y manteniendo mi sombra al frente... debería llegar justo antes de que cayera la noche.

Pero no sería necesario, después de todo, confiar en las piernas de Revill porque, al darme vuelta, a lo lejos vi aquella figura montada avanzando tranquilamente por la planicie. Me sentí más aliviado de lo que esperaba. Di un grito y saludé con el brazo; me alegré al ver que la figura se desviaba ligeramente del camino para venir hacia el círculo de piedra. Me senté sobre la piedra y me recosté fijando los ojos entrecerrados en la figura de Fielding que se acercaba sin prisa. La superficie de la piedra estaba tibia y las mellas cubiertas de musgo podían fácilmente adaptarse al cuerpo, a mi cuerpo al menos. Cerré los ojos. El sol del oeste templaba mi rostro y mis brazos y piernas. Me permití volar con la mente, imaginándome cómo eludiría las burlas de Adam Fielding sobre mi pobre monta a caballo, y luego me puse a pensar en su hija Kate. Esperaba que no hubiese tejido lazos muy amistosos con Will Fall en su viaje a Salisbury. La hija de un juez, con aquel impaciente ingenio y agudeza, encontraría a Fall, bueno, un poco común, ¿no? Él estaba acostumbrado a muchachas sosas, después de todo, y no debería aspirar a algo más interesante siendo el hijo de un carretero (no es que yo normalmente desprecie los orígenes, claro). Y además era bajo de estatura. El pequeño Fall.

Debí de haberme quedado dormido por un momento, porque cuando volví a mirar al cielo, el sol había bajado un poco y la figura que se asomaba era más grande. El aire se sentía denso y atraía más la luz del sol. También se veía cómo aquel caballero y su montura resplandecían en medio del calor que protagonizaba aquella tarde de junio. Estuve a punto de levantarme e ir a saludarle cuando daba sus últimos pasos hacia mí, pero era evidente que se aproximaba en esta dirección, así pues, involuntariamente mis ojos se cerraron. Tras unos segundos, o eso me pareció, en un parpadeo pude distinguir la oscura silueta aún más grande, mucho más grande, como si se hubiese puesto en marcha a toda velocidad en el ínterin. Pero aquello no podía ser posible, porque se la veía avanzar con el mismo paso despreocupado.

Una vez más, atiné a levantarme pero el instinto me hizo quedarme quieto, tumbado sobre la piedra.

Había algo en él que... ¿qué podía ser?

Es bastante fácil reconocer a alguien caminando, por su forma de andar, su postura y su silueta, incluso si lo conoces poco; pero es más difícil con una persona que monta un caballo porque juntos forman una nueva silueta. Sin embargo, vi, ahora que la figura estaba a solo unos metros, que no se trataba de Adam Fielding. Esperaba que fuera él, y tal expectativa había conspirado con aquel resplandor de la tarde para hacerme creer que la figura que se acercaba debía ser él.

En su lugar, era Oswald, el mayordomo, quien venía; Oswald Eden, montado en un pálido caballo.

Era un caballero con quien no deseaba encontrarme.

Me preguntaba si permanecía tumbado sobre la piedra, este caballero podría pasar del todo delante de mí. Tonto Revill, haberte puesto de pie antes, haber gritado y saludado. Luego, ante mis ojos, vi brincando a Napper, aquella bestia traidora, fresco como una lechuga tras pastar, y preparado para otra ronda de carreras, casi intentando llamar mi atención en medio de aquel círculo de piedras. Porque, si bien Oswald no sabía con certeza dónde me encontraba yo, bien podría concluir que no estaría lejos de mi caballo.

No dudé en que Oswald venía a hacerme daño; o, si aquello suena a puro egocentrismo, no tuve dudas de que estaba allí por alguna buena causa y que cuando me encontrara en su camino, no tendría escrúpulos para hacerme daño si pudiese. Pensé en saltar la piedra en la que yacía tumbado como una ofrenda en sacrificio, pero sin duda me habría avistado al moverme, si es que aún no me había visto.

Fue Napper quien vino al rescate. Aquella pequeña bestia valiente, arrastrando sus patas blancas, vio a la distancia a un compañero equino; y el hecho de que tuviera un ser humano montado en el lomo no era sustancial. Dicen que los caballos son criaturas sociables, ¿no? Tal y como antes había intentado hacerse amigo –o hacerme enfadar– del palafrén de Fielding, Napper ahora iba directo a aprovechar esta ocasión para acercarse a aquel pálido corcel de Oswald.

El mayordomo era un jinete mucho mejor de lo que yo podría ser jamás y, probablemente, no tenía demasiada dificultad en controlar a su propia bestia y despedir al pequeño Sweathland. No esperé para averiguarlo. Oswald se distrajo por un momento, que fue suficiente para que me dejara encontrar una discreta salida. Rodé un poco y salté al otro lado de la piedra, dejándola entre aquel jinete y yo. Aterricé forzosamente en el césped y una piedra que sobresalía se me clavó en las costillas pero no le di importancia y seguí trepando por las piedras del círculo, intercambiando las manos con las rodillas, y a ratos en cuclillas. Aquellos monumentales pilares y travesaños grisáceos que me habían parecido extraños momentos antes, ahora me ofrecían un refugio. Allí por el campo podía oír los bramidos y algún que otro grito.

Qué bien. Oswald estaba aún ocupado. Quizá no era tan buen jinete después de todo. Por el centro del círculo, encontré un par de bloques caídos que hacían un ángulo, quizá una viga y un montante. Incluso en esa posición quedaban aún más altos que yo. El césped aquí estaba más largo y algunas zarzas habían crecido entre las piedras. Sin darle importancia a las zarzas, me acomodé en un rincón donde no daba el sol. Acurrucado allí esperaba que no me descubriera, al menos si Oswald echaba solo un rápido vistazo. Luego, cuando se alejara, volvería a salir del escondite y caminaría hasta Salisbury, caminaría con ansia hasta llegar a la ciudad, la civilización y la barbarie.

Aguardé. Los ruidos que venían del llano se habían esfumado. Seguí aguardando. Me pareció estar esperando entre estas piedras toda una eternidad. Aquellos círculos podrían haber tenido la magia para que el tiempo se detuviera. Pero el tiempo no tenía freno. Observé la sombra cubrir el llano y avanzar poco a poco sobre la piedra. No se oía ruido alguno, aparte del zumbido de los insectos y el canto de las aves. Se oyó el repiqueteo de un conejo que se movió entre los escombros en medio del círculo. El sitio estaba lleno de madrigueras. Reinaba el silencio.

Intenté moverme. Estaba tieso por haberme quedado arrinconado detrás de aquel ángulo que ofrecía la piedra y tenía las manos y la cara manchadas por los rasguños de las zarzas.

De repente oí un tintineo de piedra y algún ruido detrás de mí.

Más rápido de lo que creí, me dejé caer en el escondite.

–¿Está ahí?

Tenía la boca abierta para contestarle –era muy difícil dejar de responder aquella pregunta si te viene así de repente– pero me detuve antes de emitir algún sonido.

–¿Está ahí, maese Revill?

Era Oswald. Y aquella voz tan seca y tosca sonaba incongruente en medio de esta pradera, lejos de Instede House donde debía estar.

–Sé que está ahí.

Si lo sabes, ¿ entonces, por qué necesitas preguntarlo? Pensaba para mí mismo.

–Maese Revill, seguramente pueda oírme.

Ahora resultaba fácil no gritar, ni responder. Me contuve casi profesionalmente para mantenerme en silencio. Aunque las palabras que soltó Oswald Eden pudieran indicar que se trataba de jugar al escondite, su tono sugería otra cosa.

–Tengo que entregarle algo.

Se notaba un cambio en la voz; parecía estar cerca; ahora más lejos. Pensé que estaría merodeando entre las piedras y los escombros. Logré meterme aún más en aquel ángulo que ofrecían las dos grandes piedras. La superficie rugosa, decorada de raíces, me daban la sensación de refugio. El sol estaba a mi favor, disparando sus rayos fuera de donde yo estaba arrinconado. Si era necesario, podría probablemente hasta arremeter contra Oswald, pero no sabía qué clase de armas tendría encima. Y más precisamente, no sabía cómo de violento podría llegar a ser, qué desesperado podía estar. Sin duda, tenía intenciones de hacerme algo.

Hubo silencio por unos momentos. Luego, sin poder ver ni oír nada, supe que aquel caballero que me buscaba estaba al otro lado de las piedras donde yo estaba refugiado. *Sabía* que estaba cerca. Quizá era el instinto, que es el medio con que la naturaleza equilibra la energía del cazador y su presa. Lo confirmé todo de una sola vez.

–Vamos, maese Revill, no más juegos.

Luego se oyó el ruido que hacía al buscarme desesperadamente al otro lado de la piedra, junto con esa acentuada respiración, hasta que se subió en ella. Supongo que lo estaba haciendo por la misma razón que yo, para tener una mejor vista.

¡Ahí! Vi su sombra extenderse en el césped. Lo vi y lo oí aproximarse sobre aquella superficie irregular de la piedra como si estuviera caminado sobre un escenario. Cuando llegó a un extremo, se detuvo y echó un vistazo a su alrededor. Me quedé inmóvil en mi guarida. Oswald, vestido con aquel solemne traje oscuro como era habitual, parecía haber asentido con la cabeza un par de veces antes de darse la vuelta sobre sus talones para volver por donde había venido. Miré hacia abajo, quizá simplemente porque pensé que si yo no lo veía, él tampoco me vería a mí.

De repente, lo vi por encima.

Se detuvo.

–Ahh –dijo, cuando debió de coger algo del suelo porque oí que raspó la piedra.

–¿Maese Revill?

Seguí mirando hacia abajo.

–Puedo verlo.

No te muevas. Puede ser un truco para hacer que me mueva. Como un niño listo, pero no tan niño. Peligroso individuo era este Oswald. Ahora lo tenía por encima. Se iría pronto. No debía mirar hacia arriba.

–Puedo verlo, Nicholas. ¿Qué vio *usted* aquella noche? Creo que vio demasiado.

Desde un agujero podía espiarlo, entre las raíces de las zarzas.

Su silueta de palo, destacada por el brillo del sol, se estrechaba en el aire. Verlo desde mi refugio tal y como estaba, parecía... peligroso, sosteniendo un trozo de piedra grande.

Por alguna razón, sentí que yo era el bandido, que lo atrapaban y lo desenmascaraban. Sonreí con tranquilidad. Al menos, la boca se estiró vagamente en ese sentido.

–Repito, ¿qué vio?

–Nada –dije.

–Eso no fue lo que contó en la recámara de mi lady.

–Nunca lo nombré a usted.

–¿Pero qué fue lo que dijo en su declaración como testigo ante el juez?

–Lo que fuera que dijera, ya es demasiado tarde. El juez Fielding tiene las declaraciones en su bolsa.

Lamenté haber soltado aquellas palabras. Acababa de darle a Oswald el motivo perfecto para que se detuviera y arremetiera contra Fielding cuando estuviese volviendo por el llano… *si es que aún no lo había hecho.* Mi estómago daba bandazos al pensar cuánto había esperado para ver asomarse el palafrén de Fielding. Quizá el mayordomo ya se había deshecho del juez y ahora estaba por liquidar al último testigo contra él. Pues, aunque no hubiera contado muchas cosas en la declaración que presté a Adam Fielding, tenía una mínima duda de que Oswald pudiera haber participado en aquella escena oscura en medio de aquella noche de verano. De hecho, ¿acaso sus palabras y comportamiento no confirmaban su complicidad?

Le vi alzar los alargados brazos y ponerse con las piernas separadas, sosteniendo la piedra por encima de su cabeza. Debía de ser pesada; sus brazos se apoyaban bien contra el peso de esta. La piedra sobre la que aquel caballero se posó estaba a unos siete metros por encima de mí. No podía fallar. Oswald bien podría no matarme al soltar la piedra pero me podría evidentemente herir gravemente como para luego poder liquidarme del todo a gusto. Tampoco podía salir del rincón donde me encontraba apretujado, o no lo suficientemente rápido como para que no llegara a lanzarla sobre mi cabeza. He visto a jóvenes arrojando piedras a aves acuáticas; lo he hecho yo mismo, y me avergüenza contarlo. No es difícil acertar el tiro.

Aguanté esperando el golpe. De repente, se me vino la idea de encorvarme como una pelota para protegerme la cabeza y las partes delicadas. Pero aquello sería entregarme al agresor, sería presentarme como la desdichada y desesperada presa, por lo que algo en mí me detuvo. Los segundos parecían horas, una eternidad. Oswald todavía esperaba alerta el momento justo, como si él mismo se hubiera convertido en la piedra.

–¡Espere!

Había flexionado los brazos, en posición para tirar, pero cuando grité, se detuvo. Supongo que arrojar un gran trozo de piedra a un indefenso individuo no es una tarea *tan* sencilla. Basta con mirarse en el interior un momento, las nociones de humanidad y otras fruslerías. Hasta el más cruel corazón puede albergar escrúpulos. Y era el caso de Oswald, o quizá fue mi grito lo que le detuvo. Cualquiera que sea la razón, se detuvo.

Y esto permitió al juez Fielding aproximarse de repente al mayordomo y tomarlo por sorpresa, o casi por sorpresa. Había avistado a Fielding en el borde de la piedra y gritado para distraer a Oswald (y con la menor intención de evitar que me rompiera los sesos). Oswald se giró hacia un costado, sintiendo la presencia de alguien detrás de él. Simplemente por defensa propia, vi a Fielding empujar al mayordomo, o puede que este último simplemente hubiera perdido el equilibrio por cambiar de postura y por el peso de la piedra que sostenía por encima de su cabeza

Ya sea que fuera empujado o que simplemente se cayera, el golpe fue el mismo. Oswald perdió entonces el equilibrio y cayó en el estrecho ángulo donde yo estaba metido. Y al caer se golpeó la cabeza contra la piedra. De alguna manera parecía que se hubiese resbalado por el muro de piedra, y terminó por tocar el césped. Se quedó tirado allí en una posición curiosamente plácida como si estuviera tomándose la siesta, con los brazos y piernas perfectamente extendidos y su cabeza apoyada en la base de la piedra. Su cabeza colgaba de una manera que jamás había visto antes. Y en medio del pecho se veía la piedra redonda con la que había intentado aplastarme los sesos.

—¿Cómo se siente ahora?

¡Ah, realmente valía la pena haber estado a punto de perder mis sesos! Estaba bajo el cuidado de Kate Fielding otra vez, como cuando me había curado tras mi primera aventura en Salisbury. Claro, mis heridas no eran precisamente graves. Solo unos cortes y rasguños y un dramático moratón en el costado donde me había dado contra aquella piedra cuando aterricé en el suelo. No tenía de qué quejarme. Después de todo, tras una aventura así, otros no habrían salido con moratones sino más bien muertos, ahorcados, ahogados, arrojados al vacío, o hasta asesinados por un reloj de sol.

–Mmm –soltó Kate, observando el área debajo de mis costillas–, esto se ve mal.

Estábamos sentados en el salón donde habíamos estado hablando hacía menos de dos semanas antes. Hacía una brillante mañana en Salisbury, el sol y la brisa del campo atravesaban las bisagras abiertas de las ventanas, y solo se mezclaban un poco con los olores y ruidos de la ciudad. Kate había insistido en hacerme una revisión general, siempre dentro de los límites de la propiedad, claro. Estaba bastante contento de verla actuar de enfermera, creedme.

–No está tan mal –dije, valientemente.

–Es una pena que no la haya mirado antes. Habríamos podido dar el remedio tradicional a este tipo de heridas.

–¿De qué se trata?

–Estiércol de caballo frito.

–Ah, qué pena.

–Claro que debe colocarse casi inmediatamente después del golpe porque sino no sirve de mucho. Así que, debemos volver a extender la pomada.

–No hay problema –dije–. Viviré.

Más tarde, mientras me palpaba y tocaba las piernas, encontró una cicatriz que me hice el invierno anterior en los tejados de Whitefall[12]. Cuando dejé de moverme del dolor, pude ver que se había quedado impresionada. Al menos, es como yo interpreté aquella expresión de su cara.

–Otra aventura –dije con toda tranquilidad–. Alguien intentó matarme.

---

[12] Véase *La muerte de los reyes.*

–Parece llevar consigo aquel hábito.

–Londres, usted sabe –dije encogiéndome de hombros.

–Ah, aquella ciudad de males de los que me advirtió. Con esos feroces aprendices y veteranos desesperados.

–No sabía que lo supiera, en aquel entonces.

–Estaré allí de regreso muy pronto.

–¿Sí? –no pude evitar la sonrisa que acompañó mi voz o mi cara–. ¿Con su tía, la que está en Finsbury Fields?

–Tiene muy buena memoria, Nicholas.

Me hubiera gustado decirle "¿cómo podría yo olvidar algo importante para usted, Kate?" Pero en lugar de hacerlo, me contuve con aquel comentario sobre los actores y la memoria, el mismo que le había hecho a su padre en aquel funesto regreso de Instede.

–Ya que usted debe ir para allá, Kate, insisto en que tiene que venir a ver alguna actuación de la Chamberlain.

–Ya lo he visto a usted actuar en el *Sueño.*

–Pero no nos ha visto actuar en nuestra propia casa.

–¿Casa?

–El teatro The Globe, digo.

–Su amigo Will Fall me estuvo diciendo lo mismo.

Otra vez, la misma punzada de celos.

–Ah, sí. ¿Disfrutó del camino a Salisbury?

–Bastante. Es tan solo un muchacho, ¿no?, Will.

No pude interpretar eso del todo. ¿Aceptación? ¿Desprecio? ¿Diversión? Así pues, le insté a visitar el teatro, explicándole que la experiencia que tuvimos en Instede no podía compararse con aquello.

–Además, en la actuación de Instede, todo quedó opacado por lo que luego sucedió –dije, repitiendo las palabras del párroco Brown en Rung Withers–. No era una ocasión para disfrutar, sino más bien el preludio de la melancolía. No, usted tiene que vernos como debe ser.

–Creo que quiere decir que debo *verlo a usted,* Nicholas.

No pude mirarla a los ojos, y de pronto sentí que enrojecía como un niño de escuela. Este era el gran momento, sin duda. "Aprovéchalo, Nicholas." Mientras, Kate se inclinaba para aplicar un poco de pomada sobre mi herido antebrazo.

–Claro que sí –dije.

–Bueno, iré y lo veré actuar. Es decir, a menos que usted se meta en alguna otra aventura entre tanto. Puede que no sobreviviera a otra.

De pronto levantó la mirada, con esos cándidos ojos claros.

–Ninguna aventura, lo prometo, hasta que venga a Londres.

Junté el valor necesario y me incliné para besarla en los labios. Su sabor permaneció en mí durante varias horas después de aquello; o mejor dicho, intenté hacer lo posible para evitar que cayera ningún líquido sobre mis labios, igual que un muchacho de escuela inmaduro.

Hacia la hora de cenar, Adam Fielding regresó de la cárcel, donde había estado reunido con los dos jueces que habían llegado en principio hasta Instede para investigar sobre lord Elcombe y que habían sometido al joven Harry Ascre a juicio. Armado con todas aquellas declaraciones que había obtenido de lady Elcombe, del ahora difunto Oswald y de mí, había logrado persuadir a sus compañeros magistrados de que los cargos contra el joven Ascre debían ser abandonados.

Adam Fielding había salvado mi vida. No me cabía la menor duda de que, si no hubiera trepado por detrás de Oswald Eden y no le hubiera hecho perder el equilibrio hasta caer muerto, el mayordomo habría lanzado aquel misil de piedra sobre la cabeza indefensa del tal N. Revill, cuya cabeza no es más dura que la de un mortal. No era probable que Oswald hubiese podido errar a esa distancia y, aunque no me hubiese liquidado con un primer golpe, podría haber terminado conmigo después; y luego habría estado tirado fuera en medio de círculos de piedra en el llano de Salisbury, para alegría de cuervos y otros carroñeros.

Al aproximarse a las imponentes piedras, Fielding había avistado a Napper, el jamelgo, que rondada en círculos. Se preocupó por si me había caído y herido, por lo que se apresuró a buscarme. (Cuando me contó aquello, me quedé emocionado por su preocupación y perdoné su cruel burla sobre mi forma desgraciada de montar, ¡la de estar sentado en una silla!) Luego Fielding localizó al caballo de Oswald, atado por ahí. No sé si lo reconocería o no, pero le inquietó ver esa escena. Se bajó de su corcel y caminó en dirección a la voz que se oía por los campos. Curiosamente, oyó el eco de la pregunta que tenía en sus propios labios: "¿Está ahí, maese Revill?" Y luego, al ver aquella figura de palo acechando entre las piedras, aprovechó la situación de peligro y puso al propio Oswald donde debía. A pesar de sus años, Adam Fielding era un hombre fuerte y ágil, y trepar una piedra de seis metros de alto no era para él ningún gran desafío, y arremeter contra un hombre por detrás que estuviera ocupándose de su presa era volver a los juegos de la infancia.

Le debía mi vida.

Después de todo aquello, habíamos regresado desde las piedras hacia Salisbury Fielding y yo montando a horcajadas en el elegante palafrén. Oswald fue tapado con la grupera de su propia montura, la pálida grupera con la que había llegado. No había rastros de mi Napper. Supuse que estaría a mitad de camino regresando a Instede. Si a Fielding le debía mi vida, a mi jamelgo también le debía algo, porque me había permitido de alguna manera escabullirme de los ojos de Oswald cuando apareció. Ahora la cabeza del mayordomo colgaba de un costado de su montura, con sus pies balanceándose sobre el otro costado. Yo todavía sentía el temblor en las piernas y parecía hacer esfuerzo para poner una tras la otra cuando caminaba. Fielding estaba callado, algo raro en él. Así pues, éramos un trío en silencio, dos viviendo y otro muerto, que iba rumbo a la ciudad y atravesaba los campos mientras la huella del cuarto creciente hacía acto de presencia ante el cielo. Llegamos a Salisbury en medio de aquella tarde de verano.

Me quedé tranquilo de que todo estuviera en manos de un importante ciudadano del pueblo. Me quedé tranquilo de no tener que enfrentarme a cosas como la entrega del cuerpo, comunicar a Instede a la mañana siguiente el fallecimiento de Oswald, o las inevitables explicaciones que debíamos dar. Mis compañeros se alojaban en la posada del Ángel sobre la Greencross Street y debían estar regresando rumbo a Londres más tarde aquel día. Hablé con Richard Sincklo y le comenté lo ocurrido sin entrar en detalles. Le expliqué que quizá debía quedarme uno o dos días más por si me citaban a declarar. Mis amigos Jack Wilson y Laurence Savage se mostraron ansiosos por preguntarme sobre el asunto y les prometí que les contaría toda la historia cuando nos juntásemos nuevamente en The Globe.

¿Pero cuál era la historia?

Fielding explicó que, al igual que yo, consideraba que Oswald había estado implicado de alguna manera en la serie de muertes que se sucedieron en Instede. El mayordomo había alegado nada más que era consciente de la reunión de aquella noche de verano entre su amo y su chiflado hijo mayor. Aunque había cierta cercanía entre ellos –Fielding levantó el dedo índice y dejó los del medio apretados–, una cercanía que sugería que Oswald sabía mucho más que ese simple hecho sobre los planes e intenciones de Elcombe. Ya sea que este, Elcombe, hubiera ido a callar a Henry el simplón y así dejar el camino libre para que el segundo hijo se pudiera casar… o ya sea que había intentado sobornar o engañar al individuo para que desistiera de la propiedad… cualquiera que hubiese sido el caso, Fielding estaba seguro de que Oswald había tenido algo que ver con todo esto.

–Oswald no podía estar seguro de lo que habías visto tú aquella noche –dijo Fielding–. Tras haber dado su testimonio, inmediatamente se apoderó de él la creencia de que se había delatado a sí mismo, o que tú habías dicho más de lo que debías. Por consiguiente, decidió ocuparse de ti en el camino de regreso.

–¿Y luego de usted?

–Podría decirse que sí. Los viajantes sufren robos en pleno llano de vez en cuando. Granujas salvajes y ladrones. Podría haber sido bastante fácil para Oswald cubrir sus huellas.

–Debe de haber sido muy devoto de la memoria de su amo.

–Sí, pero en su mayor parte era devoto de su propia memoria. Además, creo que tenía ambiciones…

–¿Con respecto a lady Penélope?

–Sí, Nicholas. Tú también lo notaste.

No lo había notado hasta este momento, pero a veces uno no se da cuenta de lo que ocurre hasta que lo dice en voz alta.

–Él estaba a su lado tras la muerte de su esposo, muy a menudo. Todo el mundo lo vio. También era muy compañero de su esposo. ¡Pero un mayordomo!

–Hay un precedente –dijo Fielding–. La duquesa de Suffolk se casó con su señor de los caballos.

–Y el maese Shakespeare creó a un mayordomo ambicioso en una de sus obras, pero era un personaje cómico.

–Pero no era el caso de Oswald. Bueno, Nicholas, tengo grandes esperanzas de que el joven Harry Ascre salga liberado mañana mismo y regrese con su familia. Al menos algo que pudimos rescatar de toda esta desgracia.

Algo se había conseguido. Las esperanzas de Adam Fielding se habían materializado.

El joven Ascre fue liberado y regresó a su hogar de luto. Lady Elcombe podía estar tranquila de tener a dos de sus tres hijos con ella, aunque el tercero hubiese sido momentáneamente recuperado para luego ser arrebatado. Pero, ¿qué profundo podía ser aquel dolor que sintiera por un simplón que no había visto desde que era un bebé? Y dado lo que se sabía de aquella miserable vida (y su participación en procurar la muerte de su padre), no podía lamentarse del todo porque ahora yaciera en el panteón familiar.

No cabía duda de que la familia se acabaría uniendo. Lady Elcombe podría esperar volver a casarse en un tiempo, cuando el atuendo de la viuda se tornase púrpura. Harry Ascre no sería forzado a casarse con Marianne Morland, quizá tampoco sería obligado a casarse con nadie en absoluto. Cuthbert podría estar en condiciones de permitirse subir a un escenario... aunque calculé que esto sería poco probable. Con los nobles ocurría que estas pasiones eran esencialmente pasatiempos.

Las esperanzas de Nicholas Revill, por otro lado, no se cumplieron.

Debo confesar que mi corazón se había regocijado con aquella invitación de Kate Fielding para pasar la noche en la casa del juez en Salisbury. Había pensado –tal era mi inmadura enfermedad– que ella deseaba tenerme en su territorio para aprovecharse de un joven actor. Sí, está bien, lo sé, el deseo era el padre del pensamiento... pero aún así, debemos admitir que no era para nada ajeno al asunto.

Bueno, cuando su padre y yo regresamos a la casa en medio de aquella noche de verano, temblando y muertos de cansancio de haber montado a caballo y cargado un cuerpo, no parecía ser el momento más propicio para comenzar un idilio romántico. Y luego, al día siguiente allí estaban mis heridas pidiendo ayuda, cuando Kate parecía tan feliz de hacer de enfermera, aunque nada más que eso. ¡La había besado! (Pero en realidad, el beso no fue correspondido.) Después de aquello solo había un asunto pendiente que atender. Tenía que dar un testimonio formal ante los dos jueces con respecto a Oswald Eden y sobre la intención que tenía de aplastarme la cabeza, y declarar que Adam Fielding había salvado mi vida.

Por cierto, también oí que Peter Paradise, habiéndose enterado de la muerte de su hermano Eden, la había atribuido caritativamente a la mano de Dios. Los Paradise "Borthers" estaban ahora rumbo a Exeter, donde iban a imponer sus violentos sermones a los ciudadanos.

Mientras tanto, yo tenía que regresar al mundo de la actuación. Mis compañeros ya habrían llegado a Londres y estaba ansioso por reencontrarme con la ciudad. Antes de dejar Salisbury, sin embargo, pude obtener la promesa de Kate Fielding de que me visitaría en el teatro The Globe para ver a la Chamberlain cuando volviera a la ciudad. Y también pude lograr lo que había estado anhelando, es decir, una invitación suya para visitarla en casa de su tía en Finsbury. No todo estaba perdido.

Pregunté en la posada del Ángel y descubrí que una parte de los carreteros iba a partir a la mañana siguiente para Kingston. No estaba dispuesto a cruzar los campos solo. La prudencia me hacía necesitar compañía, y mi última experiencia me lo hacía ver aún más interesante. Así pues, me acoplé al carro. El carro era únicamente una metáfora, porque los carreteros usaban unos caballos para transportar su jamón y especies de jengibre, pavos y cosas por el estilo, y además avanzaban muy lentamente. No obstante, me llevé bien con ellos y estos a su vez estaban contentos –y con toda la modestia– de tener a un verdadero actor londinense en vivo y en directo en el recorrido. En Kingston nos despedimos, cerca del río, y yo continué los kilómetros que me quedaban.

A medida que me acercaba a Londres, el ambiente se sentía más denso. A lo largo del camino se apreciaban casas en ruinas y el campo vestía un ambiente deteriorado y sufrido como si supiera que su tiempo y su permanencia fueran estrictamente limitados. Viniendo del sur, pasé muy cerca de Broadwall, donde había permanecido unos pocos e incómodos meses, alojado con unas tías extrañas, el invierno pasado. Luego me fui hacia el este y me encontré de repente caminando en esta hermosa tarde por la rivera Upper Ground, rumbo al Paris Garden y el foso de los osos. Por fin los sonidos familiares –campanadas de iglesia, gritos de barqueros, el traqueteo de carros– me saludaban. Los pasajeros que llegué a conocer en el viaje parecían tener un aire extra de perspicacia e inteligencia, lo que solo atribuiría a la “londinidad” (como para acuñar una frase despreciable). El río regalaba tal resplandor que parecía que Dios lo acababa de lavar. Apenas se creería que aquellas ondas ocultaban toda clase de suciedad y desechos. Y, en realidad, aquella tarde, yo no pensaba en eso, simplemente estaba demasiado contento de haber regresado a mi tierra natal. Por fin, sobre los tejados de las construcciones más bajas, alcancé a ver los altos costados blancos del teatro The Globe. Al verlo ahí, brillando bajo la luz del sol como las legendarias murallas de Troya, se me hizo un nudo en la garganta. Me recordó a la primera vez que lo vi, cuando apenas acababa de llegar a Londres. Por aquel entonces, tal altura había representado mi ambición por pararme sobre un escenario e interpretar mi papel. Y ahora… bueno, no todos los sueños están fuera del alcance de uno.

Y ahora me encontraba paseando por los pequeños puentes que se extendían por todos los canales de este lado del Támesis… e iba rumbo a Brend's Rents, y en cuestión de momentos estaría de vuelta con mis compañeros.

CUARTO MENGUANTE

–Mira, Nick, quiero mostrarte algo.

–Ah, Nell, ¿no me has mostrado suficiente ya?

–No eso, esto es diferente.

Intenté reunir un poco de entusiasmo pero en realidad estaba un poco cansando tras haber pasado agotadoras noches. Esto era de alguna manera un hogar, y debo decir que Nell me recibió como si yo fuera un Odiseo que regresaba después de veinte años; o al menos sentía eso. Acometimos la tarea voluntariosamente en mi alojamiento en Dead Man's Place.

Poco antes, mi impúdico casero, el señor Benwell, también me había recibido de manera muy particular. Estaba que se moría por oír las aventuras que viví entre la alta burguesía del campo, concretamente como si hubiese oído algo sobre las desgracias que sucedieron en Instede House. De hecho, la muerte de lord Elcombe y el frustrado matrimonio de Harry Ascre y Marianne Morland estaban en boca de todos. Eso es lo que ocurre cuando una tragedia sacude a importantes y poderosos personajes... mientras que las masas y la plebe se frotan las manos con regocijo y se relamen los labios. Le aseguré al señor Benwell que le contaría todo a su debido tiempo, y pensé que se lo recordaría cuando la próxima vez estuviera quejándose de que solo le pagaba una renta de un chelín por semana.

A Nell le conté una versión truncada de lo que sucedió en Instede, dejé de lado mencionar a Kate Fielding, aunque yo ya no estaba muy preocupado por los celos de mi amiga como lo habría estado en otros tiempos juntos. Nell, sin embargo, se mostraba desinteresada. Quizá pensó que aquella gente del campo, a la cual ella pertenecía (como yo) estaba todo el día ahorcándose, ahogándose o apuñalándose con relojes de sol.

–Da la impresión de ser un sitio peligroso, Nick –fue todo lo que dijo.

–¿El campo?

–Sí, un sitio peligroso.

–Ah, sí lo es, lleno de osos, lobos y dragones.

–Pero parecía tener la cabeza en otra parte, no conmigo. Salió de la cama desnuda y sin ningún reparo, como Eva antes de la caída. Hurgó en la bolsa que había traído con ella y sacó un papel y un lápiz. Luego, al volver a la cama, se sentó y dejó el papel sobre sus rodillas dobladas y comenzó a garabatear algo, haciendo una pausa para pensar. Le dije algo para avisarla porque cuando me entregó la hoja tuve dificultad para descifrar lo que decía.

–Muy bien –dije.

–¿Puedes leerlo?

–Claro.

–¿Qué es lo que escribí, entonces?

–Eh... este es tu nombre aquí arriba, ¿no?

–Sí, sí, ¿y...?

–¿Qué dice aquí? ¿Agobio? Parece que dice "agobio". No estoy muy seguro.

–Dame.

Cogió el papel, casi rompiéndolo.

–Lo leeré si no puedes. Hay algunos versos.

Aclaró su garganta.

–Empieza así:

Sus labios son como el rojo coral,
sus ojos son piedras preciosas...

–Labios –dije–. Ah, ahora sí, labios.

Me dio un golpe en el hombro, que no fue del todo doloroso.

–¿De quién son estos labios y ojos?

Sus propios labios y ojos me respondieron lo que esperaba y sospechaba.

–¿Y tú escribiste esto? –interrogué.

–Lo acabas de ver.

Su tono me decía que fuera con cuidado, pero de todas formas, una parte de mí ya no estaba muy interesada.

–Quiero decir, ¿has escrito estos versos sobre ti? –pregunté.

–Alguien me enseñó.

–Ah, sí, alguna de las hermanas de la congregación.

–Es mejor que lo que tú escribes… sobre Puck y Bottom y los demás.

Podría haber protestado de que simplemente había estado haciendo lo que Nell misma me había pedido –es decir, dar detalles sobre el *Sueño.* Evidentemente, en mi ausencia, la puta había refinado bastante sus ideas.

–Así que te están enseñando a leer y ahora a escribir, parece.

–Ah, lo siento, Nicholas, siento mucho de verdad no poder escribir con manos maestras como las tuyas.

–No quise decir eso. ¿Quién es?

–¿Quién es qué?

–Tu maestra. Tu colega.

–Jenny –dijo rápidamente en sospecha de algo.

–Pensé que podría haber sido uno de tus… visitantes.

–¿Y qué pasaría si lo fuera? ¿Habría algo de malo en ello? Nunca has querido que sepa leer ni escribir.

–Otra vez con la misma cantinela –dije.

Todo aquel encanto –o, si soy estrictamente sincero, todo aquel apetito de alegría y de desesperación– de nuestro reciente encuentro se había tirado por la borda. Nell parecía sentir lo mismo. Salió nuevamente de la cama, de un solo salto e indignada como indicando que no volvería así de rápido. Se vistió en un santiamén diciendo que tenía un asunto que atender (una excusa muy verosímil), y salió de la habitación. Aunque sí me dio un beso fugaz acompañado de una mirada medio de reproche al marcharse, para que luego yo saliera también de un salto de la cama y la volviera a llamar.

Casi, pero no exactamente.

En lugar de eso, me quedé tumbado mirando el bajo techo rugoso de este individuo Benwell. No podía fingir estar del todo arrepentido de la manera en la que estaban sucediendo las cosas. Nell y yo habíamos estado juntos durante... algún tiempo. Quizá nuestros frenéticos revolcones amorosos habían sido una señal del fin de las cosas más que el fresco principio de todo.

Me estiré con la comodidad que tiene solo un gato instalado bajo el sol. Pensé en Kate Fielding. No me importaría que me viera en compañía de una puta. Puede que se hubiera hecho una idea equivocada, aunque precisamente no sabía especificar cuál era aquella idea equivocada.

No es que la hija del juez me perteneciera, como me recordaba a mí mismo con apuro; *no me pertenece en absoluto.* Solo tenía un beso. Un beso en gran parte no correspondido, pero eso ayudaba, ¿no?, a no tener enredos. A no tener una Nell. Por si acaso. Nunca se sabe.

Debía visitar a Kate pronto. Debía de estar en Londres a estas alturas, para quedarse en casa de su tía en Finsbury, y así podría avisarle de las próximas presentaciones en The Globe; podría contarle los papeles importantes que tenía N. Revill, y también cuáles eran las obras que justificarían una presencia como la de ella. Me había prometido visitar el teatro.

Espontáneamente, tomé la hoja en la que Nell había escrito esos versos. ¿Qué decía ahí arriba? ¿"Hell", decía? No, "Nell", por supuesto para aclarar que los versos que seguían eran de ella, sobre ella. Penosamente, apenas podía escribir su propio nombre con claridad. Luego, debajo de su nombre: *Sus labios son como el rojo coral…*

Me resentía con este verso al imaginarme a algún canalla enamorado que laboriosamente memorizara fragmentos de su libro, y que mientras los recitaba al oído de Nell, cogiera sus dedos al escribir esas erres y largas pes… *Sus ojos son piedras preciosas...* y todo el rato usando la otra mano para jugar con ella…

Quizá había sido un poco precipitado darle la bienvenida a la despedida de Nell. Si hubiera sido un poco más cauto con la elección de mis palabras, ahora podría estar jugando con ella…

Para calmarme, intenté imaginarme a su nuevo amigo poeta. Y logré calentarme de otra manera cuando apareció la escena en mi mente.

Obviamente lo que *este* escribía era mejor que mis garabatos. Revill no sabía escribir poesía, solo tenía ocurrencias vulgares; aunque le parecieron divertidas las líneas que escribí sobre Bottom y Puck cuando estaba por irme de Londres. Quizá yo había pasado a ser Bottom, aquel amante necio, aquel que era objeto de risas, el sustituto, el chivo expiatorio…

Algo se enredó en mi mente, como el hilo que queda enganchado en una uña.

Chivo expiatorio.

Y algo más: "Nell", no "Hell".

Bueno, bueno.

Dando un suspiro, me tumbé sobre un costado y caí en un agitado sueño aunque apenas estaba atardeciendo. En mi sueño, figuras blancas y oscuras se perseguían unas a otras por el tablero de ajedrez mientras la luna jugaba al escondite con las nubes.

A pesar de que nos encontrábamos en medio de la temporada de verano, un periodo en el que las compañías muchas veces salen de bolos, aún se esperaba que The Globe ofreciera suficiente entretenimiento para satisfacer al público local. Así pues, cuando el grupo de la Chamberlain regresó a Londres tras su gira, nos internamos directamente en ensayos para tres o cuatro obras. Había una en particular que me gustaba por la simple razón de que tenía un papel más importante que en las demás.

La obra era *El desprecio del amor,* del autor William Hordle. Era una bonita obra sobre el amor buscado y no correspondido, uniones celebradas y frustradas, venganzas, amenazas, conjuras. Una tragicomedia, para resumir. Yo tenía un papel sólido de amante no correspondido, uno de un dúo, un hombre y una mujer. Bueno, desde el punto de vista del drama, un dúo de no correspondidos que normalmente terminaría siendo un par de estúpidos enamorados al final del acto V, pero William Hordle ofrecía una materia más fuerte. Les concedía felicidad a dos de las tres parejas, y no es un mal promedio para el mundo real quizá, pero sí es bajo para el teatro. La infelicidad que me condenaba en aquella obra contrastaba con mi Lisandro en el *Sueño,* cuyos deseos finalmente se cumplían. Esta vez, en *El desprecio del amor,* no serían cumplidos. La mayoría de los actores disfrutan la miseria más que la felicidad. Es más sencillo actuar de hombre triste, poner caras y hablar con pesar. Sale mucho más natural, salvo para nuestros payasos, y nos ofrecen más de una oportunidad para lucirnos. Pensé por tanto que sería una buena ocasión hacer prometer a Kate Fielding que visitaría el teatro y vería lo que vale Revill.

Consecuentemente, aproveché una mañana libre para acercarme rápidamente a Finsbury, en busca de la hija del juez. Todavía llevaba conmigo un cartel del teatro. La casa de su tía estaba situada detrás de las murallas de la ciudad, en Finsbury Fields. Atravesé los terrenos pantanosos de Moor Fields, donde los pastizales estaban entrecruzados por cauces. Estas acequias, con la superficie llena de escoria, estaban rodeadas de plantas acuáticas como plumas. En un día caluroso como hoy, desprendían un olor tan desagradable a podrido que me llevaba hasta Somerset. De todos modos, este era un paisaje bastante familiar para la mayoría de los actores porque dos teatros, The Theatre y The Curtain, estaban situados en el área del Finsbury Ditch. Demás está decir que tenían poco de la grandeza y el renombre de The Globe, incluso aunque estuvieran bastante bien para lo que eran.

A pesar de que estaba fuera de aquel cinturón de piedra que rodea Londres –y desde donde se aprecia la seguridad y protección hacia los ciudadanos–, la mayoría de las casas que se veían dispersas por los campos del norte eran un mundo aparte con respecto al descontrol que se respiraba en Southwark, al sur del río. Refugiadas detrás de murallas y protegidas con guardianes, estas mansiones tenían un aspecto más rústico que las de la ciudad. Londres era un lugar bastante visible, porque se podían apreciar desde aquí las chimeneas con humo y oír las campanas de los chapiteles, pero alrededor se veían pastizales, árboles, y algunas nubes.

Reconocí la casa por los grifos en los postes que Kate me había descrito, y luego descubrí un frente de ladrillos que avisté sobre los arbustos. La tía de Kate, Susana Knowles, estaba casada con un mercader adinerado, en muy buena posición a juzgar por el estilo y el tamaño de su casa. Ella tenía dos o tres hijos del anterior matrimonio, al igual que su esposo, según Kate, pero ahora la pareja había llegado a ese punto en el que estaba más allá de la etapa fértil. Una vez dentro, me quedé negociando la entrada con el guarda antes de ver una figura familiar paseando con una mujer bajo la sombra de un roble.

–¡Kate! –grité.

Saludó, sonrió y vino hacia mí. Intercambiamos un inocente beso, pero me sostuvo la mano por un momento o más de lo necesario. Se dio la vuelta y le dijo a la mujer que salía de la sombra del roble:

–Maese Revill está aquí. El que le conté, el actor.

Lo primero que pensé fue: "¿Por qué Kate necesita identificarme con lady Elcombe? ¿Por què era ella quien ahora se acercaba al lugar donde estábamos de pie en el césped?". Debí de quedarme allí, con la boca entreabierta, como un idiota tartamudo, ya que no podía entender por qué la viuda de Elcombe estaba aquí en Finsbury Fields, y no vestía de luto sino más bien algo claro y alegre para un día de verano. Cuando se acercó, sin embargo, vi que no era Penélope Elcombe sino una mujer muy parecida a ella. Esta más bien compartía la misma manera imperiosa con su versión campestre, compensada por la misma boca generosa. Pero era mayor que la dama de Instede. Tenía el pelo salipicado de canas y la cara un poco más delineada. A pesar de todo, sin embargo, mostraba una expresión de alegría que no recuerdo haber encontrado en lady Elcombe en ningún momento durante el escaso trato que mantuve con ella.

Kate Fielding me presentó a aquella dama como su tía, Susana Knowles, y entonces pasamos conversando un rato en el cual me sentí gratificado viendo que se interesaba por los actores y teatros londinenses. Kate había notado mi confusión. Seguramente, debió de adivinar la causa. Pero tendría que aguardar más para aclararme; aunque ya habían surgido algunos destellos en algún rincón de mi cabeza, como el primer resplandor del amanecer.

Saqué el cartel del teatro que decía: *El desprecio del amor*. La señora Knowles dijo:

–Maese Revill, ¿participa usted ahí?

–Claro, señora. Interpreto a un enfermo de amor.

–Quiero creer que es el que encuentra la felicidad al final.

–No quiero desvelar la historia, creo que debería venir y verlo usted misma, con Kate. Podrían llevarse una sorpresa.

–Se lo prometí, tía –dijo Kate–. Le dije que iría a verle la próxima vez que estuviera en Londres.

Sentí una sacudida en el estómago que solo se calmó cuando ella agregó:

–Y al resto de la Chamberlain, por supuesto.

–Bueno, deberíamos ir todos juntos –dijo la señora Knowles.

Me quedé un tanto atontado al oír "todos juntos" pero supuse que se refería a su esposo o algo. Poco después, la tía Knowles fue a atender una tarea de la casa y yo me quedé a solas con Kate.

Parecía ser nuestro destino estar rodeados de campos y jardines, sin poder aproximarnos a lo que yo habría deseado hacer también en la casa. No obstante, estaba bastante contento de tener la compañía de esta mujer en cualquier circunstancia. Y, además, quería preguntarle algo muy concreto.

–No tenía ni idea, Kate, de que lady Elcombe fuera su tía.

–No es ningún secreto, Nicholas.

–Pero nunca me lo dijo, nunca la ha llamado tía.

–No como a la tía Knowles, ¿verdad? Vi la manera en que la miraba. Supongo que son bastante parecidas, Penélope y Susanna. Cuando uno crece a la par no nota este tipo de cosas, o mejor dicho, lo olvida de antemano.

–No es tan parecida cuando uno se acerca.

–Ah, Nicholas, eso suena un poco descortés.

–En ese momento nos encontrábamos sentados en un rincón del jardín.

–No fue intención mía –aclaré rápidamente–. Quiero decir que su tía, su tía de Londres, parece llevar una vida más feliz que su tía del campo.

–Su esposo Knowles la quiere mucho.

No terminó de decir –no necesitaba decir– que lord Elcombe no había, por el contrario, sido tan devoto a *su* esposa.

–Pero usted nunca dijo nada acerca de lady Elcombe –dije volviendo y poniendo a prueba la paciencia de Kate.

–La razón por la que no me dirijo a ella como mi tía no es a propósito. Simplemente no la veo como tal. Es una dama estupenda, que posee casas y tierras, y tiene… bueno, para ser sincera con usted, desde siempre ha guardado las distancias conmigo. Quizá fuera porque había tenido alguna vez predilección por mi padre.

Debí haber empezado más discreto porque Kate agregó:

–Hace mucho tiempo, antes de que se casara con mi madre.

–¿Usted sabe eso? –pregunté, sorprendido de que una hija estuviera tan al tanto de los amores y preferencias de su padre.

–Mi madre lo mencionó en ocasiones –dijo Kate–. Era una broma que se hacían entre ellos, mis padres. Quiero decir, una broma agradable. Y para demostrarlo, muchas veces nos íbamos a Instede y yo jugaba con mis primos. Pocas veces recibía alguna sonrisa o miradas de lady Elcombe; por eso es de esperar que prefiera a mi tía Knowles.

Había tanto allí por descubrir que apenas sabía por dónde empezar. Primos. Cuthbert y Harry. Hurgando en mi mente, finalmente recordé que había llamado "pri" a Cuthbert en algún momento. ¿Fue después de la obra?

–¿Nosotros? Usted ha dicho, muchas veces *nos* íbamos a Instede.

–Mi madre y mi padre, por supuesto; y yo. Pasaba el tiempo con Cuthbert y Harry, bueno con Cuthbert especialmente, porque Harry estaba siempre de poco humor y era bastante solitario.

–Así que su madre es, era la hermana de lady Elcombe y de la señora Knowles.

–Bueno, claro, Nicholas. ¿Quiere que le dibuje el árbol genealógico para que entienda mejor?

–Podría ser de utilidad –dije, antes de darme cuenta de la ridiculez de mi comentario.

Kate me miró con curiosidad. Me estaba gastando una broma, por supuesto. Estábamos sentados a ambos extremos del asiento del jardín, que era la posición habitual que adoptábamos. En extremos opuestos. En el rincón había una estatua, un Cupido con su arco y su flecha y un pañuelo que le cubría los ojos, queriendo significar que no tenía la menor idea de a quién estaría disparando sus dardos del amor. La querida presencia de esta pequeña criatura era adecuada (y previsible) pero en ese momento no me sentía con ganas de gastar bromas amorosas; y no era porque hubiera llegado muy lejos con Kate en este sentido. En aquel momento, la única semejanza entre yo y la estatua ciega era justamente eso: la ceguera.

–Mi madre lo mencionó en ocasiones –dijo Kate–. Era una broma que se hacían entre ellos, mis padres. Quiero decir, una broma agradable. Y para demostrarlo, muchas veces nos íbamos a Instede y yo jugaba con mis primos. Pocas veces recibía alguna sonrisa o miradas de lady Elcombe; por eso es de esperar que prefiera a mi tía Knowles.

Había tanto allí por descubrir que apenas sabía por dónde empezar. Primos. Cuthbert y Harry. Hurgando en mi mente, finalmente recordé que había llamado "pri" a Cuthbert en algún momento. ¿Fue después de la obra?

–¿Nosotros? Usted ha dicho, muchas veces *nos* íbamos a Instede.

–Mi madre y mi padre, por supuesto; y yo. Pasaba el tiempo con Cuthbert y Harry, bueno con Cuthbert especialmente, porque Harry estaba siempre de poco humor y era bastante solitario.

–Así que su madre es, era la hermana de lady Elcombe y de la señora Knowles.

–Bueno, claro, Nicholas. ¿Quiere que le dibuje el árbol genealógico para que entienda mejor?

–Podría ser de utilidad –dije, antes de darme cuenta de la ridiculez de mi comentario.

Kate me miró con curiosidad. Me estaba gastando una broma, por supuesto. Estábamos sentados a ambos extremos del asiento del jardín, que era la posición habitual que adoptábamos. En extremos opuestos. En el rincón había una estatua, un Cupido con su arco y su flecha y un pañuelo que le cubría los ojos, queriendo significar que no tenía la menor idea de a quién estaría disparando sus dardos del amor. La querida presencia de esta pequeña criatura era adecuada (y previsible) pero en ese momento no me sentía con ganas de gastar bromas amorosas; y no era porque hubiera llegado muy lejos con Kate en este sentido. En aquel momento, la única semejanza entre yo y la estatua ciega era justamente eso: la ceguera.

–Pues sí –dijo el padre–. Fue él quien trajo las buenas noticias sobre Harry desde el campo. Ahora está hablando con su tía.

Obviamente, la casa de Finsbury Fields estaba siendo el punto de encuentro para los miembros de las familias Fielding y Ascre. Yo me sentía un poco, bueno, excluido. Otras cosas invadían mi mente. Así que me quise ir justo cuando Kate indicó con una sonrisa que se iba adentro para saludar a su primo. Una vez más, nos dimos un inocente beso –qué otra cosa podía hacer frente a aquella fría mirada grisácea de él– y sostuve su mano por unos instantes más de lo necesario.

–Vamos a ir a ver a maese Revill y a sus compañeros de la Chamberlain mañana –dijo–. ¿Qué es lo que estáis presentando?

–*El desprecio del amor.*

–Eso, *El desprecio del amor* –repitió ella.

–En The Globe –agregué, cuando ella ya estaba lejos–. Mañana por la tarde.

Cuando se marchó, un corto silencio se hizo presente entre el juez Fielding y yo. Las copas de los árboles se balanceaban con una brisa pasajera. Por el noroeste se estaban formando algunas nubes.

–¿Se vuelve a Londres, Nick? –dijo finalmente.

–Ahora mismo.

–¿No le importaría si lo acompaño un tramo del camino?

–Estaría encantado.

Salimos del jardín sin decir una palabra y nos metimos en el camino que atravesaba los campos de Finsbury Fields. A lo lejos se apreciaban las murallas de la ciudad, y detrás de estas se veía el humo de las chimeneas y campanas de chapiteles que relucían bajo esa luz de la mañana. Como era verano, el sendero estaba relativamente seco. De vez en cuando pasaban unos carros, obligándonos a ir por el borde del camino.

Aún no habíamos cruzado palabra. Sentí que Fielding estaba esperando a que yo rompiera aquel silencio.

Tomé un profundo respiro.

–¿Usted confiaba en lo que yo había encontrado, en aquel documento de la caja de Robin? La última "confesión" de Mary. ¿O es que usted mismo iba a ir a buscarlo? Jugar a buscarlo, mejor dicho.

Fielding era un hombre bastante sagaz como para fingir que no sabía de lo que yo le estaba hablando. La única señal que mostró su preocupación fue que evitara mirarme mientras caminábamos juntos.

–Fue una casualidad que lo encontraras tan pronto; lo había colocado allí esa tarde –dijo muy bajo–. Cuando fuiste tras Oswald Eden, no tenía ni idea de que te había llevado hasta pleno bosque ni de que terminarías en el escondite de Robin. Y si tengo que responderte, Nicholas, no, no había decidido aún cómo iba a recuperar aquella confesión exactamente. Quizá te habría pedido que fueras y mirases por última vez allí en aquel agujero, para que fueras el que lo sacara a la luz. Quizá lo habría "encontrado" yo mismo. En cualquier caso, lo hiciste sin que yo te avisara previamente, aunque te adelantaste antes de lo previsto.

–Por eso convocó urgentemente una asamblea con lady Elcombe y el resto de nosotros. Y ahora que se habían descubierto esos papeles, no quería perder ni un segundo en hacer uso de ellos.

–Sí. Mi única preocupación era ayudar al pobre Harry Ascre y mantenerlo lejos de la sesión del tribunal judicial. Sabía que una vez que fuera condenado, su ejecución sería inminente.

–Muchos hombres inocentes se han ejecutado antes y seguirán ejecutándose –yo estaba siendo bastante severo.

–Pero soy juez –dijo Fielding, con pesar–. No podía permitir que aquello ocurriera si era posible evitarlo.

–Podría haber reconocido el asesinato usted mismo –dije.

–Sí –dijo Fielding–, aun así no sería un verdadero asesinato.

–¿Esa decisión corresponde al jurado?

–Claro que sí, Nick. Está bien que seas riguroso con la situación. Bueno, el jurado puede aún decidir sobre el asunto.

–¿Entonces, qué fue si no fue un asesinato?

–La muerte de Elcombe fue puramente accidental, casi un verdadero accidente. Aunque la muerte que tuvo lugar antes de aquella noche no lo fue. Esa sí fue un asesinato, tan impuro como podría ser. Quiero decir, el asesinato de Henry Ascre, el pobre simplón, el individuo, la figura de blanco.

Por primera vez oí a Fielding elevar aquel tono de voz delicado. Esta vez denotaba angustia y furia.

–De hecho existió un encuentro entre Elcombe y Henry Ascre en mitad de la noche. Y no porque el pobre muchacho supiera contar el tiempo o supiera de reuniones ni compromisos, sino que a cierta hora de la madrugada, él solía trepar a un lugar secreto del bosque y observar el esplendor de Instede House. Quizá tenía alguna vaga idea de que este era el lugar al que él pertenecía, a pesar de que, como sabemos, su nodriza lo había llevado lejos de aquel escenario cuando él apenas tenía más de un año.

–Según su "confesión"–dije–, que usted escribió.

–Yo escribí únicamente lo que era cierto o, al menos, parecía probable –dijo Fielding–. Algo sabía de lo que le había sucedido a Mary y podía averiguar mucho más. El resto lo hilé yo mismo.

–Usando la razón y la imaginación.

–Así es. No hay ni una sola mentira consciente en todo esto.

–Uno puede estar engañando sin mentir.

–Suppressio veri –dijo Fielding–. Sí, uno puede engañar también suprimiendo la verdad más que difundiendo la falsedad absoluta. No voy a agrandar mis otros delitos siendo insincero contigo, Nicholas. Aún así, el caso es que Marry efectivamente dejó Instede llevándose al joven Ascre y a su hijo mayor. Este último regresó y se convirtió en Robin. Henry esperó muchos años, hasta que falleció su nodriza. Luego, también regresó para merodear por el sitio donde había nacido.

–¿Y ella vivió y murió de manera piadosa?

–Lo sé por una autoridad fiable que sabía de esta mujer y su historia. Un clérigo que estuvo una vez en Cheshire.

–Ah, una autoridad sagrada. No puede controvertir esto –dije pensando en el párroco Brown. Él había venido del norte. Había conocido a Fielding.

–Te repito –instó Fielding–. Solo escribí la verdad, aunque hubiese sido para engañar.

–Usted contó la historia que ella misma no pudo contar. Porque ella no sabía escribir.

–Únicamente su nombre y una o dos cosas más.

–Ni siquiera su nombre podía escribir bien –dije–. Parecía decir Mercy[13], pero en realidad lo que decía era Merry.

–Henry había traído esos papeles y se los entregó a Robin, el hombre del bosque, para que los conservara. Debió de existir una especie de confianza entre ellos, nada de enemistad. Los papeles eran todo lo que quedaba de la nodriza de Henry. Pero no decían nada importante.

Pensé en los papeles amarillentos y manchados que había encontrado en la guarida de Robin. También pensé en lo que había escrito Nell: *hell,* en lugar de su nombre, o mejor dicho, cómo llegué a malinterpretarlo.

–No podía hacer uso de aquellos papeles, los que recuperaste del escondite de Robin –dijo Fielding–. No tenían valor alguno. Así que tenía que reemplazarlos por unos nuevos. Cubrí mi mano cuidadosamente, pero es difícil cubrir las huellas por completo. Tu mano te delata, de cualquier manera.

–No era solo eso –dije–. Apenas dio la oportunidad de conocer esa "confesión" a la gente. Usted fue lo suficientemente rápido como para quitármela de las manos cuando se la traje aquella noche y nadie más pudo ver esos papeles. Pero no fue solo eso. Parecía… improbable… que una mujer hubiese podido pasar de

---

13 *Mercy:* piedad.

ser una muchacha sencilla de una finca, que sonreía todo el tiempo, a ser alguien que pudiera escribir toda la historia de su vida. Podría creerme que se reformara, podría creerme que adoptara una postura piadosa; eso era bastante simple, o común, pero no podía creerme que pudiera de repente soltarse a leer y escribir, ni siquiera su propio nombre, Merry. ¿Por qué habría de aprender a escribir? *¿Cui bono?* Me dijo usted una vez.

–Tienes razón –dijo Fielding.

La imagen de Nell nuevamente se presentaba ante mí. Sin duda, ella estaba aprendiendo a escribir; pero ella era joven, inteligente, con ambición, y no una pobre y desgraciada nodriza iletrada.

–Yo vi lo que ocurrió aquella noche de verano –dijo Fielding–. O al menos algunas pinceladas, como tú, solo que quizá menos oscuras. Yo estaba fuera paseando por ahí, no podía dormir. Elcombe y Oswald sabían que el simplón tenía la costumbre de salir a observar el esplendor de Instede a la luz de la luna. Elcombe decidió de una vez por todas poner fin a este asunto tan estúpido que amenazaba la gran propiedad. Uno de los dos, o ambos, arremetió contra Henry, lo redujo y lo asfixió. Algo de esto presencié, como tú.

–Luego lo llevaron al lago –dije.

–No me di cuenta de eso. Cargaban un cuerpo pero no sabía lo que habían hecho con él –dijo Fielding–. No hasta que tú y Kate contasteis lo que visteis en la orilla del lago; aquel objeto blanco que flotaba en la superficie y que luego volvía a hundirse. Yo entendí que se trataría de Henry, y no podía quedarme tranquilo hasta que fuera descubierto.

–Usted fue quien se enfrentó a Elcombe entonces. Usted fue el que se aproximó a él en el jardín de carpe.

–Estuve un rato sin poder encontrarlo. Me quedé merodeando por el sitio, desvelado, rodeando la casa y el campo, reflexionando sobre lo que había visto y pensando qué podía hacer al respecto. Finalmente, mientras estaba amaneciendo, volví a ver a Elcombe. Debía de haber vuelto del lago; aquel y el mayordomo habrían acabado la sucia tarea. Oswald desapareció de vista. No le dije nada a Elcombe pero mis ojos y mi expresión debieron de haberle revelado toda esa historia porque cuando me aproximé este se echó para atrás preocupado. Estaba pálido como la cera, seguramente mucho más cadavérico de lo que yo estaba. Luego dio un paso hacia atrás, y otro, y otro hasta que lo vi caer sobre el reloj de sol. Yo estaba a unos pocos pasos detrás de él. Y si había querido hacer algo por ayudarlo, pero ya era demasiado tarde. Se retorcía y luchaba para liberarse pero la aguja lo había atravesado por completo. Lo vi y no sentí ninguna lástima. No era un hombre bueno.

–¿Merecía morir?

–Todos merecemos morir –dijo Fielding–. O nadie merece morir. A veces me inclino por lo último, pero no muy a menudo. No, Elcombe era un claro ejemplo de hombre despiadado. Era capaz de matar para salvar su riqueza y jerarquía. Era capaz de forzar a su hijo a que se casara aunque este no lo deseara. Era capaz de hacer lo que fuera necesario.

–¿Hasta de asesinar al pobre Robin?

–Sí, estoy casi seguro de que entre él y Oswald colgaron a Robin del árbol. Quizá para asustar a Henry, tal y como hace un granjero cuando cuelga una tanda de cuervos muertos para asustar a lo demás animales. Elcombe y Oswald sabían del vínculo que unía a Robin y Henry. Se deshicieron de uno de ellos, luego cuando descubrieron que el otro aún rondaba el sitio decidieron liquidarlo también.

–Se quedó usted satisfecho culpando a Henry por ello –dije.

–Satisfecho no, pero me parecía la forma más conveniente de que se supiera la historia.

–Conveniente para usted –dije mostrándome nuevamente severo.

–Está bien, lo admito, esto también –dijo Fielding–. Después de que Elcombe cayera sobre el reloj, apenas sabía lo que estaba haciendo, me paseé por los campos de Instede como si fuera el principal asesino. Cuando finalmente regresé a aquel lugar se me comunicó que el joven Harry había sido descubierto y detenido.

–Mientras que él solo había estado fuera y madrugado para el día de su boda –dije, aplicando mi propia razón e imaginación al caso–. Un joven sensible y solitario que estaba probablemente reflexionando sobre la tiranía de los padres, cuando se tropezó con el cadáver de su padre clavado en la aguja del reloj de sol, se aproximó a él, se manchó de sangre y luego se quedó estupefacto.

–Sí. Desde ese momento la primera preocupación que me pesaba era exculpar a Harry Ascre.

–Incluso a costa de ensuciar el desdichado nombre de su tocayo, su hermano, el primer Henry.

–Estaba ya muerto en ese momento –dijo Fielding bruscamente–. ¿Qué daño podía hacerle?

–¿A su honor? –me aventuré a decir–. Perjudicaba su honor. ¿Acaso no tenía un nombre que preservar?

–El nombre de un ignorante –dijo Fielding.

–El de una persona –insistí.

–Supongo que un padre posee una autoridad de más latitud que otros a este respecto.

Hubo una pausa mientras yo intentaba entenderle. Luego, me aclaré un poco, y sentí mis piernas pesadas. Las murallas de la ciudad estaban cada vez más cerca. Nos encontrábamos atravesando el terreno pantanoso de Moor Fields con sus zanjas llenas de musgo y olor a podrido. Aquella bóveda celestial estaba casi toda cubierta de nubes. La tarde no sería bonita después de todo.

–¿Sabe? –dije, y me pregunté algo que me resultó extraño con solo decirlo, porque debería habérmelo dicho él a mí–. ¿Está seguro de ello? De que era su propio hijo.

–Ah, sí, no hay dudas sobre ello.

Adam Fielding se detuvo por primera vez desde que habíamos partido de la casa de su cuñada. Me miró fijamente.

–Fui a verlo yo mismo después de que tú y tus colegas lo sacarais del agua y lo pusierais después en esa pequeña habitación. Si una madre puede reconocer a su hijo por instinto, de manera infalible, supongo que un padre también es capaz. Era nuestro hijo. Una vez le he contado que tuve mis momentos de rebeldía cuando era joven. Deseaba casarme con Penélope antes... antes de que se convirtiera en lady Elcombe. Nos habríamos casado también, si mi padre no se hubiera interpuesto en mi camino para obligarme a contraer matrimonio con su hermana Elizabeth. Tras aquel hecho... sí fue un matrimonio feliz. Corto pero precioso quizá, como le he contado antes. Además, Kate vino de nuestra unión y ella lo compensaría todo. Mi padre lo sabía mejor que yo, o probablemente era la propia suerte o destino, no lo sé. Cualquiera que sea el caso, yo fui a mi día de boda como un hombre infeliz, igual que Harry Ascre.

–Pero antes de que se acercara el día, Penélope y yo habíamos hecho lo que los jóvenes hacen cuando los dejan solos. Luego se encontró con un niño, pero en ese momento ella estaba casada también, con Elcombe. Asimismo ella tenía un padre que le impuso un esposo. Y el niño llegó antes de lo previsto, si no tan pronto como ella le hizo creer a su esposo. Él nunca se enteró; pensó que era suyo, y ella sabía que no lo era, pero no decía nada. Y el resto ya lo sabes. Que descubrieron que su bebé no era... normal, etc. Creo que Penélope lo veía como un castigo por el pecado que habíamos cometido y por la decepción de su esposo. Y luego vino la decisión de Elcombe de desterrar a Henry y ponerlo al cuidado de una nodriza que fuera negligente, incluso con instintos asesinos. Lo que no sabía para nada era que su hijo estaba siendo bien cuidado y estaba creciendo sano y fuerte, lo suficiente como para regresar algún día con su familia. Cuando sucedió, Elcombe se dio cuenta de lo peligroso que podía llegar a ser la situación, bueno, mi lord consideró lo que sería más apropiado para proteger sus intereses.

Miré a mi alrededor. A esta altura ya estábamos cerca de Moorgate.

–Allí, Nicholas –dijo Fielding–. Eso es todo, o todo lo que creo que puedo contarte. El resto viene de ti.

–No entiendo –dijo.

–Vamos –dijo el juez–. ¿Qué fue lo que dije antes? Un jurado puede aún decidir sobre el asunto.

–No –dije, devolviendo una mirada cándida, indiferente–. *Usted* debe decidir.

–Ya lo he hecho –dijo–. Puedo quedarme con la conciencia tranquila. No es fácil, pero puedo vivir con ella y he decidido hacerlo.

–Cuando nos conocimos, Su Excelencia –dije–, hablamos de lo que yo hacía para ganarme la vida.

–Sí, lo recuerdo.

–Usted dijo que la actuación no salvaría almas de la hoguera eterna y le contesté que aquello no me preocupaba.

–Bueno, ahora sí lo está –dijo con un toque de humor.

Me di la vuelta en dirección a la entrada de la ciudad, intentando dejar claro que ya no esperaba –no quería– tener la compañía de Adam Fielding.

–Tengo un ensayo. Es la obra que su hija y su cuñada vendrán a ver mañana. *El desprecio del amor*.

–No creo que me vaya a ver allí –dijo.

–No, bueno. Entonces queda algo por hacer –dije.

Se mostró curioso.

–Agradecerle que me salvara la vida en el llano, de Oswald. Si no fuera por usted, no estaría aquí ahora, respirando este apestoso aroma de Moor Fields y disfrutando de tener que ir a ensayar con mis colegas.

–Ya me lo has agradecido, Nicholas. Lo que sea que decidas, no dejes que coloree tus pensamientos, o que afecte a tus acciones.

Y se echó a andar por donde habíamos estado viniendo hablando de muertes, hijos perdidos y culpas.

¿Por qué no me quedé sorprendido la tarde siguiente –cuando eché un ojo examinador sobre la audiencia en The Globe, durante los intervalos– al ver en una de las butacas privadas de la parte superior del teatro, a un grupo familiar compuesto por Susanna Knowles (junto con el simpático caballero que la acompañaba, que supuse sería el esposo), Kate Fielding y Cuthbert Ascre? De Adam Fielding, ni rastro. Cuando hubimos finalizado *El desprecio del amor,* y cumplido con el baile de despedida, etc., eché otro vistazo a aquel cuarteto, o a una mitad solo, para ser preciso. Prima Kate y primo Cuthbert estaban doblando la esquina de Brend's Rents mientras los observaba desde las pequeñas ventanas de atrás del camerino, quizá con la gran esperanza de encontrármelos.

Caminaban como una pareja, hablaban como una pareja y se reían como una pareja, y me puse a pensar en todas aquellas ocasiones en las que los había visto juntos –sin reflexionar sobre nada más–, como en aquel momento del banquete de boda de Harry y Marianne. Entonces ya lo sabía, ¿no? Por la manera en que se le iluminó la cara a Kate cuando su padre le avisó de que su primo había llegado a la ciudad. Por cómo se había mostrado de ansiosa por abandonar nuestra compañía e irse con él. Y por los cientos y miles de episodios o momentos, que ahora me ponía a revisar, de las últimas semanas.

Eres tonto, Revill por no haberlo pensado…

Bueno, les deseaba mucha felicidad… y eso parecía ser una señal de que yo verdaderamente amaba a Kate Fielding… que fuera capaz de desearle mucha felicidad. Ni siquiera podía albergar resentimiento contra Cuthbert Ascre, o no mucho hacia nadie, de todas maneras. Cuando menos se lo esperase, se podría convertir también en un actor.

Se casaron la siguiente primavera, en Instede House. La boda debió de haber compensado la frustración que vivió la otra pajera, Ascre-Morland, porque esta era una pareja verdaderamente voluntaria, enamorada (puedo escribir esto con solo un pequeño temblor en mi mano).

Dos bodas tuvieron lugar, en un espacio de quince días entre ambas, y de hecho, las dos debieron de haber borrado toda aquella angustia del pasado, la tragedia de una serie de muertes violentas, y de una historia de hijos perdidos y encontrados. El juez Adam Fielding y lady Penélope Elcombe se unieron en matrimonio, de manera que parecía como si mi lady, al igual que su tocaya, la esposa de Odiseo, hubiese esperado veinte años o más para volver a unirse con el hombre que una vez amó. Y si el juez Fielding alguna vez le contó a su segunda esposa todo lo que ocurrió aquella noche de verano o si (como yo) decidió dejar descansar las almas, no lo sé.